언 어 왜 곡 설

현길언 소설집

언어 왜곡설

펴낸날 2019년 10월 14일

지은이 현길언
펴낸이 이광호
주간 이근혜
편집 조은혜 최지인 이민희 박선우
펴낸곳 ㈜문학과지성사
등록번호 제1993-000098호
주소 04034 서울 마포구 잔다리로7길 18(서교동 377-20)
전화 02) 338-7224
팩스 02) 323-4180(편집) / 02) 338-7221(영업)
전자우편 moonji@moonji.com
홈페이지 www.moonji.com

ⓒ현길언, 2019. Printed in Seoul, Korea

ISBN 978-89-320-3581-9 03810

이 도서의 국립중앙도서관 출판예정도서목록(CIP)은 서지정보유통지원시스템 홈페이지
(http://seoji.nl.go.kr)와 국가자료공동목록시스템(http://www.nl.go.kr/kolisnet)에서
이용하실 수 있습니다. (CIP제어번호: CIP2019039776)

언 어 왜 곡 설

현길언 소설집

문학과지성사

차례

애증 7

아버지와 아들 57

이야기의 힘 105

미궁(迷宮) 147

별들은 어떻게 제자리를 차지하고 있을까? 185

언어 왜곡설 249

광대의 언어 291

해설 | 왜곡과 위선, 언어는 진실한가? · 김주연 323

작가의 말 340

애증

1

수업을 마치고 약속이 있어서 좀 일찍 퇴근하려는데, LA에 사는 친구로부터 전화를 받았다. 몇 번이나 망설이다가 하는데, '아버님이 병원에 입원하셨어. 췌장암 말기라는데…… 한번 다녀가라. 올 때에는 전화하고……'. 친구는 긴 이야기를 하지 않았다. 통화를 끝내고 나서 나는 눈앞이 흐려지면서 순간적으로 의식이 진공 상태가 되었다. 아버지 중병 소식을 친구를 통해 듣게 되다니…… 당혹스러움이 차츰 자신에 대한 모멸감으로 이어졌다.

아버지를 최근에 만난 것이 1990년대 중반쯤이었으니 10여 년이 지났다. 어른들은 피차 잊히기를 바라면서 살아왔지만, 나는 아버지가 잠시 미국에 가 계시다는 어렸을 때의 그 생각을 그대로 유지하고 살아왔다. 그런데 겉으로는 집안 어른들 생각에 매여 아버지를 잊고 살아왔다. 잊어버려라. 우리 집안 사람이 아니다. 자라면서 할아버지, 할머니, 그리고 어머니까지 나를 설득하려 했다. 이렇게 집안은 아버지와의 단절을 기정사실화했음에도 여전히 부자 관계는 끊어지는 것이 아니었다. 친구가 내게 전화를 걸면서 중병에 누워 있는 아버지를 모르고 있는 자식에 대해서 어떻게 생각했을까? 무력감과 허탈감에 꼼짝할 수 없었다. 그 순간 아버지와 함께했던 어린 시절 낡고 희미한 기억들이 차츰 선명해지면서 아버지가 사무치게 그리웠다. 불가사의한 그 삶에 대한 의구심도 더해졌다. 그럴수록 나는 마음의 평정을 찾으려고 애를 썼다.

아버지를 만나러 가기 위해 급한 일부터 처리해야 했다. 우선 약속을 미루고 항공편을 예약하고, 해외 여행원과 보강 계획을 조교에게 부탁하고서 서둘러 퇴근했다. 집이 가까워지면서 이 사실을 어머니께 알려야 할까 망설여졌다. 출장을 간다면 사정을 모르실 테지. 말하지 않는 것이 옳은 처사인가? 어머니는 아직도 아버지를 용서하지 못하시는가? 용서하지 못한다는 것은 사랑하고 있다는 증거가 아닐까? 나에 대한 어머니의 짙은 관심을 볼 때마다, 아버지에 대한 어머니의 마음도 눈에 보이듯 선했다. 아내는 언젠가 그런 어머니의 마음을 말한 적이 있다.

"어머님의 가슴속에는 아버님에 대한 모진 애증(愛憎)이 겹쳐 있어요."

'애증?' 나는 그 해괴한 단어를 다시 생각해보았다.

아파트 현관문을 열자 거실에 나와 있던 어머니는 일찍 퇴근한 나를 예사롭지 않은 눈길로 쳐다보았다.

"왜 이리 일찍 퇴근이냐? 무슨 일이 있었냐?"

별일이 없으면 내 퇴근 시간은 일정했다.

"만날 사람이 있어 좀 일찍 학교를 나왔는데, 안 만나도 되게 되었어요."

나는 어머니가 눈치채지 않도록 말했다.

안방으로 들어가 옷을 갈아입는데, 아내가 들어와 내 얼굴을 빤히 쳐다보면서 물었다.

"학교에서 무슨 일이? 얼굴이 상기되어 있어요."

"사실 미국을 다녀오게 되었어. 버클리에서 학회 행사를 하는데, 순서를 맡은 친구 교수가 같이 가자는군. 버클리와 내가 인연이 있다는 것을 알고 있어서……"

나는 거짓말을 아무렇지도 않게 해버렸다.

"미국을 한두 번 가세요. 어린아이처럼 흥분해서……"

아내는 내 말을 그대로 들은 모양이다.

"간 김에 아버님을 뵙고 오려는데, 어머님께 말씀드릴까?"

옷을 받던 아내가 은근히 나를 쳐다보더니,

"미국 아버님께 무슨 일이 있지요?"

따지듯이 물었다.

"왜 아직도 애증을 지워버리지 못할까요? 세월이 지나면 모든 것이 지워진다는데, 차라리 미움만 있었으면……"

나는 아내의 안타까운 눈길에 아무 말도 할 수 없었다. 살아갈수록 세상일은 애매하고 모호할 뿐이다. 부모와 자식, 남편과 아내 사이인데도, 그 긴 세월 동안 심연의 늪에 빠진 발목처럼 한 발자국도 가까이 다가갈 수 없었다.

2

출국 수속을 마치고 기내에 자리를 잡고 앉아서도 아버지에 대한 불길한 생각이 이어져서 초조했다. 10여 년 전에 만났던 그 모습이 자꾸 되살아나는 것도 부담이 되었다.

마켓 안은 좀 침침하고 어둑했다. 입구 쪽에 있는 낡은 철제 책상 앞에서 책을 읽던 노인이 들어서는 나를 힐끗 쳐다보았다. 나는 아버지를 도와 가게 일을 돕는 사람인가 했다. 그는 낯선 동양인에 대한 경계심을 갖는 듯이 나를 주시했다. 순간 어렸을 때 만났던 아버지 모습이 그 노인의 얼굴 위에 겹쳐졌다.

"민수구나!"

내가 '아버지'라고 얼른 부르지 못하고 있는데, 먼저 노인이 내 이름을 불렀다. 청년 아버지만을 기억하고 있었던 나는 돌아가신 할아버지보다 더 늙어 뵈는 노인이 낯설었다. 그는 읽던 책을 책상 위로 내려놓더니 내 손을 덥석 잡았다.

"아버지!"

오랜만에 불러보는 호칭이었다. 우리는 부둥켜안은 채 한동안 말을 못 했다. 아버지 품은 넓고 따스하고 포근해서 편안했다.

"잘 자라줘서 고맙구나. 미안하다."

나는 울음을 머금은 아버지 목소리를 들었으나 무슨 말인지 몰랐다. 그저 아버지 품에 안겨 있는 것이 좋았다.

가게 안은 먼지 낀 흐릿한 조명등 불빛에 우중충했다. 선반에 진열되어 있는 물건들 겉포장은 윤기가 없었다. 계산대가 있는 철제 책상 구석에는 영어 성경과 한국어 성경 외에 책이 몇 권이 꽂혀 있었다. 아버지의 독서는 여전하구나. 전쟁 전에도 틈만 나면 책을 읽었던 기억이 되살아났다.

"장사 잘되세요?"

우리는 책상을 사이에 두고 앉았다.

"퇴근 시간이 지나야 손님들이 온다. 낮에는 한가해서 책 읽기를 시작했는데……"

아버지는 가게에서 성경을 읽는 자신의 모습이 아들에게 이상하게 보일까 마음 쓰는 것 같았다.

"연금을 타고 저축해둔 돈도 있으니, 이거야 소일거리지. 예전에 집사람이 맡아 했는데, 요즈음 교회 일로 바빠서 내가 자리를 지키고 있다. 아이들도 다 커서 제 살림을 꾸려가니까 생활은 걱정이 없다."

아버지는 자식 앞에서 옹색한 생활 형편을 보이지 않으려고 장황하게 말했다.

"버클리에서 연구교수로 반년 동안 머물게 되었어요. 진작 찾아왔어야 했는데, 차일피일 미루다 보니, 이렇게 늦어졌습니다. 죄송해요."

"가족들은?"

아버지 눈길에 간절한 마음이 서렸다. 며느리와 손자들을 보고 싶어 하는 노인의 마음을 알았다. 아버지는 어머니를 제외한 우리 가족의 얼굴을 대한 적이 없다.

"아이들 학교 문제도 있고, 또 어머님을 혼자 두고 떠날 수 없어서 저만 왔습니다. 오래 머물 것도 아니어서……"

나는 집 사정을 간단하게 말하면서 그동안 아버지께 너무 무심했던 자신이 한심스러워졌다. 아내와 아이들 사진이라도 보내드려야 했을 텐데, 어른들 생각을 살피느라 일부러 아버지와 소식을 끊고 살아왔다. 어쩌면 피차 현명한 일인지도 모른다. 여기에도 가족이 있는데, 서울 소식을 들었다고 아버지의 아픔이 덜해질 것도 아니다. 오히려 가족 간에 복잡한 문제들이 생길 수도 있다. 그동안 소원했던 부자 관계에 얽힌 그 많은 사연들이 어지럽게 떠올랐다.

아버지는 냉장고에서 오렌지 주스를 꺼내 내게 내밀었다.

"애들은?"

"큰애는 대학 2학년이고, 둘째와 셋째는 고3, 고1입니다. 막내가 딸이지요."

"자식들을 잘 키워줘서 고맙다. 네 처에게 면목이 없구나. 여기 네 동생들도 셋인데, 첫째는 너보다 일곱 살 아래지. 그 밑으로 세 살 터울이다. 막내가 네 누이다. 외손자까지 합쳐 여덟이나 되니 자식 복은 많은가 보구나. 어른들이 살아 계셨다면 얼마나 좋아하시겠냐만……"

아버지 계속해서 이곳 동생네 이야기를 했다.

"네 바로 아래 동생은 변호사이고, 그 밑에는 전자공학을 전공했는데, 실리콘밸리에서 잘 나가는 회사의 중견 사원이다. 언제 한번 만나봐라. 반가워할 거다. 종종 서울 소식이 들려올 때마다 네 이야기를 하더라, 큰애 친구 중에 한국 사람도 있다던데, 아마 아는 모양이더라."

아버지는 가족을 멀리하고 한평생 살아오면서도 서울 가족을 잊지 않았구나. 나는 잊으려고 애쓰면서 살아왔는데, 나는 아버지의 평온한 모습을 바로 대하기가 부끄러웠다.

"작은 어머니는 평안하세요?"

'작은 어머니'라고 말을 하고 보니 어색했다. 전쟁이 일어나기 전 후암동에 살 때 담장 건너 시청 관사에 살고 있는 최 국장 큰딸이 아버지 고등학교 제자였다. 여대생인 그녀는 하얀 블라우스에 검정치마를 잘 입었는데, 나는 '이모'라 부르면서 따랐다.

다가온 스튜어디스 얼굴 위에 그 이모 얼굴이 포개졌다.

몰려드는 어릴 적 영상들을 털어버리려고 이어폰을 끼고 음악을 들으면서 잠을 청했으나 허사였다. 와인을 한잔 청해 마셨으나 아버지와 공유했던 일들이 선명하게 다가왔다.

아버지와 마주 앉아 있던 우리의 시간은 후암동 왜식 기와집 마당에서 정지되었다.

"아내는 교회 일이 바쁘다. 신학 공부를 해서 교회에서 이민 청소년 사역을 맡고 있지. 나는 요즈음 성경 읽기에 빠졌다. 성경을 읽으면서 세상살이를 새롭게 생각하게 되어서 즐겁다."

"아버지 독서는 여전하시네요."

"독서처럼 자유롭게 할 수 있는 일도 드무니까. 읽을수록 마음이 편해져."

"작은 어머님께서도 건강하시고 열심히 일하신다니 반갑네요. 걱정을 많이 했지요."

이민 부부들의 갈등을 알고 있다. 더구나 나이 차이도 있고, 그 숱한 어려움을 겪으면서 살아온 인생 여정이지만, 아버지 연배에 예전의 사랑으로 노년의 불안과 고독을 극복할 수 있을까 걱정되었다. 처음 우중충한 가게 안에서 성경을 읽는 아버지 모습을 대했을 때 가슴이 철렁 내려앉았다. 외로움을 이기려고 성경에 매달리고 있구나 생각했다. 작은 어머니 나이를 헤아려보았다. 아버지는 나보다 스물한 살이 많다. 70이 넘은 아버지에 비해서 어머니는 전쟁 때에 대학 2학년이었으니 10년쯤 차이가 날 것이다. 그 차이는 늙을수록 더해질 것이다. 나는 아버지의 벗겨진 이마와 윤기 잃은 얼굴을 보면서 가슴이 답답하고 목이 아렸다. 그런데 두 분이 여전하다니 마음이 놓였다.

"할머니는 몸이 많이 불편하시냐?"

"연세가 많으시니……"

90을 넘기신 할머니에 대해 자세한 것을 말하지 않았다.

"어멈이 고생이 많겠구나. 위로 층층이 어른을 모시려면……"

아버지는 며느리의 처지를 걱정하면서도 어머니 안부를 묻지 않았다.

"어머님이 계셔서 잘 해나가요. 할머니와 어머니 사이가 워낙 좋으시니."

아버지는 고개를 끄덕였다. 순간 방 안이 조용해졌다. 내 말이 아버지 마음을 우울하게 했나? 아버지 눈에 물기가 어리었다.

그때 새로운 그림이 떠올랐다. 할아버지와 할머니가 나란히 앉아 있고, 그 앞에 아버지가 무릎을 꿇고 두 어른을 쳐다보았다. 어른들 뒤에 어머니는 갓 돌이 지난 동생에게 젖을 먹이면서 아버지를 외면하고 앉아 있다. 잊었던 장면이었는데, 지금 나타나는 것이 불길했다.

"밤새 생각했는데, 애초에 너를 낳지 않은 것으로 마음을 정했으니 썩 나가거라."

할머니 목소리는 쇳소리처럼 싸늘하고 날카로웠다. 지금껏 할머니로부터 그런 소리를 들은 적이 없었다.

"이제랑 어른이 말씀하시죠. 당신 아들이니까."

할아버지가 헛기침을 두어 번 하였다.

"네가 저지른 일이니, 네가 그 값을 갚으면서 한평생 살아야 한다. 부모를 원망하지 말라. 어린아이도 아니고, 그래도 이 사회의 지식인이고, 학교에서 교육을 맡은 교사로서 제자와 불륜의 관계를 맺었다는 것은 사회가 용납하지 않을 것이다. 그동안 애타게 찾고 있는 식구들을 외면하고 둘이서 숨어 살다가 이렇게 나타나서, 용서해달라고 한들 문제가 해결될 줄 알았느냐? 너를 용서해줄 사람은 이 세상 천지에 단 한 사람도 없다. 오늘부터 우리와 인연을 끊자. 그 어린 생명은 아무런 죄가 없는데도 애비 에미를 잘못 만나 한평생 살아가게 되었으니, 그에 대한 빚도 네가 배로 갚아야 한다."

할아버지는 말을 마쳤다. 방 안이 조용했다.

"보기도 싫다. 어서 나가거라."

할머니가 손사래를 치면서 일어나더니, 아버지 앞으로 뭔가 보자기를 내던졌다.

우리가 부산에서 피난 생활을 하고 있을 때였다. 그동안 죽은 줄만 알았던 아버지가 나타났다. 인민군이 서울을 점령하자 집 안 마루 밑 방공호에 숨어 지내던 아버지가 한낮에 용변을 보러 마당 한편에 있는 변소에 갔는데, 그때 마침 총을 든 군인을 앞세워 완장 찬 청년들이 몰려들었다. 그들은 우리 집 내부를 잘 아는지 지하 방공호와 벽장 다락까지 샅샅이 뒤졌다.

"며칠 전에 학교에 가신다고 나간 후에 돌아오지 않았어요."

어머니는 아버지를 내놓으라고 추궁하는 청년들에게 거짓말을 했다. 그들은 돌아갔으나 그 후로 아버지는 돌아오지 않았다. 그동안 거리 전신주에 아버지 수배 전단들이 붙어 있었다는 사실을 식구들은 알았다. 아버지는 처형되었거나 납북되었으리라고 짐작하고 있었다.

죽었던 사람이 살아 돌아왔다. 식구들은 하나님이 도와주었다고 기뻐했다. 이틀이 지났다. 그런데 아버지는 갓난아기를 안은 한 여자를 데리고 들어왔다. 그런데 그 여자는 옆집에 살던 그 이모였다.

아버지가 그 여자를 데리고 들어온 것은 저녁 식사가 끝난 후였다. 식구들은 이웃집 처녀가 아기 엄마가 된 것을 측은하게 생각했다. 전쟁 통에 아기를 낳았구나. 할머니가 아기를 안고는 귀엽다고 몇 번이나 말했다. 이모는 훌쩍거리기만 했다.

아버지는 할아버지 방으로 들어가서 긴 이야기를 나누었다. 할머니가 할아버지 방으로 들어갔다.

"피는 못 속인다더니, 이 천하에 더러운 놈!"

할머니의 고함이 비명처럼 들렸다. 이어 어머니가 들어갔다. 우리 방에 있던 그 이모는 얼굴이 파랗게 질려서 부들부들 떨기만 했다.

나는 마루로 나가 할아버지 방문 앞에서 미닫이 너머에서 벌어지고 있는 사정을 살폈다.

"제 목숨을 구해준 은인입니다. 저 여자와 그 집 부모들은 위험을 무릅쓰고 그 집으로 도피한 저를 석 달 동안 보호해주셨습니다. 제가 여자와 관계해서 아기를 낳은 것은 백번 잘못한 일입니다만, 저 여자는 나 때문에 식구들을 포기하고 월북하지 않고 서울에 남았습니다. 수복 후 부역자로 몰리면 살아남을 수 없었습니다. 적 치하에서 저를 구해줬으니, 이제는 제가 저 여자의 생명을 지켜줘야 합니다. 이 부족한 아들의 처지를 살펴주십시오. 저는 그 골방에서 하루도 편할 날 없이 언제 닥칠지 모를 죽음의 불안을 안고 살아가는데, 저 여자가 저를 위로해주면서 지켜주었습니다. 저 아기는 제 피가 섞여 있고, 아버님과 어머님 피도……"

"이놈, 입을 닥치지 못할까!"

할머니의 고함이 다시 터져 나왔다.

20

"피 피, 하지 말아. 그 나쁜 피를 네가 이어받아 오늘 우리 집 안을 무너지게 하려느냐? 너 같은 자식을 낳지 않았다. 인연을 끊자."

할머니의 모진 말이 튀어나왔다. 잠시 후에 어머니의 흐느끼는 소리가 들려왔다.

"울지 말라. 더러운 사내를 평생 남편으로 삼고 살아가기보다는 민수와 민혁이 민자를 의지해서 살아라. 가혹하다고 생각하지 말라."

할머니가 어머니에게 명령하듯이 선언하였다.

"넌 여기가 어딘 줄 알고 들어왔느냐? 애비를 구해줘서 고맙기는 하다마는 남녀가 같이 있다고 다 애를 갖는다면, 세상이 어떻게 되겠느냐? 네 운명으로 생각해라. 너도 함께 잘못을 저질렀으니 업으로 알고 살라."

할머니가 이모와 아버지를 내쫓아내었다.

며칠 전 그렇게 한바탕 소동을 일으키고 돌아간 아버지는 사흘 후에 다시 집으로 들어와서 어른들 앞에 무릎을 꿇고 빌었다. 그러나 결국 집안 어른들은 아버지를 받아주지 않았다. 그 날부터 아버지는 가족 누구 앞에도 모습을 드러내지 않았다. 소식도 없었다. 두 분 어른이 돌아가시고, 우리 삼 남매가 결혼하는 자리에도 아버지는 나타나지 않았다. 그러나 그 청년 아버지 모습은 내 눈에 각인되어 지워지지 않았다.

세월이 지나면서 아버지를 거부하게 된 집안일들을 알게 되었다. 할머니의 고집은 할아버지 때문이었다. 양반가 지주의 장손으로 세상 귀천을 모르고 자란 할아버지는 돈을 쓰고 고준담론을 즐기면서 젊음을 보내는 동안 많은 여자들과 관계를 맺었다. 해방 후에는 공직 생활을 하면서 어느 정도 청산하였지만, 그 과정에서 할머니가 겪은 아픔이 컸다. 할머니는 여자들과의 관계를 마무리하느라고, 돈을 쓰면서 사정하기도 했다. 침을 뱉어도 시원치 않을 여자들을 달래었다. 할아버지가 마구잡이로 뿌려놓은 잡초의 씨를 고스란히 껴안고, 그 억센 잡풀들은 깨끗하게 뽑고 집안을 지켰다. 그런데 이제는 아들이 마치 '나도 아버지의 자식'이라는 투로 처자식을 둔 처지에 아기 낳은 여자를 데리고 들어왔으니 할머니는 용납할 수 없었다.

식사를 하고 시계를 보았다. 겨우 세 시간 비행했다. 앞으로 여덟 시간, 한잠 자면 도착하겠지. 나는 의자를 뒤로 약간 젖히고 잠을 청했다. 그 어둑한 가게 안에서 아버지는 다시 땅콩과 캔 맥주를 들고 왔다.

"한잔하자꾸나. 술은 사람의 말에 힘을 실어준다."

부자는 캔 맥주를 열어 서로 부딪쳤다.

"오래오래 건강하세요."

"그래, 아들을 만나니 즐겁구나."

아버지 말에 힘이 붙었다.

"그동안 어떻게 사셨어요?"

아들로서 묻지 않을 수 없었다.

"집에서 쫓겨 나온 후에 다행히 미군 통역으로 일하게 되어 생활에 어려움이 없었다. 더구나 애 엄마의 신변을 보호받을 수 있어서 마음도 놓였다. 아들은 어떻게 생각할지 모르지만, 나는 집안 어른들과 너의 형제와 네 어머니보다는 그 여자를 더 생각해야 했다. 그는 내가 돌봐주지 않으면 살아남을 수 없는 처지였으니까. 그것은 애정 이전의 문제였다."

그랬구나. 나는 자라면서 아버지가 아무리 집안으로부터 배척을 받았다 하더라도 우리에게까지 그렇게 무심할 수 있을까 섭섭하게 생각한 적도 있었다. 장가를 가고, 아기를 낳고, 어른들의 장례를 치르고, 어머니 회갑이며 칠순이 되었을 때, 혼자인 어머니를 볼 때마다 그런 생각을 했다.

"아버지는 그동안 가족이라는 것, 그리고 한 남자가 한 여자를 만나서 사랑하고 결혼하고 자식을 낳고 산다는 것에 대해서 많은 생각을 하게 되었다. 아마 밥을 굶지 않고 살 형편이 되었으니까, 신은 내게 그러한 과제를 주셨던가 봐. 가족은 인륜인데, 그 관계는 무엇으로도 바꿀 수 없는데, 자식이 아무리 큰 죄를 지었다 하더라도 어른들은 그렇게 모질게 거부할 수 있었을까? 그 자식을 구해준 여자를 그렇게 박대할 수 있을까? 아무리 생각해도 해답을 얻을 수 없었다. 그런데 내가 나이가 들면서 차츰 그분들의 마음을 이해할 수 있었다. 할아버지 외도나 일탈된 생활을 감수하면서 살았던 할머니가 피붙이인 나를 용납할 수 없었던 것도 이해되었다. 그러나 자식은 다르지. 할머니나 할아버지는 내가 한순간의 정욕을 이기지 못해서 일을 저지르고 나타났을 때에, 당신들의 모습을 내게서 보았던 것이다. 자식 교육을 잘못 시켰다는 책임 문제만이 아니라, 자신의 분신을 확인한 것이지. 두 분은 아들을 거부하는 고통을 감당함으로 자신도 거부하시지 않았을까 생각해. 아들의 허물을 함께 가지려고 하셨으니까. 그것은 부모만이 할 수 있는 일이지. 부자의 연을 끊는다고 나를 내몰았지만, 마음으로는 더욱 탄탄히 이어놓고 사셨을 거야."

아버지는 말을 잠시 쉬고 입술을 실죽이면서 미소를 지었다. 들을수록 혼란스러웠다.

"할아버지도 나를 용납하고 싶었지만, 이미 합쳐질 수 없는 가족을 다시 합칠 때에 더 복잡한 문제가 뒤따를 것이 두려우셨을 것이다. 나는 미국에서 한 가정을 이루어 살게 되었으니, 다른 가족이 되어버린 것이다."

어떻게 다른 가족이라고 할 수 있을까? 정점에는 아버지가 있고, 서울과 LA에 두 가정이 있으니, 가정은 둘이지만 모두 한 가족이다. 그런데 합칠 수 없다. 한 남자가 두 여자를 사랑할 수 없다. 그것은 관습이나 제도의 문제이지 본질은 아니다. 아버지는 서울 어머니를 사랑하고 있고, LA 작은 어머니도 사랑하고 있는데, 현실이 그것을 용납하지 않을 뿐이다. 그래서 아버지의 고통과 자식들의 안타까움이 더해지고 있다. 그렇다면 그것은 모두 제도와 이데올로기 때문이 아닌가?

"서울의 가족은 아들이 책임질 수밖에 없다. 미안한 일이지만……"

"걱정 마세요."

이제 그러한 일들은 정리할 때가 되었다. 안정된 아버지 모습에 안심되었고, 더구나 어른들을 이해한다니 그것으로 문제는 다 풀렸다.

"부모와 아내로부터 배척을 받은 나도 괴로웠지만, 나를 배척할 수밖에 없었던 그분들은 더 괴로웠을 것이니까, 그 괴로움을 겪으면서 무엇을 생각하셨을까, 그 지경까지 내 생각이 닿을 수 있다면 문제는 쉽게 풀린다. 나를 집안에서 내몰아버린 어른들의 처사는 현명했다. 그것밖에 도리가 없었지. 괴로운 것은 네 어머니였다. 사랑을 빼앗겼으니까. 청상과부의 고통이 얼마나 아프며, 더구나 남편이 다른 여자와 버젓하게 살고 있으니, 여자로서는 감당하기 어렵지. 내가 어머니에게는 백번 사죄해도 모자란다."

우리가 캔 맥주를 두 개씩 마실 때까지 손님은 한 사람도 오지 않았다.

아버지는 다른 날보다 일찍 가게 문을 닫으면서 작은 어머니께 전화를 걸었다.

해변가에 있는 레스토랑으로 직접 나온 작은 어머니는 나를 보더니 무척 반가워했다. 내 기억에는 하얀 블라우스에 검정 스커트를 즐겨 입은 아름다운 이모로 남아 있는데, 아버지를 사랑하는 여인으로 만나게 되었으나 조금도 어색하거나 불편하지 않았다. 식사를 하면서 문득 이해할 수 없는 인생살이 여정을 생각했다. 그날 저녁은 매우 즐거웠다.

버클리에서 6개월을 보내는 동안 아버지를 만난 것은 딱 두 번이었다. 왜 그랬는지, 그 이유를 모르겠다. 형제들은 만나지도 못했다. 이미 그들에게는 안정된 생활 환경이 마련되어 있는데, 내가 불쑥 나타남으로 파격을 만들까 두려워서였을까? 어쩌면 구실일 수도 있다. 나는 미국 가족보다는 서울 가족들에게 거짓말을 하거나 사실대로 말했을 때 가져올 파장이 두려웠다. 새로운 사태가 일어나는 것을 두려워하는 것은 내 굳어진 모습이다.

얼마나 잤던가? 꿈에서처럼 엷은 잠결에서 아버지와의 만남은 이어졌다. 수면과 반수면 사이에서 과거와 현재의 묘하게 어울리는 접점에서 몇 시간을 보내었다. 한 시간 후에 LA 공항에 도착한다는 안내 방송이 들려왔다. 나는 심호흡을 두어 번

하고서 긴장을 풀었다. 다소 기분이 진정되었다.

입국 수속을 마치고 출구를 나오는데 웬 낯선 한국인 중년 사내가 내 이름을 쓴 피켓을 들고 있다가 내게 다가왔다.

"형님!"

그의 입에서 서툰 한국말이 튀어나왔다. 바로 손아래 동생이었다. 처음 만나는 사이인데도 여러 번 만났던 사이처럼 낯설지 않았다.

"형님을 바로 알아봤어요. 참 이상하네요. 처음 만나는 사이인데도."

동생은 나를 무척 반겼다.

"형님 친구가 어머니께 전화를 했어요. 오늘 오신다고."

동생이 운전하는 차에 탄 나는 마음이 편했다. 혈육의 동류의식을 느끼자 여유로웠다.

"병원 옆에 호텔을 예약했어요. 우선 병원에 들러 아버님을 뵙고 호텔로 가시죠."

"그러지. 아버님 병세는?"

나는 병세를 물으면서도 부끄러웠다. 동생은 대답하지 않고 다가오는 고층 빌딩을 가리키며 저 건물이 아버지가 입원한 병원이라고 말했다.

3

중환자실에 누워 있는 아버지는 혼수상태였다. 박물관의 미라처럼 마른 모습이 아버지로 믿기지 않았다. 나는 삭정이같이 야윈 아버지 손을 잡고 흐느끼기만 했다.

"울지 말아. 아들이 온 것을 아버님은 다 아셔."

작은 어머니는 나를 위로했다. 의식이 없는 아버지 앞에서 소원했던 관계를 변명하듯이 울음을 참을 수 없었다. 의식의 바닥에 뭉쳐 있던 아버지에 대한 그리움이 한꺼번에 터져 나왔다.

면회 시간이 끝나자 우리는 병원을 나왔다.

"아마 며칠 넘기지 못할 것이니 그렇게 아세요. 80을 넘기셨으니 장수하셨지요. 너무 슬퍼하지 마세요. 아버지의 인생은 아버지 몫이니까, 설령 형님으로서는 안타까움이 크시겠지만……"

동생은 호텔로 가면서 나를 위로했으나 그럴수록 나는 아픔이 컸다.

"아버님이 살아 계셨을 때에 얼굴을 뵐 수 있으니 다행이지요. 전화를 할까 말까 몇 번이나 생각했으나 결정을 내리지 못했는데, 그 형이 우리 처지를 아시고 전화해줘서 다행이군요. 바쁘실 텐데 와주셔서 고맙고요. 어머니는 알리지 말라고 하셨는데, 그래도 만나게 되니 어머니도 좋으시지요?"

동생은 뒷자리에 앉은 어머니를 뒤돌아보면서 싱긋 웃었다.

"좋고말고."

어머니는 내 손을 꼭 잡았다.

"어머님이 형님을 얼마나 좋아하시는지 아세요? 지난번 오셨다 가신 후에 형님 이야기를 많이 하셨어요. 아버님도 형님 이야기를 할 때마다 마음이 편하신 모양이에요. 주로 전쟁이 일어나기 전에 서울 이야기였어요. 어머님이 여고 시절 아버지를 좋아했던 이야기를 할 때면 두 분은 모두 행복한 모습이었어요. 우리 형제는 두 분의 이야기를 들으면서 아버지와 어머니의 만남을 생각하고는, 그 만남 때문에 한평생 헤어져서 살아야 하는 서울 가족들의 처지를 안타까워했어요."

서울 이야기를 하는 두 분의 모습이 선명하게 나타났다. 내가 미국에 체류할 동안 주말마다 들렀더라면 서울 이야기는 더 풍성했을 것인데, 그런 생각을 하면서, 내 자신의 생각이 좁음을 한탄했다.

나는 어머니와 저녁을 같이하기로 하고 호텔에서 내렸다.

호텔 방에서는 아버지가 입원해 있는 병원 건물이 보였다. 창가에 서서 오래도록 세상을 떠나기 위해 모진 고통을 겪고 있는 아버지를 생각했다.

그동안 나는 상주로서 할아버지와 할머니 두 분의 장례를 치렀다. 그런데 누구도 아버지께 부고를 전하라는 사람이 없었다. 나는 어른들 눈치만 살피다가 전하지 못했다. 그렇게 아버지는 가족으로부터 거부를 당하고 한평생 살아왔다.

서울에 아버지 병세를 알려야 하지 않을까. 어머니는 그렇다 하더라도 아내와 동생들에게는 알려야 할 것 같았다. 알리면 동생들이 올 것이다. 그러나 마음이 흔들렸다. 동생네는 아버지를 잊고 살아왔다. 그들에게 아버지의 출현은 혼란스러움만 더할 것이다. 더구나 어머니를 생각하니, 마음이 내키지 않았다.

알리지 않기로 작정했다.

잠시 아버지 생각에 젖어 있는데, 작은 어머니로부터 연락이 왔다.

호텔 3층 레스토랑 퍼시픽에서 어머니와 마주 앉았다.

"그동안 고생 많으셨어요. 외로운 아버님을 끝까지 보살펴주셨으니, 고마워요. 저는 자식의 도리를 못 했고, 예전에 제가 왔을 때에 두 분과 함께 시간을 많이 가지지 못한 것이 후회됩니다. 다시 자주 만날 수 있으리라고 생각했는데 그만……"

말이 제대로 이어지지 않았다.

"부담 갖지 말아. 사람의 한세상은 사람 뜻대로 되지 않아. 아버님의 인생을 애초부터 어긋나게 한 것이 나였으니까, 나는 한평생 서울 어른들과 언니랑 가족들에게 죄인처럼 생각하고 살아왔어. 이것은 솔직한 내 마음이니 그리 알아줘."

그 말이 진심으로 들렸다.

"저는 그 후암동 시절에 어머니보다 이모가 더 좋았어요. 어머니보다 이모가 더 아름다웠고, 칭찬만 해주시면서 귀여워해 줬으니까요."

우리는 식사를 하면서 세월이 흘러도 퇴색되지 않는 기억들을 이야기했다. 작은 어머니는 내 말에 "해피 해피"하며 감탄사를 연발했다.

"아아, 기억이 되살아나는데, 후암동 그 왜식 기와집, 봄이면 사쿠라꽃이 만발하고, 가을이면 그 사쿠라나무 빨간 단풍과 물든 담쟁이잎이 마당을 뒤덮었고, 나는 선생님을 따라 덕수궁 옆 학교까지 걸어서 갔는데, 아침 등굣길에서 선생님을 만나지 못하면, 길을 가면서도 몇 번이나 뒤를 돌아보곤 했었지. 그렇게 선생님을 좋아하며 3년을 보냈는데, 졸업식 날 얼마나 울었던지, 선생님과 헤어진다는 것이 그렇게 슬펐는지 몰라. 아마 내 인생에 가장 슬펐던 날이었을 거야. 대학생이 되고 전차로 혜화동을 오가면서도 선생님 생각만 했는데……"

어머니는 여고에서 아버지를 만난 사연을 어제 일처럼 말하면서 즐거워했다.

"전 두 분을 이해해요. 생명을 구해주셨는데, 집안에서 너무 가혹했지요."

"어른들의 입장은 옳았어. 더구나 현실적으로 그렇게 되는

것이 각자의 생활을 처음부터 제 격에 맞도록 맞추는 데 도움
이 되었어.”

나도 그렇게 생각한 적이 있다. 아버지와 우리 사이를 유지
시켜줄 어떤 대안이 있었을까?

“작은 어머니께서 끝까지 아버지를 사랑해주셔서 고마워요.
부부의 사랑도 처지에 따라 변하는데, 어머님의 사랑은 한결같
으시니, 저로서는 고맙지요. 지난번 아버님을 뵈었을 때에 그
렇게 느꼈어요.”

작은 어머니 입가에 미소가 번졌다.

“나는 선생님을 만남으로 행복했지만, 선생님은 행복하지 못
했지. 한평생 나에 대한 책임을 다하기 위해서 살았어. 미국 생
활에 자리가 잡히자 어른들께 용서를 빌도록 권했어. 그런데
선생님은 이미 당신의 생애가 이렇게 달려왔는데, 다시 되돌려
놓으려 한다면 혼란만 더해진다고 그러더군. 집안 어른들이 용
서를 받아주는 조건으로 이혼을 권할 것이 빤한데, 절대로 이
혼은 안 된다는 거야. 그러한 마음을 알고 선생님을 전보다
더 사랑하고 배려하게 되었어. 사실 미국에 정착해서 생활이
안정될수록 불안했어. 아버지가 서울 어른들과 화해하기 위하
여 이혼을 제의하면 어쩌나 두려웠지. 미국 사회에서 이혼은
별스러운 것도 아니고, 생활과 신분이 안정되었으니 이혼을 할
수도 있는 처지였지만, 선생님은 끝까지 나를 지켜주셨어. 서

울에 계신 언니에게는 죄스럽기 그지없으나……"

아버지가 어른들과 화해를 생각했다는 것은 의외였다. 서울에서는 이미 떠난 자식이고 남편이고 아버지라고 생각을 굳혔는데, 아버지는 서울 집을 잊지 않았구나. 미국 생활이 안정될수록 서울 가족을 잊지 못하셨구나. 나는 아버지가 이미 우리를 잊어버리고 있는데, 나만 이따금 아버지를 생각하며 그리워하는 줄 알았는데, 울컥 울음이 치밀었다.

식사가 들어왔다.

"이곳 연어는 특별해. 어머니가 처음으로 사는 저녁이라고 생각하고 즐겁게 들어. 선생님과는 한 달에 한두 번을 밖에서 식사를 했어. 선생님은 식사가 즐겁다고 하셨지만 그렇지 못하다는 것을 내가 이따금 직감하지. 서울 가족에 대한 마음 때문이라는 것을 다 알고, 나는 선생님을 온전히 사랑하니까, 그분의 고민, 갈등, 약점도 사랑하게 되니까, 자연스럽게 나도 서울 가족을 종종 생각하게 되더라고. 선생님은 나 때문에 그러한 갈등과 고민과 약함을 간직하고 살아갈 수밖에 없었으니까, 내가 사랑하지 않는다면, 선생님은 고통스러울 수밖에 없다는 것을 알았지."

작은 어머니의 잔잔한 음성은 맑고 투명했다.

"작은 어머니가 미인이라는 것을 다시 알게 되었어요. 누가 보면 모자지간이 아니라……"

"애인 사이라고 하겠단 말이지. 괜찮아. 우리는 모두 애인이지. 이제는 생각이 거칠 것이 없는 연륜이지. 아들 앞에서, 그리고 선생님을 저세상으로 보내는 자리에서 나는 그동안 우리를 얽어매었던 모든 사슬로부터 자유롭고 싶어. 그렇지 않고는 선생님을 보내는 그 안타까움에 견뎌낼 수가 없을 거야."

그 음성은 깊은 산속 바위틈을 비비고 솟아나는 샘물 소리였다.

"오늘 밤에 아들에게 할 말이 있어. 선생님이 세상을 떠나기 전에 아버지에 대한 오해를 풀어드려. 그래야 서로가 편히 떠나고 보낼 수 있을 거야."

"전 아버지를 이해하고 사랑해요."

"물론 그러겠지만, 그동안에 선생님이 살아온 그 형편을 알게 되면 또 달라지지."

그럴 것이다. 사실 나는 아버지에 대해서 아는 것이 별로 없다. 왜 아버지는 내가 이모라고 따르던 여자와 부부가 되어서 집안 어른들과 어머니와 우리를 버리게 되었는지, 그래서 우리가 이렇게 헤어져 살아야 했는지, 아는 것이 없다. 그러니까 아버지를 이해한다는 것도 진실이 아니다.

작은 어머니의 얼굴에 생기가 돌면서 이야기가 시작되었다.

"전쟁 이전부터 남로당 지하당 지도급 인사인 아버지를 따라 서울 경기 지역 여대생 조직을 관리하고 있었지. 서울에 인민군이 진입하자 본격적으로 여맹 조직을 관리하게 되었고, 아버지는 서울인민위원회 부책으로 실질적인 행정 책임자로 일했고……"

나는 아름다운 여대생의 또 다른 면모에 놀랐다. 참, 세상에는 이해할 수 없는 일들이 많구나. 작은어머니가 이야기를 계속할수록 그 불가사의함은 더해갔다.

내가 맡은 사업은 여성 지식인의 포섭과 계도였다. 그중에도 여중생들의 사상 교육을 담당하는 일이 주요한 업무였다. 그날은 전날 밤에 야간 근무를 해서 늦게 출근하게 되었다. 늦잠에서 깨어나 마당으로 나왔는데, 울담을 뛰어 넘어오는 선생님을 만났다. 순간적으로 위급한 상황에 처해 있다는 것을 직감하고 헛간으로 안내했다. 그리고 집 안으로 들어가 식구들 동정을 살폈다. 아버지는 출근한 후였고, 어머니는 부엌에서 설거지를 하고 있었다. 선생님이 숨어 있을 만한 곳을 생각하다가 마침 헛간 마루 밑에 방공호가 있는 것을 알았다. 일본 관리들이 관사로 쓰던 집이라 집 안에 방공호가 마련되어 있었다.

그렇게 선생님의 방공호 생활이 시작되었다. 그때 우리 집에는 평양에서 내려온 당 고위 간부 한 사람이 머물고 있었다. 그래서 외부 사람들 출입이 통제되고 있었다. 그것이 오히려 다행이었다. 나는 집안 식구들의 눈치를 보면서 음식을 마련해서 선생님께 제공했고, 밖의 형편도 알려드렸다. 전세는 대구와 부산이 무너지는 것도 시간문제였다.

그날 퇴근길에 전신주에 붙어 있는 수배자 전단을 갖다 드렸다.

〈帝國主義 文化運動家 反動＊＊女高 敎師 裵在錫. 이 者의 所在地를 아는 者는 가까운 保衛部에 連絡하면 厚히 賞할 것임〉

"전쟁이 이대로 끝나면 나는……"

선생님은 자포자기하고 있었다.

"절망하지 마세요. 제가 선생님을 지켜드릴 겁니다. 선생님 댁 식구들도 제 아버지가 부하들에게 부탁해서 무사해요. 선생님을 찾으면 전향시키겠다는 약속을 했나 봐요. 그것은 그저 구실에 불과해요."

집안 가족의 안부를 전하자 선생님은 조금 안심되는 것 같았다.

"결국 나를 전향시키려는 것인가?"

선생님은 내게 따지듯이 물었다.

"그런 거 생각하지 마세요. 살아 있는 것이 우선 중요해요. 선생님은 제가 지켜드리겠어요."

나는 다짐하듯이 말하면서 선생님을 와락 껴안았다. 왜 그랬는지, 그때 내 행동은 나도 모른다. 그런데 내 품에 안긴 선생님은 어린아이처럼 작았다. 그렇게 존경하던 선생님도 이 상황에서는 어린아이처럼 작아지는구나. 선생님이 너무 가련했다. 당장 선생님께 힘을 실어주는 일이 무엇인가를 생각했다.

그날 밤 우리는 한 몸이 되었다. 내가 더 적극적이었다. 내가 선생님을 책임진다는 약속에 대한 표징이 필요하다고 생각했던 것이다. 선생님은 차츰 생기를 회복하기 시작했다.

"선생님, 이 컴컴한 방공호는 선생님의 도피처가 아니라, 우리의 사랑을 맺어준 아름다운 공간입니다. 이제 선생님은 혼자가 아니에요. 앞으로 어떤 일이 닥치더라도 저와 선생님이 함께 이겨나갈 것입니다."

그날 밤 우리 사랑은 목숨을 건 약속이었다. 선생님은 예전보다 훨씬 명랑해졌다.

그런데 전선은 예상하지 않던 방향으로 흘러갔다. 당에서는 서울 철수 작전을 수립하고 있었다. 서울에서 철수한다면 우리는 어떻게 될 것인가? 당원인 나도 선생님을 만나고 나서는 이념은 별로 소중하게 생각되지 않았다. 그즈음 나는 임신 사실을 알게 되었다. 집 식구들도 떠날 준비를 하고 있었다. 그런 와중에서 선생님과 내가 살아남는 길이 무엇인가. 그것만을 생각하였다. 그러나 별도리가 없었다.

집안은 떠날 준비를 마무리하였다. 선생님은 사정도 모르고 내가 마련해간 저녁 식사를 잘 했다.

"선생님, 저를 사랑하세요?"

내가 불쑥 물었다. 선생님은 의아스러운 표정으로 나를 한참

이나 쳐다보시더니,

"사랑하지. 생명을 지켜준 은인을 사랑하지 않을 수 없지."

"그런 사랑이 아니라, 한 남자가 여자를 사랑하는 그 마음으로 절 사랑하세요?"

"우리가 이제는 한 몸이야. 사랑하지."

"저만 사랑하지 않으셔도 되어요. 사모님도 함께 사랑하세요. 선생님은 마음이 한량없이 넓으시니, 두 여자를 충분히 사랑할 수 있을 겁니다."

"두 여자를 사랑할 수 있다고?"

선생님은 그 말을 중얼중얼 되풀이하였다. 그제야 자신이 처자식을 거느린 가장이라는 사실을 알게 된 것 같았다.

"선생님, 아무것도 생각하지 마세요. 이렇게 살아 있다는 것을 감사하세요. 이 순간에도 얼마나 많은 생명들이 전선에서 죽어가고 있는데……"

복잡한 생각들을 차단하고 싶었다. 사실 그즈음 나는 살아 있다는 사실에 대해서 감사하는 마음을 가질 때가 많았다.

당에서는 서울 철수 작전을 서둘렀다. 친북 인사들을 월북시키면서 동시에 전향의 의지가 없는 자에 대해서는 처단하기 시작했다. 우리 식구도 적당한 때를 이용하여 서울을 떠나기로 되어 있었다.

그날은 밤늦게 집에 돌아왔는데, 온 식구가 초조하게 나를 기다리고 있었다.

"우리가 떠나야 하는데, 선생을 어떻게 하지. 함께 갔으면 하는데……"

아버지는 내 의사를 물었다. 나는 깜짝 놀랐다. 선생님에 대해서, 집안 식구들은 모르고 있는 줄로 알고 있었다.

"데려가지 마세요. 전쟁이 어려워지고 있는데, 누가 선생님을 반갑게 맞아주겠어요. 선생님이 빌미가 되어 아버지도 어려워질 수도 있어요. 저도 여기에 선생님과 함께 남겠어요."

나는 단호하게 말했다.

"남겠다고?"

아버지는 한동안 말을 하지 않았다.

"위험해. 철저하게 피의 보복을 할 것이다."

"선생님이 저를 구해주신다고 약속했어요. 저는 지금 선생님의 아기를 갖고 있어요."

나는 사실대로 말했다.

"살아갈 자신이 있니?"

어머니는 임신한 사실에 대해 놀라지도 않았다.

"네가 처자를 거느린 남자의 애를 가졌다니 놀랍고 황당하다마는 현실이니 받아들이지 않을 수 없다. 그런데 세상은 사랑으로만 살아갈 수는 없다."

"죄송해요. 그렇다고 부모님을 배반하는 것이 아니에요. 여자는 자라면 다른 사내에게 시집가서 그 집 사람이 되어야 하지 않아요. 그렇게 생각해주세요."

"그래. 네 인생은 네가 선택했으니, 부모라고 말릴 수는 없다. 그런데 떠나기 전에 다짐을 받아야 하겠다. 그것은 부모로서의 마지막 할 일이다."

집안 어른들과의 이야기는 끝났다.

나는 방공호로 내려와서 그 사실을 선생님께 알렸다.

"저는 사랑을 위해 가족과 사상을 버렸어요. 선생님도 저를 책임져야 해요."

선생님은 나를 껴안으며 말했다.

"영애를 책임지는 것이 아니라, 나 자신을 책임지는 일이지."

선생님은 집안 어른들 앞에서 나를 사랑하고 책임지겠다고 약속했다. 나는 홀가분했다. 밖에서는 포성이 울리고 사람들이 죽어가는데, 나는 마음이 한없이 편안했다.

작은 어머니는 친구의 이야기를 하듯이 말했다. 그러한 여유에서 나는 두 분을 묶어놓은 사랑이라는 것의 실상을 조금은 짐작하게 되었다. 목숨과 바꿀 수 있는 '사랑'이라는 추상적인 개념을 두 분의 삶에서 확인하게 되었다. 작은 어머니의 사랑이 절망과 고독에 짓눌려 있는 아버지를 구해낼 수 있었다는 것을 알게 되면서, 아버지에 대한 내 생각들이 조금씩 허물어지기 시작했다. 그것은 제도와 관습에 매여 있었거나, 식구들이 겪게 되는 갈등과 어려움에서 연유된 것이었다. 제도나 이념을 뛰어넘는 사랑은 가치의 차원이 아니라 진실의 차원이기에 단순히 도덕적으로 이해할 수 없었다.

"선생님은 우리의 처지를 도덕적으로 정죄하고 비난하는 사람들 때문에 고통을 당하였지. 한 남자가 두 여자를 사랑할 수 없다는 것은 한국 사회의 일관된 통념이지만, 선생님은 그것이 가능할 수도 있다고 생각했을 거야. 그래서 신에게 매달릴 수밖에 없었지. 성경 읽기도 그래서 시작했을 거야. 성경에서 세상의 제도나 통념을 떠난 인간의 진실을 많이 읽을 수 있어서 위로가 되었을 거야."

그 어둑한 가게 안에 의연하게 앉아서 성경을 읽던 아버지 모습과 가족들 앞에서 서울에 남겠다고 말하는 작은 어머니의 모습이 겹쳐졌다.

"작은 어머니, 이해되지 않는 부분이 있는데요. 아버지를 사랑했다면 아버지와 같이 가족들을 따라 북으로 떠났어야 되지 않았을까요? 그렇게 결단했다면, 아버지도 따라나서지 않을 수 없었을 테니까요. 더구나 어머니는 철저한 당원이지 않았습니까. 가족들도 함께 가기를 원했을 텐데요."

"선생님은 사랑했는데, 선생님이 북으로 가는 것을 원하지 않았으니까, 선생님의 뜻대로 서울에 남는 것은 당연하지. 그

외는 생각하지 못했어."

나는 그 말을 이해할 수 없었다.

"서울에 남으면, 생명이 위태롭고, 속된 표현으로 말하면 아버지도 가족에게 빼앗길 것이 뻔한데……"

"선생님을 믿었어. 내 목숨은 책임져주실 것이다. 그 외 다른 생각을 할 여유가 없었나 봐. 하나하나 따졌다면 서울에 남지 않았겠지. 그런데 선생님이 가족에게 돌아갈 것이라는 것을 알면서도 그것이 두렵지 않았어."

"여자로서 자신 있었는가요?"

"자신이 아니라, 그때는 사랑에 대해서는 철부지였으니까, 그저 선생님과 함께라면 어떤 것도 감당할 수 있을 것 같았어."

"그래서 아버님은 일평생 어머님과의 약속을 지키기 위해서 살아오셨군요."

아버지를 믿는 작은 어머니의 사랑을 배신할 수 없었을 것이다.

"그래서 선생님께 감사해. 나를 책임져줬다는 것도 그렇지만, 그렇게 함으로써 내가 선생님을 향한 그 사랑과 신뢰를 그대로 유지하게 해주셨으니, 이중 삼중으로 행복했어. 세상살이가 한때 소중하게 간직했던 사랑과 신뢰도 세월에 퇴색시켜버리는데, 나는 그대로 유지할 수 있었으니 얼마나 행복이야. 선생님은 내 생명만이 아니라, 내 사랑도 신뢰도 순수도 지켜주기 위해서 한평생을 사셨어. 참 고마운 분인데······"

작은어머니 음성이 흔들렸다.

"그렇게 사시는 것은 당신의 순수와 사랑을 지키는 일이었으니, 너무 부담 갖지 마세요. 그것은 전적으로 아버님 몫이었습니다."

"선생님의 한평생은 나를 지켜주기 위해 살려고 했으니까. 서울이 수복되자 집으로 돌아가지 않고 나를 데리고 친구의 집을 전전했어. 우선 부역자를 색출하는 당국의 눈을 피하는 것이 시급했어. 선생님은 자신이 공산 정권에서 핍박을 받아 지명수배당했음을 내세워 위기를 넘기시려고 했었고······"

시간을 거슬러가는 그 목소리가 가라앉았다.

국군이 북진하고 있을 때에 우리는 남쪽으로 내려갔다. 아버지는 지명수배 전단을 갖고 있었다. 천안에 있는 친구 집에 머물면서 복구된 중학교 교편을 잡았다. 친구 집안이 그 지역 유지라, 생활하거나 신분에 위협을 느낄 처지는 아니었다. 그러다가 다시 사태가 어려워지자 부산으로 내려갔고, 그즈음에 미8군에서 통역 요원으로 일하게 되면서 생활이 안정되었다.

"그때에야 선생님은 부산 피난 집으로 어른들을 찾아뵙고 사정을 말씀드렸지."

작은어머니 이야기는 거의 마무리되고 있었다.

나는 부산 피난 집에 찾아온 그 아버지의 모습을 어제 일처

애증

럼 간직하고 있다.

"아버지를 그 지경에 빠뜨린 것은 나였어. 선생님을 사랑해서 선생님의 애를 갖게 된 것이니까. 아들도 그동안 가정과 어머니와 자식들을 배신한 아버지를 이해해주었으면 해. 그러면 아버지가 홀가분하게 세상을 떠날 수 있을 거야."

작은 어머니의 이야기는 끝이 났다. 그 얼굴이 발그스름하게 상기되어 있다. 얼마나 하고 싶었던 말이었을까?

"부담 갖지 마세요. 다시 말씀드리지만 아버지 일생은 아버지의 몫입니다."

그렇게 말해놓고 보니, 그러면 그 '몫'이 무엇인지 나도 궁금했다.

"좀 전에 말씀하셨지요. 아버지는 두 분을 모두 사랑할 수 있는 분이라고."

작은 어머니가 그냥 해보는 말이 아니라는 생각이 들었다.

"난 지금도 그렇게 생각해. 아버지는 여전히 서울 언니를 사랑했고 어른들을 존경했으니까."

"그 마음이 사랑일까요?"

"글쎄? 어떻든 아버님은 나와 관계를 갖기 전이나 후에나 서울 언니에 대한 마음은 변하지 않았다는 것은 확실해."

그러고 보니 지난번 아버지 모습과 그 말들이 선명하게 떠올랐다.

"전 아버지가 인생을 왜곡되게 살았다고 생각하지 않아요. 아버지의 인생을 통해서 신은 무엇을 말하려고 했을 겁니다. 혹시, 좀 전에 어머니께서 말씀했듯이, 한 남자가 두 여자를 사랑할 수도 있다는 문제를 생각하게 했을 것이고……"

내 말에 작은 어머니의 눈빛이 튀었다.

"딱 그렇다고 말할 수는 없지만, 아버지는 진실된 삶에 대해서 많이 생각하고 고민했던 것 같아. 관습과 만들어놓는 가치에 순응하는 것이 옳고 바른 삶이라는 그 편견에 대해서 많이 괴로워했었지."

작은 어머니는 더 말할 것이 있는 듯하더니, 시계를 보면서 일어났다.

"아버지는 마지막 주어진 시간을 아끼면서 잘 주무시고 계실 거야. 시차 적응도 어려울 텐데, 하루 종일 피곤했겠네. 편히 쉬어."

작은 어머니는 발갛게 상기된 얼굴로 미소를 지었다. 나는 그 얼굴에서 후암동 벚꽃이 만발한 가로수 아래를 걸어가는, 하얀 블라우스에 검정 스커트를 입은 이모 얼굴이 떠올랐다.

아버지가 입원하고 사흘이 지났다. 상태가 별로 나아지지 않았다.

"고통이 심할 텐데, 그래도 혼수상태라서 고생이 덜하시겠지. 신은 왜 죽음의 직전에 인간에게 육신의 고통을 겪도록 하는지……"

작은 어머니는 산소호흡기의 도움으로 생명을 유지하고 있는 아버지의 야윈 얼굴을 물끄러미 바라보다가 중얼거렸다.

"고난의 시간이 지나야 더 좋은 세상이 열리겠지요."

나는 시체처럼 누워 있는 아버지의 모습을 보면서 말했다.

"아들도 그렇게 생각해?"

"사람의 한 일생은 고통과 그 극복 과정이 아니겠어요. 큰 고통을 넘으면 더 큰 보람과 평안을 만나면서 살아온 인생살이이고 보면, 제일 고통스러운 죽음을 통해서 더 좋은 세계가 주어지지 않을까요?"

어머니는 고개를 끄덕이면서 가죽만 남아 있는 아버지 얼굴을 가재로 닦기 시작했다. 아버지의 육신은 완전히 허물어져 있었다. 죽음에 이르는 중간 상태가 저럴 것이다. 아버지의 다리를 만져보았다. 한 손 안에 들어왔다. 정강이도 대막대기처럼 말랐다. 나는 손을 거두고 다시 아버지 얼굴을 들여다보았다. 지난번 만났을 때에는 많이 늙으셨으나 허옇게 바랜 머리칼이 오히려 노년의 멋을 더해주었다. 조명이 어두운 가게 안에서 돋보기를 끼고 성경을 읽을 때의 그 모습, 그날 저녁 레스토랑에서 식사하는 무척 행복한 모습, 그리고 더 거슬러 올라가 잊히지 않는 아버지 모습을 간직하고 있다. 부산 피난 집을 찾아왔다가 어른들에게 배척당하고 떠날 때의 뒷모습이다. 그때 우리는 할아버지 덕분으로 피난 시절이었으나 꽤 편하게 살았다. 아버지는 포대기에 싼 아기를 안은 이모를 한 팔로 껴안고 천천히 좀 넓은 마당을 가로질러서 대문 앞에 이르자 뒤돌아서더니, 이모와 함께 허리를 굽혀 아무도 받아주지 않는 인사를 했다. 나는 어른 눈을 피해 이층 창가에서 아버지를 배웅하였다. 이제 그 모습들이 모두 허물어졌다. 나는 허물어진 아버지를 받아들일 수 없었다.

"아버님은 저렇게 육신은 허물어졌지만 정신은 그대로 붙들고 계실 거야."

작은 어머니는 아버지 얼굴을 닦던 가재를 바꾸었다.

"한국에는 우리를 받아줄 사람이 없었어."

작은 어머니는 아직도 아들에게 전해야 할 이야기가 있었다.

휴전이 되면서 사회는 어느 정도 안정되었다. 부역자 문제는 사람들의 관심에서 멀어졌다. 아버지는 미군 부대를 그만두고 부산에서 한 여고의 영어 교사로 부임하게 되었다. 그런데 한 학기가 끝날 무렵에 아버지에 대해서 돌팔매를 던지는 사람들이 생겨났다. 전쟁 통에 오갈 데 없는 제자를 유혹해서 동거하면서 집안에서 쫓겨났다는 것이다. 그 말을 들은 아버지는 하루도 참지 못하고 사표를 내고 학교를 그만두었다.

그길로 유학을 떠났다. 1950년대 말이다. 4년 만에 유학을 마치고 한국으로 들어가 대학에 자리를 잡았는데, 다시 그 문제가 터져 나왔다. 조강지처를 버리고 나이 어린 제자와 붙어먹은 파렴치한을 강당에 세워서는 안 된다는 것이었다. 그 대학은 기독교 재단이 운영하고 있었다. 아버지는 그런 말이 떠돌자, 학기 중간에 사표를 내고 출강하지 않았다.

처음 듣는 이야기다. 집안과 사회로부터 배척을 받았는데, 어떻게 이겨내셨을까?

"미국에 왔다고 그 비난에서 벗어날 수는 없었어. 그때에는 한국 사람이 많지 않았지. 모두들 한 식구처럼 살았는데, 그들의 입에서 우리가 화제가 된 거야. 뉴욕에 살던 때였는데, 우리 처지를 알자 내놓고 비난하는 거야. 아버지는 괴로워하시더군."

1970년대 후반에 LA로 이사를 왔다. 다행히 대학에 자리가 마련되었다.

"아이들에게는 일주일에 몇 시간씩 한국어와 한국 풍습을 가르쳤어. 그러는 가운데 할아버지와 할머니 이야기도 나누었고, 나도 내 친정아버지의 이야기를 숨기지 않았어. 아이들은 자라면서 어떤 상황을 만날지 모르고, 인간과 세상을 이해하는 데, 집안의 내력은 참 좋은 교과서였어."

나는 미국에서 살아왔던 아버지와 작은 어머니 마음을 헤아려보았으나 도무지 미치지 못했다.

"그런데 이곳에서도 그 악령이 따라와 우리를 괴롭혔어."

결혼 주례를 맡기로 했다가 과거를 알고는 거절당했던 일, 한인 사회에서는 잊힐 만하면 아버지의 과거를 들먹이면서 은근히 비난하는 사람들이 나타났다. 심지어는 교회에서도 그랬다.

목사를 찾아가 고민을 털어놓았지만 목사는 이미 마련되어 있는 대답만을 했다. 그래서 직접 주님에게 묻기 시작했다.

"내 목숨을 지켜준 그 여인의 사랑을 받아준 것이 죄가 됩니까? 남자가 한 여자만을 사랑하여야 합니까? 족장들도 여러 아내를 두지 않았습니까?"

아버지는 기도 시간이 점점 많아졌다. 자신의 삶에 대해 따지고 싶은 것이 많았다. 그 해답을 주님으로부터 직접 듣고 싶어 했다. 작은 어머니는 그러한 아버지가 걱정되었다. 인간의 삶을 너무 경직되게 판단하는 것이 두려웠다.

"아버지는 그 해답을 얻기 위해서 우선 자신에게 정직하려고 애를 썼지. 정직하다는 것은 자신의 생각과 판단이 어떤 문제 때문에 변질되어서는 안 된다는 것이었어. 아마 이혼까지도 생각했을 테지만, 우리의 관계를 유지할 수 있었던 것은 아버지의 그 정직성 때문일 거야. 아무리 외부로부터 비난과 배척을 받아도 그것 때문에 이혼하면 안 된다는 생각을 굳게 갖고 있었어. 집안 어른들이 돌아가시기 전에 아들을 받아줄 수 있는 명분을 만들어드리기 위해서라도 이혼을 생각할 수도 있었겠지. 나도 이제 사랑으로 살아갈 때가 지났고, 미국 사회에서 기반도 잡았으니, 이혼한다고 생활에 별문제는 없었어. 아버지에게는 어른들과 화해가 시급했겠지. 그런데 이혼하고 어른들과 화해를 하면 문제는 해결될지 모르지만 자신을 배반하는 것이라고 생각하셨어. 그래서 내가 은근히 이혼을 제의해도 완강하게 거절하셨어."

"이제 그렇게 한다고 이미 제 길로 달려온 내 인생을 되돌려놓을 수 없지 않소. 이렇게 살아가는 것이 내 몫이지. 그런데 당신이 나를 싫어한다면 이혼할 수 있어."

한마디로 거절했다.

"선생님은 계속 바르고 정직하게 사는 길이 무엇인가를 묵상하면서 주님께 매달렸어. 기도를 통해서 그것이 매우 어려운 문제임을 확인하게 되었을 거야. 바르게 살기 위해 자기 정직을 훼손할 수도 있고, 정직하게 살려고 하지만 그렇게 살지 못하는 이 문제를 신에게 물을 수밖에 없었겠지."

나는 그러한 아버지의 고민을 들으면서 섬뜩했다. 아버지는 한평생 비수를 품고 살아왔구나. 흐트러지려는 자신을 지키기 위해 비수가 필요했겠지. 그러한 아버지의 치열성과 용기가 부러우면서도 갸륵하게 여겨져 눈물이 핑 돌았다.

"그럴수록 외로움은 더 깊어지고, 사는 것이 어려웠으니까.

그래도 편하게 살기 위해 자신을 속이지 않으셨어. 우리가 도저히 다다를 수 없는 고민과 달관을 같이 갖고 사셨어. 선생님은 자신이 선택한 삶과 그 삶을 유지해온 신념과 같은 것에 대해 회의하면서도, 그 회의가 선생님의 힘이 되었기에 세상과 맞설 수 있었지. 그러나 오만하지 않았고, 늘 당신 자신에 대해 겸손하셨어. 그렇게 살다 보니까, 세상의 편견과 그에 따른 비난까지 이해하는 지경에 이르게 되었고, 결국엔 집안 어른들의 판단을 존중할 수 있었을 거야. 늘 부모님과 서울 언니와 자식들에게 죄스러운 마음으로 그리워하며 사셨어."

나는 작은 어머니의 말을 들으면서 차츰 아버지의 마음을 조금씩 헤아릴 수 있었다. 야윌 대로 야위어서 더 야윌 것이 없는 그 육신이 그 마음을 설명하고 있었다. 이 육신처럼 아버지의 지성과 영성이 얼마나 고통을 당했을까? 더 야윌 아무것도 없어져야 진정한 해답을 얻게 되는구나. '주님, 대답해주십시오.' 그렇게 부르짖고 싶었다.

이렇게 아버지는 고통스럽게 한세상을 살았는데도, 피를 나눈 자식은 그 고통을 조금이라도 덜어드리기는커녕 이해하지도 못하고 살아온 것이 죄송스러웠다. '아버지를 이해합니다. 아버지는 절대로 비난받을 분이 아닙니다. 그 고통을 제게도 좀 나눠주시지요. 제가 덜어드릴 것이 뭐 없습니까?' 이러한 위로의 말이라도 한마디 들려드렸다면, 아버지의 고통은 훨씬 줄

어들었을 것이다.

가재로 침을 흘리고 있는 아버지 입 언저리를 닦아내는 작은 어머니 손길은 여전했다.

"당신, 이제는 그 모든 고민이 다 해결되었습니다. 당신은 정직하게 사셨어요. 여기 아들이 왔어요. 당신을 이해한대요. 주님이 이제야 해답을 주셨군요."

작은 어머니의 조곤조곤한 음성이 내 폐부로 밀려왔다.

"아버지! 죄송해요."

나는 부르짖듯 말하면서 울음을 터뜨렸다.

그 순간, 아버지 눈자위에서 눈물이 고였다.

"여보! 서울에서 큰아이가 왔어요. 당신이 그렇게 좋아하시던 아들이 왔어요. 눈을 한번 뜨고 바라보세요. 너무 늙어버려서 알아볼 수 있겠어요?"

작은 어머니가 아버지 귀에 대고 말했다. 그 순간이었다. 내가 잡은 아버지 손아귀에 미세한 힘이 전해졌다. 그것이 내 손을 통해 내 심장으로 밀려왔다.

"아버지!"

나는 소리를 질렀다. 그때였다. 아버지 야윈 얼굴에 움푹 팬 눈자위가 움직이더니, 눈이 번쩍 뜨였다. 그러고서 고개가 옆으로 무너졌다.

아버지의 한 많은 세월이 막을 내렸다.

살아 있는 자들의 오열을 환송곡으로 받으면서 아버지는 이 세상을 떠났다.

4

아버지의 장례를 마치고 서울로 돌아오는 비행기 안에서도 나는 아버지의 부음을 서울 가족들에게 어떻게 전할까 걱정했다. 이미 전화로 아내에게는 말했다. 소식을 받은 아내가 어머니께 말씀드리느냐고 물었으나 대답하지 않았다.

집에 도착한 나는 우선 어머니 방으로 들어가서 인사를 드리는데 그만 울음을 터뜨리고 말았다.

"자식이 미련하긴…… 쯧쯧. 둘이 꼭 닮긴…… 다 내 탓이지만……"

몸살 기운으로 누웠다가 일어나 앉은 어머니는 내가 큰절을 하던 중 일어나지 않고 흐느끼자 혼잣말처럼 중얼거렸다.

"엘에이로 가면서 이 에미까지 속이고 가야 했냐? 이 에미를 그렇게 속 좁은 여편네로 봤냐? 다 내 탓이지. 간다고 했으면 내가 꼭 전할 것이 있었는데, 이제는 저세상에서 만나 전할 수밖에 없구나."

한마디를 하고서 어머니는 다시 자리에 누우셨다.

그날 밤에 어머니는 아내를 불러 당신이 쓰는 장롱에서 두 벌의 수의를 꺼내도록 했다. 옥색 모시로 만든 아버지와 어머니 수의였다.

"이것을 전해드리려고 했는데……"

어머니는 수의를 입고서 어렵게 일어나 아내와 내 부축을 받으며 방 안을 한 바퀴 걸었다.

"그 아래 상자에는 그 어른이 쓰던 물품이 몇 있다. 그것들을 아버지 수의로 잘 싸서 내 무덤에 같이 묻어라. 내가 하늘나라 가서 그 어른에게 전해야 하겠다."

그러고는 자리에 눕더니 다시 일어나지 못했다.

임종 직전에 그 수의에 대한 일을 다시 부탁했다.

어머니의 장례를 준비하면서 유언대로 아버지 유품을 모으는데, 거기에 옛날 노트 수십 권이 쌓여 있었다. 어머니 일기장이었다. 아버지에 대한 절절한 사랑과 그리움, 어른들의 생각대로 따르느라 감당해야 했던 고통을 아버지에게 전하는 투로 쓴 글들이었다.

그중에 어른들이 돌아가신 다음에 쓴 글이 눈에 띄었다.

"여보! 당신과 당신이 사랑했던 그 미국 식구들과 서울 우리가 합치면 안 될까 하는 생각을 수없이 해봤어요."

나는 망연했다. 결국 아버지는 두 여자를 사랑할 수 있었구나.

나는 어머니의 부음을 작은 어머니에게 전할까 망설이다가 그만두었다. 나는 아직도 그 마음 씀이 어머니나 아버지에 이르기에는 어린아이에서 벗어나지 못했다.

아버지와 아들
—관계 12

1

병실 안은 모든 것이 정지되어 있었다. 호텔 VIP 객실처럼 호화로운 병실에는 모든 것이 치밀하게 조립되어 있는 것처럼 제 자리에 놓여 있었다. 창가 침대 위에는 산소호흡기를 쓴 환자가 천장을 향해 누워 있다. 나는 병실을 잘못 찾아왔는가, 환자 이름을 확인했다. 〈명승찬. 남, 78. 담당의사 윤채석〉틀림없는 아버지 병상이다. 누워 있는 얼굴 가까이서 들여다보았다. 사람이 아니었다. 외계인? 순간 내가 전혀 딴 세계에 진입한 듯한 착각에 빠졌다. 아버지는 호흡기가 제공해주는 산소로 숨을 쉬고 있다. 생명은 이미 육체를 떠나 허공에 부유하고 있었다. 기계 조작에 의해 생명의 한 올이 끊어지지 않고 겨우 유지되고 있을 뿐이다.

환자는 아버지가 아니었다. 내 기억에 새겨진 그 건장한 체격, 키 1미터 80센티미터, 체중 85킬로그램, 호랑이 눈처럼 빛나는 눈과 사람을 제압하는 짙은 눈썹, 의지와 욕망을 드러내는 매부리코, 세상의 이치를 설파하는 말과 웃음을 토해내던 큰 입, 그 입을 보호하고 있는 구레나룻…… 대한민국 사내 중에 사나이인 명승찬의 모습은 찾아볼 수 없었다. 골상에 가죽만 씌워놓은 몰골, 지그시 감겨 있는 눈에는 눈곱이 찐득하게 끼었고, 그 위로 멋대로 자란 허연 눈썹과 턱수염, 다물어지지 않고 비틀어진 입 언저리로 흘러나온 침은 턱을 지나 목으로 흘러내리고 있었다. 호흡기로 가려진 얼굴 윤곽은 박물관 진열장에 진열되어 있는 미라였다.

나는 사람의 얼굴이 저렇게 변할 수 있는가 의아해하면서 시트를 헤집고 아버지의 다리를 더듬었다. 쇠말뚝처럼 단단했던 허벅지 아래로부터 다리까지는 뼈에 가죽만 씌워져 있었다. 야윈 하체를 더듬는 내 손길로 전해오는 감촉은 녹슨 무쇠를 만지는 것 같았다. 아버지는 생명체를 가진 사람이 아니었다.

"누구세요?"

제복을 입은 중년 여인이 들어오더니 의아스러운 눈초리로 나를 경계했다. 나는 대답을 하지 않고, 시트 자락을 제대로 덮었다. 아버지는 표정도 반응이 없다.

"누구세요?"

간병인은 짜증스럽게 재차 물었다. 누구라고 대답해야 할까? '이 환자가 제 아버집니다.' 입이 열리지 않았다. 병상에 누워 있는 사람과의 관계를 얼른 입 밖으로 발설할 수 없었다.

"가족들은 병실에 들르지 않습니까?"

나는 간병인을 쳐다보면서 물었다. 환자의 큰아들 처지인데 내가 누구라고 밝히는 것은 어색했다. 여자는 여전히 나를 경계하듯이 쳐다보았다. 나는 이것으로 간병인과의 인사를 마쳤다고 생각했다. 그도 짐작했을 것이다. 나는 우선 15년 만에 만난 아버지에게 인사말을 건네고 싶었다.

"경현이가 왔어요."

그만 내 이름이 튀어나와버렸다.

간병인은 놀라면서 별별 생각을 하기 시작했다. 부자의 인연을 끊었다는 큰아들이 왜 돌아왔을까? 이제 집안에서는 한바탕 소동이 일어나겠군. 형님, 안 오실 거예요. 그렇지 않아요. 유산 문제가 있으니, 안 오겠어요? 아마 큰아들이 아니 온다고 해도, 정연이 그 애는 달려올 거요. 두고 봐요. 걔가 돈을 얼마나 밝히는지. 간병인은 언젠가 환자가 돌아가신 후의 장례 절차를 의논하는 말을 옆에서 엿들은 적이 있다. 회장의 젊은 부인이 큰며느리의 대학 동창이며 친구라는 것도 그때 어렴풋이 알았다.

"사모님이랑, 둘째 아드님이랑, 며느님, 그리고 막내 따님과 사위 되시는 분들이 번갈아가며 오세요. 제가 쓰레기를 치우려고 잠시 밖에 나갔는데, 그사이에 오셨군요. 여기 앉으세요. 뭐 마실 것을 드릴까요?"

간병인은 내가 누구인지를 알았는지 경계의 눈빛을 풀고 친절했다. 그때 중년 간호사가 들어오더니 주춤했다.

"큰아드님이세요. 그리고 이분은 VIP 담당 간호부장이시구요."

간병인은 서로를 소개했다.

"수고가 많으십니다."

간호부장은 어색한 웃음을 흘리다가 차츰 경계하는 눈빛으로 나를 쏘아봤다.

"병원장께서 마음을 쓰십니다. 회장님은 저희 병원 이사이시니……"

"언제부터 산소호흡기에 의지하셨습니까?"

나는 묻고는 곧 후회했다. 아들이 아버지 병세를 모르고 있었다니 한심할 일이다.

"3주 전부터입니다. 10월 4일에 수술을 받으셨고, 2주 동안은 경과가 좋았는데, 갑자기 10월 22일부터 예상하지 못한 문제가 발생했어요. 그리고 이틀 후부터……"

나는 간호부장의 설명을 들으면서 날짜를 계산해보았다. 오늘이 11월 14일, 3주 전부터, 그렇다면 왜 내게 알리지 않았을까?

"소식을 늦게 들으셨나 봐요?"

3일 전에 편찮다는 소식을 들었다. 그것도 아내의 친구로부터였다. 아버지의 여자는 큰며느리와 친구지간이기도 한데, 우연히 그 친구가 LA에 왔다가 아내와 통화하는 도중에 아버지의 병세를 말하게 되었다.

야, 네가 왜 서울에 안 가고 태평하게 여기 있니? 무슨 말인데? 소식을 모르니? 아유 어찌 형제들이, 아니, 걔가 그랬을 거야. 큰아들이 나타나면 복잡해지니까, 네 시어른이 병원에 입원해 계신데, 어렵다고 하더라. 뭐? 아내는 창피해서 더 듣지 못했다. 친구와의 통화를 끝내고 즉시 친구이면서 시아버지의 여자인 서미연과 전화로 한바탕했다. 그리고 내게 가보지 않겠느냐고 물었다.

"안 가. 나 보기를 꺼리는 사람들이 많은데, 내가 뭐 하러 가?"

나는 가슴이 미어지는 아픔을 참으면서 절연하게 말했다. 이미 부자의 인연은 끊은 후였다.

"평생 후회해요. 가보세요. 저는 명색이 며느리여서 가도 좋고 안 가도 좋은데, 제가 가면 그 애가 싫어할 테니 가지 않지만, 당신은 가야 해요. 부자의 인연을 어떻게 끊을 수 있어요. 마지막 인사를 하고 오세요. 땅을 떠나 그 나라로 가는 길은 너무 멀고 험해서 외롭답니다. 배웅객들이 많아야 외로움을 덜고 떠날 수 있대요."

울음을 머금은 아내의 목소리가 내 뜻을 흔들어놓았다.

인천행 비행기 좌석에 앉아서야 아버지를 만난다는 실감이 났다. 15년 전에 떠나온 길을 되돌아간다. 그렇게 융통성이 없었을까? 착한 아들이 어떻게 아버지를 싫어할 수 있었을까?

나는 아버지 얼굴로 다가갔다. 아버지는 나에게 그런 모습으로 보이려고 작정하셨는지, 전혀 알 수 없는 모습으로 나를 맞았다. 이집트 박물관에 진열되어 있는 미라, 우주복을 입고 새로운 공간으로 떠나시는 것인가? 중력을 잡으려고 안간힘을 쓰듯이 등을 약간 구부리고 부유하듯이 떠 있는, 어린이 놀이터 그네에 나를 껴안고 앉아 공중을 나는 즐거움을 처음으로 만들어주던 그 모습이었다.

"호흡기에 의지해야만 되는 건가요?"

나의 엉뚱한 질문에 간호부장은 눈길이 묘하게 움직였다.

"먼 길 오시느라고 피곤하실 텐데, 옆방에서 좀 눈을 붙이시죠. 회장님은 우리가 잘 모시겠습니다."

부장은 경계하는 눈초리로 나를 바라보더니 옆에 있는 접견실로 안내하려 했다.

"괜찮습니다."

나는 병상으로 더 가까이 다가가 호흡기를 유심히 바라보았다. 부장이 내 곁으로 바싹 다가왔다.

"병상은 저희에게 맡기시고, 좀 쉬시죠. 사실 환자 곁에는 병원에서 지정한 의료진만 있게 되어 있습니다. 원장님께서 특별히 지시를 내렸습니다."

'내가 환자의 큰아들인데? 병상을 지킬 수 없단 말입니까?'

그렇게 물으려다가, 나는 이미 아버지 아들의 자리에서 빠져 있다는 것을 이들도 알고 있다고 생각되어 그만두었다.

문밖이 소란스럽더니 의료진들이 여럿 들어왔다. 그들도 내게 의아한 눈초리를 던졌다.

"큰아드님 되시는 분이 방금 미국에서 돌아오셔서……"

부장이 나를 의료진에게 소개했다.

"제가 병원장입니다. 회장님의 쾌유를 위해 최선을 다하고 있습니다. 안심하십시오."

반백의 의사는 내 얼굴을 잠시 주시하더니 젊은 의사로부터 차트를 받아 들었다. 의학 용어를 주고받았다. 맥박과 혈압에는 이상이 없다는 것이었다.

"면목이 없습니다. 아버님을 병원에 맡기고는 이렇게 늦게 찾아와서……"

"세상살이가 다 그렇지요. 미국 생활은 더 바쁘시죠."

원장은 나를 위로하듯 하면서 씽긋 웃었다. 당신의 마음을 다 알고 있다는 표정이다.

"아버님께서 제 말을 알아들을 수 있을까요?"

병원장은 내 물음에 묘한 반응을 보였다. 산소호흡기에 의지하여 생명줄을 겨우 붙들고 있는 식물인간에게 무슨 말을 하겠다고? 그런 표정이었다.

"글쎄요? 말이라는 것은 마음과 마음을 교류하는 것이니까, 아드님의 말씀을 듣고 싶으시다면, 혹 그런 무의식적 욕구를 갖고 계시다면 들을 수도 있지 않겠어요."

병원장은 다시 씽긋 웃었는데, 그 웃음은 나를 위로하려는 것인지 야유하는 것인지 혼란스러웠다. 시체와 다름이 없는 환자 앞에서 쓸데없는 몇 마디를 지껄이고 저지른 불효를 다 탕감하려고? 죽음의 절차를 치르려는가? 나는 병원장의 야유 섞인 마음을 읽었다.

병원장은 그 말을 남기고 뒤돌아섰다. 의료진들이 그의 뒤를 따랐다.

나는 그들이 사라진 문을 바라보았다. 자동문이 열리고 다시 닫히는 동안은 불과 1분쯤 되는 시간인데, 내게는 무척 길었다. 게다가 간호부장이 되돌아왔다.

"저 방으로 들어가셔서 좀 쉬고 계세요. 좀 있으면 사모님이 오실 시간입니다."

나는 부장이 내가 환자 곁에 있는 것을 꺼린다는 것을 알았다. 일부러 산소호흡기를 빼어버릴까 두려워하는가? 아들을 믿지 못하는가? 죽음 앞에서 부자는 무슨 관계가 있는가?

"회장님은 워낙 유명한 분이어서 혹시 세상을 뜨시면 그 확인 절차가 복잡합니다. 그러니까, 아드님이시더라도 환자와 접근하는 것을 엄격하게 금하고 있습니다. 제가 이런 말씀을 선생님께만 드리는 것이 아닙니다. 사모님이 오셔도 그렇습니다."

나는 간호부장의 말대로 병상에서 물러 나와 옆방으로 들어갔다.

간병인이 따라 들어왔다. 호화로운 방이었다. 나는 소파에 앉았다. 간병인이 차를 권했으나 나는 고개를 저었다. 소파에 등을 붙이니, 기다렸다는 듯이 잠이 몰려들었다.

꿈에 아버지를 만났다. 아버지는 나를 목 위에 태우고 방 안을 한 바퀴 돌았다. 퇴근하신 아버지는 내 방에서 공부하는 나를 불러내어 자주 이렇게 해주셨다.

2

나를 태우고 방을 몇 바퀴 돌던 아버지가 픽 하고 쓰러졌다. 아버지 어깨에서 떨어진 나는 "아버지" 하고 소리를 질렀다. 안방에서 어머니가 뛰어나왔다. 아버지! 아버지! 쓰러진 아버지를 붙들고 우는데 울음소리가 입 밖으로 나오지 않았다. 아버지! 아버지!

꿈이었다. 부옇게 눈앞이 밝아오면서 한 여인의 얼굴이 가까이 다가왔다.

"꿈을 꾸셨어요."

낯선 중년 여자였다. 그런데 어디서 본 듯했다. 아, 그 여자, 내가 가장 싫어하는, 아버지는 가장 좋아하는 서미연이! 그 여자가 웃고 있었다.

"효자라서 아버님 꿈을 꾸셨나 봐. 옆에 계신데 꿈에서만 하실 말씀이 많았던 모양이지요?"

여자는 얼굴 가득히 웃음을 머금고 도톰한 입술을 나불거리면서 말했다.

'어허, 미연 씨!'

나는 여자의 이름을 부를 뻔했다. 자주 부르던 이름이었다. 아내의 대학 동창이면서 절친한 친구였다. 내가 아내와 사귈 때에 우리는 종종 어울렸다. 숫기가 없는 아내는 단둘이서 만나는 것이 어색하다면서 이 친구를 데리고 나왔다. 서미연은 육사 출신 대위와 약혼한 사이였다. 일선 중대장인 약혼자는 자주 데이트할 시간이 없었기에 그녀는 우리와 잘 어울렸다.

"잠깐 잠이 들었는데, 아버님이 저를 목에 태워주셨어요. 그런데 그만 아버님이 쓰러지는 바람에 제가 깨었지요."

나는 어색한 만남을 얼버무리려고 꿈 이야기를 했다.

"아버님은 아들이 무거웠나 봐요. 그 큰 체구에서 힘에 부쳐 넘어질 지경이면……"

여인은 입술을 약간 비틀며 말했다. 이 여자는 아버지의 병환이 아들 때문이라고 말하고 있다. 나는 갑자기 가슴이 뛰면서 호흡이 가빠졌다.

"정연이는 잘 있어요?"

대답하지 않았다. 이 여자와 이야기하기가 부담스럽다. 그래도 말은 해야 한다.

"서로 연락하지 않으세요? 그래도 친구인데, 친구는 영원한 친구가 아닌가요?"

"걔도 나와 절연했어요. 아마 어머니라고 부를 생각을 하면 치가 떨리는 모양이지요."

여자의 음성이 내 가슴을 찔렀다. 여자의 말에는 송곳이 달려 있다. 어머니라니? 그런 생각을 어떻게 할 수 있을까? 여자는 내 눈총에 주춤했다.

이 여자의 남편은 결혼하고 한 해 후에 사고사를 당했다. 아내는 자기 일처럼 슬퍼했다. 그래서 아버지 회사 비서실에 취직을 시켜주었다. 평소에도 친구의 시아버지라 '아버님'이라고 불렀는데, 아버님이 '아빠'로, 아빠가 '여보'로 변하게 되었다.

"수술실로 들어가시면서 준호 아버지를 찾으셨어요."

준호는 내 큰아들 이름이다. 여자가 그 애의 이름을 부르는 것도 불쾌하다. 여자는 준호까지 싫어한다. 우리가 미국으로 떠나기 전에 온 식구가 방배동 집으로 하직 인사를 드리러 갔다. 그때 준호가 이 여자를 보고는, 이모, 어쩐 일로 할아버지 댁에 오셨어요?, 하고 의아해했다. 아버지와 이 여자가 당황했다. 아내는 두 사람의 그런 표정을 즐거워했다. 아내의 친구라서 준호는 여자를 이모라고 불렀다. 그런데 아버지와 그 여자는 우리가 준호를 시켜서 그런 호칭을 쓰도록 했다고 생각했다.

"준호는 아직 모르는구나. 이모가 아니라, 할머니야. 이모가 이제는 준호 할아버지의 와이프야. 알았지."

그 여자의 말에 당황한 것은 준호만이 아니었다. 아버지나 나와 모두들 입이 떡 벌어졌다. 아내는 입술을 깨물었다. 우리 부부와 준호 성호 네 식구가 서둘러 아버지 앞에 큰절을 하기 위해 늘어섰다. 10분만 참자. 10분만이다. 나는 아내에게 귓속말로 중얼거렸다. 10분만. 아버지도 분위기를 알고서 입을 다물고 자리에 앉으셨다. 우리가 바로 서서 큰절을 하려고 하는데, 이 여자가 아버지 곁에 다가와 앉았다. 아내가 멀거니 서 있는데, 10분만이다. 나는 입술을 깨물고 아버지와 여자 앞에 큰절을 했다.

"부디 건강하세요."

나는 터져 나오는 울음을 삼키면서 어금니 사이로 겨우 한마디를 뿜어내었다. 그리고 도망치듯이 현관문을 나섰다. 멋모르고 있던 준호와 성호도 분위기를 알았는지 조용했다. 나는 아버지 집을 뒤돌아보지도 않고 차에 올랐다.

"조금만 일찍 왔어도 회장님이 의식이 있을 때여서 모든 것을 용서하셨을 텐데……"

여자의 말에 마음을 쓰지 않으려는데, '용서'란 말이 귀에 거슬렸다.

"이 지경이 되도록 왜 알려주지 않았어요?"

이미 15년 전에 이 여자에게 가졌던 미움의 앙금은 모두 해소해버렸으나, 마지막 아버지의 형편을 알리지 않은 것은 참을 수 없었다.

"아니, 작은집에서 알리지 않았던가요?"

동생이나 제수는 내게 알리는 것이 부담되었을 것이다. 특히 제수는 이 여자와 대학 선후배 지간이다. 아내와 막내 여동생까지 모두 같은 대학 동문이다.

"고모도 소식을 전하지 않았어요?"

막내 여동생도 아버지 병세를 내게 전하는 것에 마음을 쓰지 않을 것이다. 막내는 나보다 아내를 더 싫어한다. 대학 선배라서 제대로 시누이 노릇을 하지 못했다. 그냥 선배가 아니다. 동아리 대선배여서 우러러보는 처지이다. 우리가 결혼을 한다고 했을 때 동생은 적극 반대했는데, 그 이유는 아내에게 제대로 시누이 노릇을 할 수 없었기 때문이다.

"동문회는 잘되는 모양이지요? 준호 엄마가 없으니……"

모두들 아내를 꺼린다는 것을 나도 잘 안다. 집안의 네 여자, 그러니까 어머니가 살아 계셨다면 다섯 여자들이 다 동문이다. 어머니를 제외하곤 아내로부터 이 여자, 제수와 여동생까지 모두가 2, 3년 터울로 동문이다. 동문 이야기에 여자는 아무런 대답도 하지 않았다. '동문회'란 말에 모일 때마다 아내를 헐뜯었던 일들이 되살아났기 때문일 것이다. 여자를 은근히 쳐다보면서 아내를 가운데 놓고 입방아를 찧는 그녀들 모습을 생각해보았다.

"그런 얼굴로 바라보지 마세요. 몹쓸 여자로 보이세요? 전 외로운 노인을 모신 죄밖에는 없어요. 어느 아들, 어느 며느리, 어느 손자가 노인 곁에서 그 외로움을 달래주었겠어요?"

여자는 내뱉더니 갑자기 소리 내어 울기 시작했다.

"다 운명으로 생각하고 견뎌왔어요. 그런데 모두들 돈 보고 살았다고 생각하니……"

여자의 울음소리가 점점 커졌다. 누가 돈 보고 살았다고 했던가? 자격지심인가? 아니, 나를 위해 노인에게 청춘을 바쳤단 말인가?

"이제는 자유로워지세요. 노인에게 부담을 갖지 마시고……"

나는 예의를 갖춰 한마디 했다.

"저보고 화냥년이 되라는 건가요. 15년 만에 나타나서는 겨우 한다는 소리가……"

말을 곡해한 것이다. 참, 어렵구나. 나는 그러한 생각을 얼른 떨쳐버리면서 소파에서 일어나 병실로 나왔다.

아버지께 작별 인사라도 드려야 하겠다.

"나가세요. 여기가 어딘 줄 알고 들어오셨어요. 무슨 유산이라도 얻으려고……"

등 뒤로 여자의 앙칼진 목소리가 뒤따라왔다. 그제야 이 여자가 나를 박대하는 이유를 알게 되었다. 적반하장이다. 나는 여자가 아버지에게 접근한 그 사연을 알고 있다.

정부의 경제 부처 고급관리였던 아버지는 퇴직하고서 곧 한국의 대표적인 그룹의 경영인으로 영입되었다. 그즈음 본격적인 부실기업 인수합병이 이뤄지던 시기였다. 아버지는 그 일을 도맡았다. 은행의 돈을 빌려다가 무너지는 기업을 헐값에 사들여서 그 운영자금을 다시 은행에서 빌려 몇 년 만에 회사를 정상적으로 올려놓았다. 그렇게 여러 기업 인수합병하면서 그룹의 위상을 높이는 데 아버지는 절대적으로 기여했다. 5년 만에 기업의 부회장 자리에 오르고 다시 3년 후에 아버지가 인수합병한 회사 중에 제일 알짜인 회사를 맡았다. 그때부터 아버지는 돈 모으는 데 전력을 기울였다. 지금까지 살아오면서 뼈저리게 확인한 것은, 돈 앞에 모두는 평등하고 돈은 죽은 사람만 살리지 못하지 모든 것을 가능하게 한다는 사실이었다. 몇 년 후에 아버지는 한국에서 몇 안 되는 현금 보유자로 알려졌다. 그리고 아내의 친구는 아버지 여자가 되었다.

"아니, 어쩐 일이세요?"

병실로 들어오던 동생이 나를 보더니 놀랐다. 아버지가 저 지경이 되었는데 '어쩐 일이세요?'라니, 듣기가 거북했다.

"그동안 걱정 많이 했겠구나? 좀 일찍 연락을 할 일이지."

나는 동생 앞에서 형으로서의 체면을 세우면서 감정을 죽였다.

"아버지와 형은 아무 상관이 없지 않아요? 아버지는 형을 자식으로 생각하지 않았어요."

"이 자식이?"

나는 화가 치밀어서 주먹질이라고 하고 싶었다. 내가 주먹을 휘두른다면, 이 동생도 내게 더 단단한 주먹을 휘두를 것이다. 아버지 앞에서 형제가 싸운다면, 아버지는 아마 산소호흡기를 빼고 다시 일어나실 것이다.

"내가 아버지를 찾아온 것은 마지막으로 할 말이 있어서이다. 네게 손해를 끼치려고 오지 않았다. 그래도 아버지가 저 지경이 되었으면 알려줘야지. 다른 사람의 입을 통해 들었으니, 형의 체면이……"

나는 솔직하게 말했다.

"체면을 생각했다면, 아버지와의 인연을 끊지 말았어야지요.

잘난 형이 집안 식구들에게 부끄러움을 물려주고 떠나버린 일을 생각하셔야지요."

"내가 누구를 부끄럽게 만들었단 말이냐?"

나는 그 문제는 따지고 싶었다.

"이제 와서, 그렇게 변명하는 이유가 뭡니까? 새어머니께 용서를 구해서 뭘 얻어먹겠다는 겁니까? 아버지 유산, 그것을 생각했다면 또다시 부끄러움을 당할 것입니다. 생각을 바꾸세요. 15년 동안 전화 한번 없었다가 아버지가 식물인간이 되었다는 소식을 듣고 달려온 형의 속이 너무 환히 보이네요. 돈 앞에는 체면도 부끄러움도 다 숨어버렸다는 겁니까?"

동생이 나를 경원하는 이유를 말했다. 정말 내가 유산을 바라서 이곳으로 왔던가? 정직하게 자신을 점검해보았다. 유산? 그렇지 아버지는 엄청난 재산을 갖고 있으니까, 죽으면 그것은 자연스럽게 법적상속자에게 넘겨진다. 상속을 받는다면 얼마나 될까?

나는 고개를 흔들었다.

"나는 유산과는 상관이 없다. 나도 이제는 먹고살 만은 하니까, 부담 갖지 말아라."

"형은 왜 그리 당당해. 왜 남의 부족함을 받아주지 못해. 어머니가 돌아가신 다음에 혼자이신 아버지를 생각해봤어? 남자가 혼자 산다는 것이 얼마나 고통인가를 생각해봤어?"

나는 갑자기 화제를 바꾸는 동생의 마음이 궁금했다.

"내가 깨끗해서가 아니다. 아버지를 이해하지 못했기 때문이다. 그때에는 아버지를 받아들일 수 없었던 것이 솔직한 내 마음이었다."

"그래서 형은 불효자세요."

"나도 인정한다. 그래서 이렇게 왔다."

나는 아버지께 할 말이 많다. 그 말을 동생은 이해할 수 없을 것이다.

"차라리 만나지 않는 것이 좋을 겁니다. 일평생 아버지에 대한 죄책감을 품고 살도록 일부러 전하지 않았어요."

"너무 잔인하구나!"

그 말에 나는 심장이 떨렸다. 동생 말이 맞다. 만약 생전에 아버지를 만나지 못했다면 나는 그 죄책감을 안고 한평생 살게 되었을 것이다.

"난 동생이 부럽다. 그때 아버지를 받아들일 수 있는 네 마음이 부럽다."

나는 새삼스럽게 동생의 처신이 아버지를 위로해주었을 것이라고 생각되었다.

"제가 형님 몫까지 한 겁니다. 저까지 아버지를 외면했다면 아버지는 어떻게 사셨겠어요. 돈이 많더라도 행복할 수 없었을 겁니다. 외로움과 배신감에 자식을 미워하면서 살았을 겁니다.

제 마음은 아팠지만, 아버지는 아버지니까, 아버지를 이해하려고 애쓰면서 아버지 곁을 떠나지 않았습니다. 그래서 형에 대한 아버지의 증오감도 어느 정도 풀실 수 있었을 겁니다. 전들 아버지 일을 즐거워했을 거라고 생각하세요?"

돌아가신 어머니를 생각하면 아버지의 이혼과 재혼을 받아들이지 못하는 것은 당연한데, 그 당시 아버지 처신을 쉽게 받아들이는 동생을 이해할 수 없었다.

"이제 모두 지나간 옛일이다. 그 당시 아버지에 대한 우리 형제의 마음과 태도가 무엇이었는지, 이제 와서 무슨 의미가 있겠느냐? 아버지가 저 지경이 되었으니. 나는 지금 아버지께서 잠시라도 의식을 회복해서서 내 말을 들어줬으면 한다. 그 외에는 아무런 소원도 없다."

"형은 언제까지 그 허울 좋은 껍데기를 벗어버리지 못하고 행세하시겠어요. 형에게 필요한 것은 아버지에 대한 사죄가 아니라, 더 진실된 모습으로 아버지 앞에 서는 것이에요."

진실된 모습? 그것이 무엇인데? 그것은 네 편에서 보여드려야 한다. 네가 아버지의 재혼을 수용한 것은 네 현실적인 이해관계 때문이 아니었나? 너와 제수가 아버지의 그 많은 재물을 탐낸다는 것을 잘 알고 있다.

"우리 형제 중에 아버지로부터 사랑을 제일 많이 받은 것은 형님이었어요. 저는 늘 형님의 그늘에 가려서 아버지나 돌아가신 어머니에게 즐거움을 한 번도 안겨드리지 못했었어요. 그만큼 형은 우리 집안의 스타였지요. 유치원 때부터 소문이 났고, 초등학교 때부터 졸업할 때까지 1등을 남에게 넘겨준 적이 없는 욕심쟁이면서도 겉으로는 얼마나 마음이 넓고 남에 대해 배려할 줄 아는 착한 아이였어요. 그러한 형의 모습을 만들어주는 데 어머니가 얼마나 큰 역할을 했는지 알지요. 반에서 어려운 학생들을 찾아가 형 대신 어머니가 적선을 베풀었고, 선생님 생일 때마다 어머니의 사주를 받고 형은 갖가지 형태로 형의 순수성을 자랑할 수 있는 이벤트를 벌였어요. 중고등학교에 들어가서도 형은 늘 착하고 공부 잘하고 마음씨 좋은 학생으로 생활하도록 어머니가 배려해주셨어요. 아버지와 어머니는 형을 영웅으로 만드는 데 온 정력을 다 쏟았어요. 저는 학교에서는 제 이름을 내세워본 적이 없었어요. 항상 '명경현'의 동생이었어요. '명성현'이라는 제 이름을 아는 선생도, 다른 반 아이들도 없었어요. 항상 형의 동생이었어요. 대학에 가서도 그랬어요. 형은 일류 대학 법학과에 들어가 정해진 코스를 따라 사법고시를 패스하고 판사가 되었고, 저는 전기 대학에 떨어져서 후기에 들어갔어요. 내가 후기 대학에 합격해도 누구 하나 축하한다는 인사를 해주지 않았어요. 모두들 사법고시를 준비하는 형에게 온통 마음을 주었어요. 아버지의 배려로 법관으로 좋은 보직에서 일했고, 미국에서 유명 대학의 로스쿨 과정을 거치는 행운을 얻었지요. 그렇게 아버지 곁을 떠나 혼자 살기에 어려움이 없었으니, 아버지를 배신할 수 있었겠지요. 저는 대학을 나와 제 힘으로 회사에 입사했고, 제 노력으로 남보다 뒤처지지 않게 살면서도 아버지의 후광이 필요했던 것이에요. 아버지는 그랬어요. 애비를 배신하는 자에게 한 푼도 유산을 줄 수 없다고. 나는 어쩌면 그 유산이 탐나서 아버지와 타협할 수 있었어요. 그러한 동생에 대해서 형은 나무랄 수 없을 겁니다. 형 그늘에서 기를 펴지 못하고 살아온 동생이 비로소 아버지의 만년을 즐겁게 해드렸으니까요."

동생은 말을 중단하고 긴장하며 듣는 나를 은근히 쳐다보았다.

"네가 하고 싶었던 말을 다 했구나. 결국 아버지 유산을 받은 자격을 가진 자는 너밖에 없다. 나도 이제 먹고살 만큼을 갖고 있으니, 아버지 유산을 물려받아 내 재산이 좀 는다고, 내가 하루 다섯 끼를 먹으며 즐기겠느냐? 재산으로 내 인생의 수명을 한 시간이라도 연장시킬 수 있겠느냐. 다 소용없는 일이다. 더구나 유산 때문에 형제가 다툰다면 그것처럼 치사한 일이 더 있겠느냐? 아버지 얼굴에 먹칠하는 일이 된다."

"저는 형과 인연을 끊은 지 오랩니다. 착각하지 마세요."

동생은 나의 말을 믿을 수 없다는 뜻으로 외면하고 말했다.

"형제 관계는 생각이 아니라, 사실이다. 네가 나를 형으로 생각하든 안 하든 관계없이 우리는 형제이다. 그렇다고 네게 부담을 주고 싶지는 않다."

나는 동생의 의도와 달리 유산에 관심이 없음을 강조했다.

동생이 병실에서 나갔다. 나도 일어나 별실로 들어왔다. 소파에 앉으니 마음이 차츰 평안해졌다. 이제 동생과 그 여자에게 할 이야기는 다 한 셈이다. 그들 모두 나와 아버지와의 관계가 이미 끊어졌다고 하는데, 내가 무슨 말을 더할 것인가? 잠이 몰려왔다.

환청처럼 사람의 말소리가 들려왔다.

"시아주버니가 오셨어요. 그런데 어떻게 태평스럽게 잠을 잘 수 있으세요?"

오랜만에 듣는 제수의 목소리다. 그녀는 아내의 대학 후배이다. 둘은 친했다. 제수는 우리의 신혼집에 종종 놀러 와서는 좋은 신랑감을 구해달라고 했다. 아내는 그를 손아래 동서로 점찍어두었다. 더구나 막내와는 친구 사이니까, 우리 집안 식구가 된다면 좋은 일이 많을 것 같았다. 아내의 입장에서는 아끼는 후배를 동서로 들어앉히면 겸손해질 수밖에 없으니까, 큰며느리로서 마음을 놓을 수 있다. 그래서 그녀는 우리 집 식구가 되었다. 그런데 사람의 마음은 한량이 없어서 이해하지 못하는 부분도 많았다. 일단 우리 집 식구가 되고 나서부터 아내가 아끼던 후배 동서는 다른 여자로 돌변했다. 우선 막내와의 관계도 무너졌고, '믿는 도끼에 발등 찍힌다'고, 제수는 아주 달라졌다. 아내는 그녀의 배신을 감당할 수 없었다. 어머니가 돌아가신 다음에 더욱 달라졌다.

"정정하실 때에는 전화 한 통 없으시더니, 이제 돌아가시게 되어서야 나타나서 무엇을 하시려고? 오시면 그래도 아버님 곁을 지켜야 하는데, 태평스럽게 주무시다니?"

"여보, 그만해요. 내가 좀 전에 알아들을 만큼 말했어요."

제수를 따라 들어온 동생이 아내를 만류하는 척했다. 제수나 동생은 내가 잠을 자지 않고 다 듣고 있다는 것을 알고서 일부러 말하는 것 같았다. 나는 우스웠다. 벌떡 일어나 그들을 무안하게 만들까 생각하다가 저절로 웃음이 터져 나왔다. 갑자기 목소리들이 사라져버렸다. 병실에는 무슨 놀라운 일이 벌어진 것처럼 정적이 흘렀다. 나는 벌떡 자리에서 일어나 병실로 들어설까 하다가 참았다. 혹시 아버지가? 그렇게 걱정하면서도 나는 자는 척했다.

잠시 의식이 오락가락하더니 편안한 잠으로 빠져들 수 있었다.

잠시 후에 모두들 병실을 떠났다. 나는 아버지를 만나기 위해 병실로 들어갔다. 간병인이 나를 주시했다.

"제가 아버님께 마지막으로 드릴 말씀이 있어요."

나는 병상 바로 옆에 있는 간의 의자에 앉아 아버지의 여윈 손을 붙잡고 말하기 시작했다.

3

아버지! 저는 아버지의 착한 아들로 살아가려고 했습니다. 저는 아버지의 분신이었습니다. 어렸을 때부터 아버지를 꼭 닮았다는 할아버지 할머니 말씀이 그렇게 즐거울 수 없었습니다.

아버지는 한 치의 오차도 없이 살아가는 분이셨습니다. 경현아, 인생은 한 번밖에 없다. 인생에서 연습이란 있을 수 없다. 연습도 실전과 같이 해야 한다. 모든 일을 내가 할 일이라 생각하면 즐겁게 할 수 있다. 남에게 폐를 끼치지 마라. 항상 남을 배려하고, 베푸는 마음으로 살아라. 시간이 지나고 보면 베푼 것은 남지만, 남에게 빼앗은 것은 남지 않는다. 아버지는 이 교훈을 할아버지로부터 배웠다. 평생 가난에서 헤어나지 못하고 사시면서도 하루 세끼 먹는 것을 감사하게 생각하셨던 분이셨다. 비록 가난하셨지만 여유는 천석꾼보다 더하셨다. 이 애비가 그렇게 살아가려고 노력한다. 세상살이가 말처럼 쉽지는 않지만, 항상 가슴에 새겨두고 사노라면, 그래도 그렇게 살 수 있을 것이다. 늘 이렇게 강조하셨습니다.

아버지 말씀대로 사는 것을 자랑으로 생각했기에 그렇게 사는 것이 불편하지 않았습니다. 그런데 아버지 말씀처럼 살아야 하겠다는 제 생각이 잠시 흔들렸던 경우도 있었습니다. 아버지가 비리 공무원으로 반년 동안 옥살이를 할 때였습니다. 그때 누가 아버지를 정죄할 수 있을까 많이 생각했습니다. 그 일을 당하고 보니, 세상 돌아가는 것도 조금은 알게 되었습니다. 우리 집에 뻔질나게 드나들던 아버지 친구들이나 관리들이 발길을 끊었고, 아버지에 대해서 칭찬을 늘어놓던 세상 사람들의 입술도 변하였습니다. 그래도 아버지가 죄를 지어 재판을 받고 옥살이를 한다는 것은 이해할 수 없었습니다. 세상이 잘못되었거나, 아니면 아버지가 잘못되었거나, 둘 중에 하나인데, 저는 아버지가 잘못되었으리라고는 생각하지 않았습니다. 그리고 세상이 잘못되고 있음을 여러 정황으로 알게 되었습니다. 그래도 아버지 일은 제게 큰 충격이었습니다. 제가 붙잡고 살아온 가치들이 무너지는 것 같았습니다. 그래도 아버지 말씀하신 대로 살았습니다.

보석으로 풀려나와 병원에 입원해 있는 아버지를 만난 것은 고등학교 2학년 때였습니다. 아버지는 정치 보복을 받은 것이다. 아버지는 부정을 저지르지 않았다. 너는 조금도 부담 가질 필요가 없다. 그렇다고 네가 아버지를 대신해서 아버지를 핍박한 그들에게 원한을 갖거나 미워하지 말라. 세상에는 권력 싸움이라는 것이 있다. 너는 그런 소용돌이에 갇혀 살지 않기를 바란다. 아버지는 관리였기 때문에 어쩔 수 없었지만 이제 그 길에서 빠져나올 것이다. 아버지는 잘못을 저지르지 않았다. 네게 이런 모습을 보여줘서 미안하다.

울음 섞인 아버지 음성이 제 가슴에 박혔습니다. 아버지의 고통이 바로 제 고통이 되었습니다. 아버지 말을 모두 믿을수록 저는 더욱 아버지 안으로 들어가 앉을 수밖에 없었습니다. 그것은 당신의 부끄러운 모습을 아들에게 숨기시지 않고 다 털어놓는 아버지의 정직함 때문입니다. 저도 어른 몰래 부끄러운 일을 종종 저질렀으나 누구에게도 말하지 못했습니다. 정직할 수 있는 용기가 없었습니다. 그런데 아버지는 제게 다 말했습니다. 그러한 아버지의 모습은 제 앞에 두려운 존재로 나타나기 시작했습니다. 내가 감히 다가갈 수 없는 분이로구나. 그 이후에 내가 종종 부끄러운 일을 저질렀을 때에 이전보다 더 고민했습니다. 아버지에게 말할 것인가? 숨기고 살아갈 것인가? 고민하면 할수록 차츰 아버지가 불편한 존재가 되었고, 아버지 모습은 저를 억압하게 되었습니다.

그래도 아버지의 모습에 더 다가가 살기 위해 애썼고, 괴로워했고, 열심히 일하면서 살았습니다. 아버지가 회사에서 일하게 되었을 때 아버지의 또 다른 열정을 보았습니다. 그때 아버지는 호텔에 기숙하시면서 회사 일을 하셨고, 그 회사는 몇 년 만에 엄청나게 성장했습니다. 아버지는 기업 경영의 실력자로 군림했습니다. 그때 나는 아버지를 은밀하게 쳐다보았습니다. 아버지의 저 열정이 어디에 숨어 있었을까? 그즈음, 너는 아버지처럼 살지 말라. 정의를 실현하는 사람이 되어라. 공의롭게 살아라. 그런 말씀이 생생하게 살아났습니다.

대학 2학년이 되고, 본격적으로 사법시험을 준비하고 있었습니다. 공의로운 사회는 공정한 재판에서 시작된다. 내가 공직에 일할 동안 네 생활비를 감당할 테니까, 네가 돈 때문에 그 공정성을 잃지는 말도록 해라. 돈은 모든 것을 가능하게 한다. 천사도 만들고 악마도 만든다. 신성과 악마성을 동시에 지니고 있는 것이 인간이고, 그 인간을 조종하는 것이 돈이다. 돈을 멀리할수록 좋고, 의식하지 않고 살아갈 수 있으면 행복하다. 아버지는 그 점에서 불행한 사람이다. 일생 동안 돈의 굴레에서 벗어나지 못했으니 말이다. 그런데 돈을 벌어야 국가도 국민도 행복할 수 있으니까, 나는 괴롭더라도 그 일을 즐겁게 하며 살아갈 것이다. 아버지의 표정은 너무 엄숙했습니다. 그럴수록 아버지는 저를 옥죄는 거대한 힘이 되었습니다.

그러한 아버지 모습이 한꺼번에 무너져버렸습니다. 아버지께서는 경영인으로서 일하면서 차츰 달라졌습니다. 아버지와 어머니의 이혼, 그로부터 1년 후 어머니의 죽음, 다시 1년도 채 못 되어서 재혼, 이러한 일들은 제가 꿈에도 생각하지 못했던 아버지 모습이었습니다. 아버지와 어머니의 사랑은 어머니의 생애를 수놓은 아름다움 그 자체였습니다. 어머니가 얼마나 아버지를 사랑했는지 그것은 자식인 저보다 아버지께서 더 잘 알고 있지 않습니까? 흔한 결혼식장에서의 주례사처럼, 어머니와 아버지는 한 몸이었습니다. 저는 그러한 어머니가 천사처럼 생각되었습니다. 아버지는 참 행복한 남자로구나. 나도 어머니와 같은 여자를 아내로 맞이할 수 있었으면 하고 꿈꾸었습니다. 아버지께서 감옥에 갔을 때에 어머니의 생활을 아시지요? 이틀에 한 번씩 면회를 갔어요. 그리고 아버지가 죄를 짓지 않았다는 것을 믿고 확신했어요. 면회를 갔다 오신 어머니는 아버지께서 생활하시는 그대로 집에서 생활하셨습니다. 구치소의 식사처럼 식사했고, 잠자리도 그 11월 말, 마루에서 담요 한 장으로 지내셨습니다. 아버지가 구치소에서 고생하시는데, 어머니가 편히 지낼 수 없다는 것이었지요. 저희가 말려도 그 뜻은 굽히지 않았습니다. 어머니와 아버지 두 분의 관계이기 때문에 아무리 자식이라 하더라도 도리가 없었습니다. 한 몸처럼 살아오신 두 분이 어떻게 그런 지경에 이르렀는지 도저히 이해할 수 없었습니다.

그렇게 두 분의 관계가 어려워졌는데도 집 안에서 두 분의 모습은 여전했고, 큰소리 한번 들리지 않았습니다. 그래서 아무런 이상 징조도 눈치채지 못했습니다. 장자인 제가 결혼하고 따로 나가 살고 있었으니까 그렇지요. 하루는 수현이가 울면서 전화를 걸어왔어요. 아버지와 어머니가 각방을 쓴다는 것이었습니다. 대수롭지 않게 생각했지요. 부부 사이에 그럴 수 있는 문제가 있으려니 생각했습니다. 아버지 어머니 일이지만 그 문제에 대해서는 자식으로서도 관여할 수 없다는 것을 알았습니다. 그런데 그 후 며칠 후에 아내로부터 들었습니다. 아내 친구 미연이가 아버지와 가까워지고 있다는 이야기를 친구로부터 들었다는 겁니다. 그 여자가 일부러 아버지와의 관계를 친구들에게 퍼뜨렸다는 것입니다. 아내는 창피해서 친구들 얼굴을 대할 수 없다고 그랬습니다. 그래도 저는 그저 구경하듯이 기다릴 수밖에 없었습니다. 그 여자 말을 전부 믿지 않았습니다. 며느리 친구의 어려운 처지를 생각한 아버지의 배려가 오해를 낳았구나. 아버지와 어머니를 알고 있는 저로서는 그렇게 생각할 수밖에 없었습니다.

그런데 들려오는 소식은 점점 어두웠습니다. 누이의 말에 의하면 어머니는 식음을 전폐하고 아버지와 싸우고 있다는 것입니다. 그제야 사태가 심상치 않음을 알았습니다. 아내는 아내의 친구인 그 여자를 만났습니다. 아버지가 어머니와 이혼한 후에 자기와 결혼할 것을 약속했다는 것이었습니다. 저는 하늘 아래서 이러한 일이 일어날 수 있는가 의아했습니다. 상상할 수 없는 일이었습니다. 아버지와 어머니의 문제이기 전에 제가 지금까지 믿어왔던 인간관계에 대한 생각이 무너지기 시작했습니다. 혼란스러웠습니다.

어머니는 정식으로 이혼을 요구했습니다. 부부 관계를 유지할수록 당신을 더 미워할 수밖에 없을 것이고, 그러면 결국 당신을 사랑했던 내 자신을 부정하는 것이 되기 때문에 차라리 이혼하는 것이 낫다고 생각하셨습니다. 두 분 모두 자신에게 집착하고 살아가는 걸 알게 되었습니다. 부부의 사랑도 자신이 상대를 사랑하는 일일 뿐이지 진정으로 상대를 사랑하는 일이 아니지 않는가, 그렇게 생각하게 되었습니다. 결국 그러한 자신을 속이거나 자신을 달래면서 살아갈 수 없는 두 분이라는 것을 알았습니다. 결국 두 분은 석 달 후에 법적으로 이혼했고, 어머니는 집을 나가 혼자 사셨습니다. 어쩌다가 만나게 되면 쓸쓸히 웃으시면서 "미안해" 하셨습니다. "내가 너무 욕심이 많았어. 너희를 자식으로 사랑한 것이 아니라, 자식을 사랑하는 내 마음을 사랑한 것이구나, 자책할 때도 있다. 그러나 부부가 사랑하고 좋아하며 산다는 것도 한때이다. 아무리 없으면 죽을 것 같던 그 사랑의 열정도 어차피 시간이 지나면서 식어지게 마련이니까, 서로 멀어지고, 사랑이 식은 관계로 사는 것보다는 혼자 사는 것이 훨씬 자유롭고, 네 아버지는 젊고 예쁜 여자와 즐기면서 사는 것이 좋을 것이고, 나는 내 방식대로 살아가는 것이 좋을 수 있다. 어머니는 사랑하지도 않으면서 체면을 생각해서 자식을 생각해서 사는 것보다는 지금이 훨씬 행복하다. 사랑하지 않는 아버지에게 사랑을 구걸하여 사는 것보다는 이렇게 사는 것이 떳떳하다. 시간이 지나면 지금 이 마음이 덧없다고 생각될 수도 있을 것이다. 네 아버지 생각도 변할 수 있을 것이다."

어머니는 아주 마음의 평정을 찾고 있었습니다. 저는 아버지 처신도 이해할 수 없었지만 어머니 생각도 이해할 수 없었어요. 두 분은 6년 동안 연애를 하지 않습니까? 대학 2학년 때 사랑하기 시작해서, 아버지가 행정고시에 패스하고 군 복무를 마칠 때까지 서로 수백 통의 편지를 주고받으면서 사랑했다는 이야기를 저희에게 자랑처럼 말씀하셨지요. 인생의 선배로서 우리에게 사랑의 자부심을 갖게 하기 위해서 말씀하셨습니다. 너희는 아버지 어머니의 사랑의 열매라고. 그런데 이혼하셨습니다. 너무 사랑했기에 배신에 대한 아픔도 컸겠지요. 어머니의 그 결단은 무서웠습니다. "우리 세 남매를 위해서도 어머니는 이혼을 유보하실 수 없겠냐"고 사정을 했습니다. "아버지가 돌아올 수 없고, 미연이는 물러설 수 없다는데, 이 에미가 며느리 친구와 사랑 싸움을 해야 하겠느냐? 이미 나는 40년 넘게 너의 아버지와 사랑하고 살면서 행복했으니까, 이제는 물러서도 여한이 없다. 인간의 배신과 사랑의 덧없음을 배우기 위해서 그 많은 시간이 필요했다. 이제부터 다른 인생을 살아야 하겠다."
어머니의 이혼 사유였습니다.

어머니는 그렇게 아버지로부터 떠나갔습니다. 아버지에게
받은 적지 않은 돈으로 미혼모를 위한 일을 하면서 사랑의 배
신을 이기고 있었습니다. 아니, 사랑의 배신을 당한 그 많은 미
혼모의 아픔을 배우다가 결국 3년을 견디고서 세상을 떠났습니
다. 병실에서 만난 어머니는 전혀 딴 여자였습니다. 췌장암 말
기 시한부 인생을 살면서도 자식들에게 알리지 않는 어머니의
독함을 보면서, 저는 지금까지 세상살이에 대한 제 생각들에
다시 한번 혼란스러워지기 시작했습니다. 부모와 자식, 남편과
아내, 그렇게 소중하게 생각하던 가족에 대한 생각들이 무너지
기 시작했습니다. 그렇게 탄탄하게 맺어져서 조금도 흔들림이
없었던 관계가, 그것은 사람이 맺은 게 아니라 어떤 절대 힘에
의해서 맺어졌고 이루어졌다는 신앙과 같은 생각들이 무너져
버렸습니다. 지금까지는 한 가족으로 세상에서 살게 되었다는
것은 매우 신비하다고 생각했습니다. 그래서 서로의 관계를 신
뢰했고, 더하여 경제적으로 여유가 있어서, 모두들 열심히 살
아간다는 점에서 행복했고, 감사하면서 살았습니다. 제 주변에
가족 관계가 흐트러져서 고통당하는 사람들을 만날 때마다 제
가 가졌던 행복감은 더했습니다. 그렇게 우리에게 행복을 만들
어준 것은 아버지와 어머니라고 생각했습니다. 아버지가 감옥

에서 고통당하실 때에도 우리는 아버지가 죄가 없다는 사실을 믿었기에 불행하다고 생각하지 않았습니다. 어머니의 옥바라지를 보면서 우리는 조금도 동요하지 않았습니다.

그런데 하루아침에 그렇게 탄탄하고 아름답게 맺어져서 유지되었던 모든 관계가 여지없이 깨어져버렸습니다. 아버지와 어머니의 이혼이 저희 삼 남매가 지녀왔던 인생에 대한 생각들을 흔들어놓았습니다. 어떤 부모들은 자녀들을 생각해서 부부의 갈등을 참고 견디노라면 극복되었다고 들었는데, 아버지 어머니의 경우를 생각해보니, 우리의 관계는 배려와 사랑으로 맺어진 것이 아니라, 자신을 지키기 위해서 유지되었던 관계라고 생각되었습니다. 그러니까, 자신의 생각과 뜻에 합치될 수 없을 때에는 깨어질 수밖에 없었던 매우 취약한 것임을 알게 되었습니다. 어머니는 아버지를 사랑할 수 없게 되었을 때에 아버지와 온 가족으로부터 떠날 수 있었고, 아버지는 어머니에 대한 사랑보다 더 행복한 대상을 얻어서 더 행복할 수 있다고 생각되었을 때에 아내나 자식도 소중하지 않았던 것입니다. 그러한 상황에서 저도 살아온 시간들을 곰곰이 따져보게 되었습니다. 그러다 보니 제 자신을 찾게 된 것입니다. 그것은 놀랄 만한 깨달음이었습니다. 저는 자라면서 부모로부터 떨어져 나가기 위한 훈련을 받아왔고, 저 혼자 날아다니며 살아갈 수 있는 길을 모색해왔다는 것을 알게 되었습니다. 저 자신도 모르고 있었던 제 모습이었습니다. 아니 알고 있으면서 은밀하게 숨겨온 진실이었습니다. 그런 면에서 아버지나 어머니와 다르지 않았다고 생각합니다. 부부간에도 자식에게도 알리지 않고 숨겨놓은 자신의 모습과 진실이 따로 있었기에, 어느 날 모든 관계로부터 떨어져 나갈 수 있었을 것입니다. 더구나 저는 자라면서 아버지로부터 떨어져 나오는 연습을 하고 있었음을 알게 되었습니다. 아버지가 원하는 것이 내 마음에 맞지 않을 때가 있어도, 예를 들면, 제가 혼자 제 방에서 놀고 싶은데, 아버지는 밖으로 나가 함께 놀자고 하시면, 가고 싶지 않았지만, 저를 쳐다보시는 눈길에서 아버지가 저를 사랑하고 있다는 것을 아는 순간 아버지 청을 거절할 수 없어 따라나섰던 것입니다. 항상 저는 아버지와 생각을 달리하면서도 아버지의 사랑스러운 눈길과 마음 씀 때문에 저 자신을 잠시 뒤로 미루고 아버지를 따랐습니다. 그래서 아버지 말씀처럼 남에게 배려할 줄 아는 넓은 마음을 가진 아이가 되었고, 부모님과 집안 어른들에게는 착한 아이가 되었습니다. 그러나 따져보면 저는 착한 아이가 아니었고, 착한 척하는 아이였을 뿐입니다. 그 점에 대해서는 아버지나 어머니도 한가지였을 것입니다. 항상 우리 앞에서는 저희에게 인자하시고 사랑해주시는 부모님이셨지만, 그러면서도 두 분은 각각 다른 이가 접근할 수 없는 두 분만의 자아를 지니고 살았음을 이혼을 계기로 알게 되었습니다.

제가 자랄수록 제가 해야 할 일이 아버지의 일과 다르다는 것을 알게 되었고, 그래서 저는 아버지로부터 떨어져 나가는 것을 실습하는 식으로 살았습니다. 그것은 제게는 아섭고 괴로운 일이었습니다만, 그것을 할아버지 무덤 앞에서 오래오래 섧게 우시는 아버지 등을 보면서 비로소 알게 되었습니다.

할아버지는 아버지를 사랑하고 모든 관심을 다 쏟으셨지만, 그것은 할아버지 삶의 한 부분이었지 아버지 삶은 아니었다고, 아버지는 그 할아버지의 빛에 대한 부담으로 고통스러워했음을 알게 되었습니다. 그것은 단순히 오랜 병마에 시달리면서도 아들에게 부담될 것을 꺼려서 병을 숨기고 사셨던 할아버지 고집에 대한 아버지의 항변이었을 것입니다만, 그렇게 말년을 보내셨던 것도 할아버지 삶의 몫이었다고 생각합니다. 이렇게 세상은 아무리 부자지간이라 하더라도, 서로 다른 존재로서 서로 주고받는 것도 한정되어 있음을 알게 되었습니다. 아버지는 할아버지의 병을 위해 아무것도 해드릴 수 없었고, 할아버지도 그것을 아셨기에, 당신의 질병에 대해, 그리고 그다음 뒤따르는 문제를 아들이 감당할 수 없음을 아셨기에, 당신 혼자 그것을 짊어지고 가셨던 것입니다. 할아버지 영정 앞에서 너무 슬프게 통곡하는 아버지의 들먹이는 등을 보면서, 저 자신도 언젠가는 저렇게 아버지 앞에서 섧게 울게 될 것을 예감하였는데, 지금 제가 이렇게 울고 있습니다.

아버지와 아들

그러나 그러한 제 모습을 아버지 앞에 직접 드러내 보일 수는 없었습니다. 그것은 아버지에 대한 배신이며 자식의 도리는 아니라고 생각했습니다. 아무리 아버지와 저는 다르게 세상을 살아간다고 해도, 아버지의 몸에서 태어나 아버지의 사랑과 배려를 입고 자라온 저로서는 최소한의 관계를 유지하는 것이 아들의 몫이라고 생각했습니다. 그저 아버지 말에 '예' 하고 대답하며 살았습니다. 아버지 말을 거역하는 것이란 있을 수 없다고 생각했습니다.

그런데 결국 때가 왔습니다. 제 자신의 삶의 모습을 솔직하게 아버지께 보일 수 있는 기회였습니다. 아버지의 재혼은 자식이 관여할 문제가 아니었습니다. 그러나 그 일을 구실 삼아 아버지와의 결별을 선언한 것입니다. 아버지의 재혼을 받아들일 수 없다는 것은 돌아가신 어머니에 대한 자식의 한 가닥 정리였습니다만, 그것은 그럴듯한 구실이었고, 결국은 제 마음 깊숙한 곳에 숨어 있던 아버지를 거역하려던 제 모습이 기회에 맞춰 드러난 것이었습니다.

그런데 정작 아버지는 완강한 제 태도에 당황하셨습니다. 두 동생은 겉으로는 불만이지만 아버지 선택을 받아들였습니다. 평소에 그렇게 아버지에게 순종하고 생각에 균형 잡힌 (사실은 그렇게 보였을 뿐이지만) 큰아들이 반대하자 아버지는 당황하셨습니다. 반대 정도가 아니라, 저는 아버지와의 인연을 끊겠다고 선언하였습니다. 선언으로 끝내지 않고, 저는 아버지가 살고 있는 한국을 떠날 결심을 말했습니다. 그때 아버지의 충격은 대단했을 것입니다. 아내의 친구이고, 아버지가 사랑하는 그 여자가 아내에게 원망처럼 말하였습니다. 네가 좀 마음을 주었으면 우리는 더 행복했을 것이라고, 아내와 저를 원망했다는 말을 들었습니다. 제가 왜 그랬는지, 제 자신도 제 처신을 이해할 수 없었습니다. 아버지 가슴에 대못을 박고 떠나야 했는지, 그 여자 말대로 이왕 갈라설 처지라면 아버지 마지막 인생을 축복해주고 떠났으면 얼마나 좋았겠습니까. 후회막급입니다. 언젠가는 이렇게 세상을 떠나 다시는 미움도 사랑도 나눌 시간이 없을 텐데, 왜 그랬는지 모르겠습니다. 아버지! 마지막으로 불러봅니다. 눈을 뜨시고 저를 한 번만 쳐다봐주십시오. 제 회한에 찬 말을 들으셨다고 고개를 한 번만 끄덕여주십시오. 아버지!

"아니, 여보, 여보!"

아버지 병상 모서리를 붙잡고 울부짖는 내 귀에 그 여자의 놀란 음성이 들렸다.

"준호 아빠, 정신이 돌아오나 봐요"

그 순간이었다. 내가 눈물로 뒤범벅이 된 얼굴을 쳐들었을 때에, 호흡기를 의지해서 겨우 숨을 쉬고 있던 아버지가 눈을 번쩍 뜨고 나를 응시하는 것이었다.

"아버지!"

내 고함에 아버지는 그 앙상한 눈자위에서 눈물 두어 방울이 주르륵 흘러내렸다. 그 눈물이 야윈 뺨을 적셨다. 그러고는 아버지 고개가 오른쪽으로 기울어졌다.

"여보!"

여자가 고함을 질렀다. 아버지의 야윈 눈자위에서 흘러나오던 눈물이 멎었다. 의료진들이 달려오고, 야단법석을 치른 후에 "어르신께서 11월 8일 오후 6시 24분에 영면하셨습니다", 담당 의사가 말했다.

여자의 흐느낌이 계속되었다. 그 눈물은 세상을 떠난 사람과의 인연을 정리하는 의례적인 절차였다. 산소호흡기가 떼어졌다. 더욱 앙상하고 허물어진 아버지 몰골이 잠시 내 눈을 뒤덮었다. 여자가 그 얼굴을 덥석 껴안으면서 오열했다. 얼마나 죽기를 기다렸으면 저렇게 슬퍼할 수 있을까? 하얀 시트가 아버지 추한 얼굴 위를 가려줬다.

제수가 들어와서는 소란을 떨듯이 울었다. 슬픔은 만들어낼 수 있는 것인가? 눈물은 가짜 슬픔을 위장하기에 참 좋은 소재가 된다. 제수는 눈물을 펑펑 쏟으면서 울음을 그치지 않았다. 아버님, 아버님, 어찌 제가 잠깐 자리를 비운 틈에 떠나실 수 있어요. 제가 이별 인사도 드릴 틈을 주시지 않으셨어요. 제게 섭섭하셨어요. 아버님이 떠나시면 남은 저희는 어떡해요.

동생이 따라 들어와 역시 소란을 떨며 외쳤다. 아버지, 그렇게 떠나시면 남은 저희는 어떻게 살아요? 오래도록 시신이 누워 있는 침대를 부여잡고 울던 동생이 갑자기 고개를 들고 나를 쏘아보았다.

"형이 아버지를 저렇게 만들었어요. 형이 오니까 아버지가 형을 보고 싶지 않아서 빨리 돌아가신 겁니다. 그동안 발길을 딱 끊으셨다가 이제 나타나셔서 아버지를 괴롭혔어요. 무슨 할 말이 그렇게 많기에 아버님 병상에서 허튼소리를 하셨어요. 아버님이 얼마나 속이 상하셨으면 형의 말이 채 끝나기도 전에 울음을 터뜨리시며 돌아가셨겠어요?"

동생은 나를 향해 눈을 부라리면서 공격했다. 나는 아무 말도 하지 않았다. 들을 귀가 없는데 무슨 말이 필요하랴.

"왜 위급하시다는 소식을 전해주시지 않으셨어요."

제수가 여자에게 항변했다.

"누가 전하지 않았다는 거예요. 아버님이 위독하시면 병실을 떠나지 말아야지요. 자식들이 하나같이 제 앞가림만 하려고 드니? 아니, 떠난 아버님 앞에서 무슨 공치사를 하려고 그래요?"

여자는 당당하다. 그래도 부부로서 아버지의 고통을 나누었던 것은 자기뿐이라는 것을 은근히 내세우고 있었다. 순간 나는 사람과의 관계를 유지하는 것이 무엇인가, 생각이 떠올랐다. 윤리란 무엇인가? 자식은 자랄수록 부모로부터 점점 떨어져 나가기를 원하고 있는데, 세상은 그것이 두려워 도덕과 제도로서 그 허물어지는 관계를 유지시키려는 것인가? 그러한 윤리와 도덕은 사회 통합의 근원이 되기 때문인가? 그래서 사람들은 자신과 부모의 관계를 다 알고 있으면서 모른 척한다. 모른 척함으로써 일종의 음험한 결탁을 하는 것이다.

새나 짐승들도 자식을 끔찍하게 사랑하고 그 생명을 유지시켜주기 위해서 필사적으로 노력하지만, 일단 자식들이 홀로 세상을 살 수 있게 되면 모두 놓아준다. 그때부터는 남남이다. 가정이 없다. 세상으로 나가 살도록 한다는 것은 그들에게 절대 자유를 그 부모가 보장해준다는 의미이다. 그렇다면 윤리까지도 조작인가? 사회 통합을 위한 전략인가? 그때 제수가 불쑥 입을 열었다.

"아버지는 고독하셨어요. 돈으로도 해결할 수 없는 고독을 여자로서도 해결할 수 없다고 하셨어요. 제가 찾아뵐 때마다 그 점을 은근히 말씀하셨어요. 저 여자는 내가 어서 죽기를 바라고 있다. 네가 내 곁에서 나를 지켜줘야 한다. 그렇게 말씀하셨어요."

제수는 여자를 향해 손가락질을 하면서 공박했다.

"아이고, 이런 원통할 일이 있나? 자식들이라고 해서, 한 사람은 의절하고, 다른 한 사람은 재산에만 눈독 들이고, 어느 자식 믿을 수 없다고 하셨어요. 그래서 믿을 사람은 오직 나뿐이라고 하셨어요. 둘째나 막내는 일주일에 한 번씩 날을 정해 다녀가셨어요. 그것도 이 병실에 들어오면 겨우 10분을 머물지 않았어요. 식물인간이 되었으니, 다들 모른다고 생각했어요. 병상 곁에 서서 한 1분쯤 환자의 얼굴을 쏘아보다가 의자에 앉으면서 시계를 보았어요. 그리고 이 병실을 빠져나갈 궁리를 했어요. 아들과 며느리가 같이 왔을 때에 더 초조하였어요."

여자는 내게 들으라는 듯이 말했다. 내가 들으면 어떻게 하고, 망인이 알면 무슨 수가 생길 것인가? 한심하였다.

"무서운 세상이군요. 둘째 며느리는 어른이 건강하셨을 때에 집으로 자주 들렀어요. 아버지 눈 밖에 나는 것을 걱정했겠지요. 유산이 있으니까. 제게 '새어머니'란 호칭을 꼭꼭 썼어요. 물론 대학 3년 후배니까, 그렇게 하는 것이 마땅하지만, 저에게 좋아하는 척한 것도 모두 전략이었어요. 이 자리에서 저를 공격하는 것을 보면 알 것 같아요."

둘째 얼굴이 하얗게 질린다.

"내 참, 아버지가 돌아가셨다고, 제가 무슨 안방 주인이라도 된 듯이 말하지만, 어림도 없어. 그동안 아버지를 꼬셔서 가져간 돈이 얼마인데, 나는 다 알아."

제수가 표독스러운 눈총으로 쏘아붙였다.

이들의 기 싸움은 변호사가 들어서자 잠잠해졌다. 그는 아버지 친구의 아들로서 꽤 잘나가는 변호사이다.

변호사는 들고 있는 작은 녹음기의 전원을 켰다.

아버지 음성이 흘러나왔다.

"내가 죽은 후의 일은 모두 이 국 변호사에게 맡긴다. 이분 말대로 잘 따라서, 주위 사람들에게 본을 보이도록 해라. 내 시신은 내가 입원해 있는 대학병원에 기증하고, 2년 후에 유골을 수습하기로 했다. 그러나 너희가 그럴 마음이 없다면 병원 자의대로 처분하도록 해라. 그래도 손자들에게 할아버지 할머니를 기억하도록 하기 위해서이다. 유골이 수습되면 어머니 묘와 합장을 하든지, 아니면 그 옆에 작은 묘를 만들어달라. 유산 관계는 장례가 끝난 다음에 말하겠다. 장례식 때 일체의 부의금을 받지 말고, 장례의식이 아니라, 고별 예배를 드리도록 해라. 어머니가 다녔던 그 교회에 부탁을 했다."

4

아버지 유언대로 고별 예배가 끝났다. 시신은 대학병원 시신 안치실로 옮겨졌다.

아들과 딸과 며느리와 사위와 그 아래로 손자 손녀, 외손자들이 아버지 집으로 모였다. 물론 아버지와 15년을 같이 살았던 여자도 자리를 같이했다.

모두들 변호사를 기다리고 있다. 아무도 아버지 안 계신 집에서 아버지의 부재를 슬퍼하지 않았다. 3개월 동안 투병 생활을 하는 동안 자식들은 오히려 아버지와의 인연이 빨리 정리되기를 기다렸다.

변호사가 들어왔다.

그는 작은 녹음기와 봉투를 들고 있었다.

녹음기에서 아버지 음성이 흘러나왔다.

"내가 가진 모든 재산은 어머니가 운영하던 미혼모의 집인 〈작은 소망의 집〉에 아무런 조건 없이 기증한다. 그리고 내 사랑하는 손녀, 손자, 외손녀, 외손자, 여섯 명에게는 그들 이름으로 마련한 장학보험증서를 선물로 주겠다. 그 일은 변호사가 처리할 것이다. 내가 15년 동안 함께 산 그 여자에게는 충분히 경제적인 보상을 했다. 내가 살고 있었던 그 집이 이미 그 여자의 소유로 되어 있고, 그 외에는 개인적으로 충분히 보상을 했으니, 그 문제에 대해서 부담을 갖지 말도록 해라. 내가 세상에서 살아가는 동안 경현이 성현이 수현이를 얻게 되어서 행복했다. 너희에게 유산을 상속하지 않아서 미안하지만, 상속받아서 너희 재산이 좀 많아졌다고 너희 인생이 달라지지 않을 것을 애비는 잘 알기에 더 필요한 사람들에게 넘긴다. 너희들에게 나눠주는 것보다는 〈작은 소망의 집〉에 넘기는 것이 더 요긴하게 쓰일 것을 믿기 때문이다. 나는 경제를 공부하고 돈을 관리해서 그런 문제에 대해서는 너희보다 더 깊이 생각했다. 내가 세상에 나와서 너희와 인연을 맺고 한평생 살아온 것을 행복으로 생각한다. 모두들 각자의 길이 있다. 그 길에서 열심히 살도록 해라. 아버지 명승찬이가 남긴다."

아버지 육성 녹음이 끝났다. 그 육성과 같이 쓴 아버지 친필 유서가 변호사의 손에서 내게 넘겨졌다. 나는 맨 마지막에 아버지 이름 '明承贊'이란 한자 세 글자 다음에 갈겨쓴 익숙한 아버지 사인과 붉은 인주가 묻어 있는 선명한 인장 자국을 보았다. 그리고 그것을 동생 성현에게 넘겼다.

거실에는 정밀이 밀려왔다. 죽음의 공간처럼 싸늘했고, 미풍도 스며들지 않았다. 사람들의 숨결 소리만이 내 귀에 들려왔다.

잠시 시간이 흘렀다.

맨 마지막으로 그 유서가 여자의 손으로 넘어갔다. 나는 여자를 쳐다보았다. 색색의 매니큐어가 칠해진 손가락이 엷게 떨렸다.

"무정한 사람!"

여자가 그것을 휙 변호사 앞으로 내던지고는 자리에서 일어났다.

"어서들 나가세요. 이 집은 제 집이거든요."

그는 아주 당당하게 우리에게 말하고는 이층으로 올라갔다.

나는 미국으로 돌아가기에 앞서 어머니 묘소를 찾았다.

어머니에 대한 기억이 되살아났다. 그런데 다시 생각하니, 그 기억도 차츰 소멸되고 있다는 것을 알았다. 어머니에 대한 기억을 가장 많이 간직하고 있을 때가 언제였던가? 그것은 아마 내가 결혼하기 이전, 아니, 대학교에 들어가기 전, 그보다 더 어렸을 때 고등학교에 들어가기 전, 그보다 더 어렸을 때에, 그때에는 어머니는 나였고, 나는 어머니였다. 처음으로 아들을 낳으신 어머니는 자기의 살과 피를 나누어서 태어나게 한 생명으로 나를 생각했다. 내가 아프면 어머니도 아팠다. 나도 그랬다. 어머니가 아프면 나도 아팠다. 어머니가 즐거우면 나도 즐거웠다. 그러면서 내가 자랐다. 그런데 자라면서 나는 어머니로부터 차차 분리되어 나왔다. 이제는 기억으로만 어머니가 내 안에 남아 있는데, 언젠가 그 기억도 사라져버릴 것이다. 이제 기억으로 남아 있는 어머니와 나와의 관계도 끝이 날 것이다. 안타까운 일이지만, 이미 어머니는 땅 위의 일을 기억할 수 없는 처지니까, 어머니로서는 나를 완전히 떼어놓은 것이다. 그렇다면 부모와 자식의 관계는 무엇인가? 그것은 절차이고 기억일 뿐이다. 기억으로 그 관계가 유지되는 한 그것은 진정한 관계가 못 된다. 일방적이기 때문이다.

사람의 한평생은 관계 맺음과 그 끊음의 연속인가? 끊어지

지 않는 영원한 관계는 없는가? 그래도 나는 아버지와 어머니
를 내 기억의 창고에 오래오래 묻어두고 싶다. 인간의 부질없
는 생각인가?

이야기의 힘

1

아버지 손에서 미세한 느낌이 전해왔다. 아! 나는 반사적으로 병실 벽시계를 쳐다보았다. 6시 10분. 7시 30분에 미국의 휴먼 헬스계의 대부인 월터 씨와 미팅 약속이 되어 있다. 간병을 맡고 있는 이모가 옆에서 뭐라고 말하는 것 같은데 들리지 않았다. 다시 아버지 손에서 가는 떨림이 오는 듯했다. 이모님, 명 사장에게 오늘 미팅을 취소한다고 전해주세요. 명 사장이 들어온다. 오해 없도록 잘 말씀드리겠습니다. 수고해줘요. 바람에 흔들리는 명주실의 가는 떨림같이 전해오는 아버지의 손을 내려다보았다. 아니? 아버지의 안면 근육이 잠시 떨리는 듯하더니 눈자위에 물기가 번졌다. 내 가슴이 순간 멎는 듯했다. 마지막인가? 이모님, 아무래도 이상해요. 동생들을 불러주세요.

걱정 마세요. 회장님이 지금 부회장님을 알아보시는 거예요. 얼굴 표정이 달라졌죠. 가지 말라고 손을 붙잡으시는 겁니다. 그 순간 내 손에 가해지는 아버지의 떨리는 손길의 미세한 힘을 비로소 감지하게 되었다. 그 힘은 거대한 폭풍처럼 내게 몰려와 심장을 흔들었다. 이모의 입가에 미소가 번졌다. 종종 그러실 때가 있어요. 저도 손을 잡았다가 놓으려 하면 이따금 가는 떨림이 전해 오는 것을 느껴요. 부회장님이 지금 그러셨지요? 이모가 내게 눈짓으로 묻는 것이다. 아버님 얼굴을 더 가까이서 봤을 때에 언뜻 뭔가 스치는 듯했다. 내 손을 쥔 아버지 손에도 힘이 실렸다. 한숨이 나왔다. 임종은 아니구나. 동생들에게 알리지 마세요. 이모 앞에서 부끄러웠다. 미안합니다. 자식보다 아버님에 대해 더 잘 아시니, 제가 자식 도리를 못했군요. 말하다가 목이 메고 눈물이 뺨을 적셨다. 아버지 앞에서 이렇게 울어본 것도 까마득하다.

회의가 있어서 좀 늦었습니다. 세명휴먼소사이어티SHS 산하 SHS 의료원 원장인 송 박사가 아버지 담당인 서 박사와 같이 들어왔다. 아버지는 식물인간 판정을 받고 시신처럼 중환자실 VIP실에 누워 있다. 그래도 병원 임자니까 이러한 대우를 받는 것이다. 아버지는 아직도 내 손을 잡고 있다. 나는 송 박사에게 잡힌 내 손을 보라고 눈짓했다. 두 의사는 아버지 손과 내 손을 번갈아 바라보았다.

　나갑시다. 오늘 미팅 다 취소했지요. 아마 두 분과 이야기를 나눌 기간을 마련해주려고 그동안 나를 당신 곁에 붙잡아두었어요. 그 손에서 나는 뭔가 느꼈어요. 내가 앞장서 병실을 나가면서 몽유병자처럼 중얼거렸다. 두 의사는 무슨 말이냔 듯이 눈을 껌벅였다. 아버님은 식물인간으로 누워 있으면서도 그룹 경영에는 관심이 많은가 봐요. 아마 내가 오늘 미팅을 취소한 일에 대한 결과를 보면 알게 되겠지요? 그제야 두 의사는 고개를 끄덕였다. 엉뚱한 말이라고 생각하시겠지요? 저녁에 별 약속 없으면 식사나 하십시다. 오늘 중대한 발표를 두 분께 하고 싶은데요. 긴장하지 마세요. 사람이 죽는 일이 아니니.

　나는 기획조정실장인 원 사장에게 병원에서 저녁을 같이하자고 문자를 보냈다.

　오늘 참 한가하게 보이네요. 좋은 일이라도 있으세요? 송 원장이 의아하게 여기는 표정이 재미있다. 세상이 깜짝 놀랄 사업 아이디어가 떠올랐어요. 저녁을 하시면서 생각해봅시다.

　싱싱한 회에서 풍기는 약간 비릿한 냄새가 식욕을 자극했다. 두 의사는 지금 무슨 생각을 하고 있을까? 와인으로 잔을 채웠다. 제가 건배사를 하지요. 석종호 회장의 쾌유를 위하여어어어어! 갑자기 끝말이 흐려지며 목이 멘다. 미안합니다. 맛있는 식사를 앞에 놓고 먹으려니, 아버님 생각이…… 분위기가 가라

앉았다. 분위기를 바꾸기 위해서 제가 문제를 내겠소. 동문서답은 아닙니다. 사업과 관련된 수수께끼지요. 세 분은 오늘 제가 갑자기 중요한 미팅도 취소하면서 함께 식사를 하자는 의도를 아세요?

아무도 대답하지 않았다. 아마 솔직하게 대답할 수 없을 겁니다. 그러면 제가 여러분이 지금 말하려는 것을 그대로 읽는 방법이 없을까요? 사람들은 언어를 숨기며 살아갑니다. 여러 가지 이유가 있겠지요. 아버님처럼 뇌가 말을 안 들어서 그럴 수도 있고, 현실적인 이해관계 때문에 숨겨두기도 하지요. 술을 즐겁게 마시고 적당하게 취하면 속마음을 모두 털어놓게 된다는데, 술김에 털어놓는 진실이 얼마나 진실이겠어요?

식물인간의 소생 가능성에 대한 의학적 통계가 있습니까? 통계적 의미가 없으니까요. 흔히 기적이라고 해서 소생되는 경우가 있긴 있지요. 그런데 그것은 통계의 대상이 될 수 없습니다. 결국 안락사는 윤리 문제로 돌아가는군요. 그 말에 세 사람은 긴장한다. 내가 안락사를 제의하려는 것으로 받아들이는구나. 참, 인간의 언어는 소통이 불완전해.

원 사장, 미스터 월터에게 뭐라고 이유를 말했어요? 회장님 형편을 알고 계시더군요. 곧 아버님이 임종을 앞두고 있는 것으로 알았겠지요. 제가 그런 말을 하지 않았습니다만. 물론 그랬을 겁니다. 회장님은 오래 견디실 겁니다. 주치의 서 박사는 내 문제의 해답이 임종과 관련 있다고 생각한 듯했다.

병원에 불편한 점이라도 있나요? 원장은 병원 경영의 문제를 제시한다고 생각했다. 혹시 회장 취임식과 관계되는 문제인가요? 기획조정실장 닮구려. 모두 틀렸어요. 나는 한마디로 잘라 말했다.

캐나다산 바닷가재 요리가 들어왔다.

자, 퀴즈 따위는 뒤로 미뤄두고 식사를 합시다. 지금은 절대로 우울해할 시간이 아닙니다. 여자 종업원이 직접 게살을 빼어주려고 했다. 먹을 사람이 빼어 먹어야 맛이 있어요. 내가 능숙하게 게살을 꼬챙이로 꺼내어 입안에 넣었다. 모두들 게살 맛을 즐겼다. 이때쯤 말해야 할까?

아까 제가 아버지 손을 잡고 있는데, 손길을 느꼈어요. 그래서 이번에는 제 손에서 완전히 힘을 뺐지요. 마치 잡혀 있는 것처럼. 그때 분명이 내 손으로 아버지 손길이 스며드는 느낌을 받았는데, 그것은 느낌은 아니었어요.

듣는 사람들의 반응은 각각이다. 느낌이겠죠? 너무 효자여서 그래요? 의학적으로 도저히 상상할 수 없는 일입니다. 세 분은 제 말에 대해서 별 의미를 두지 않으시겠지요. 그래서 말입니다. 이제 사업 이야기를 합시다. 우리 세명휴먼사이언스에서 사람의 마음을 읽을 뿐만 아니라, 무의식에 묻혀 있는 언어와 이미지까지도 읽어내는 기계를 만들어봅시다. 이 사업이 성공하면 경제적인 효과는 물론이고, 인류 역사에 오해와 거짓말을 없게 만들 것이니, 정말 휴먼사이언스 시대가 열리지 않겠어요. 노벨상 감입니다.

어떻게 그런 기발한 아이디어를 얻으셨습니까? 제가 잡고 있는 아버님의 손에서 제 손으로 전해 오는 아주 미세한 그 힘의 정체를 확인하고 싶어서요. 그러면 아버님의 잃어버린 시간을 회복시킬 수 있지 않겠어요? 좋은 아이디어십니다. 그런데, 부회장님이 느끼신 것은 사실이 아닐 수도 있지요. 그렇게 말씀하시면? 알아요. 아버님은 언어와 육체의 운동이나 모든 사유의 기능을 담당하고 있는 대신경세포들이 손상되어서 뇌가 제기능을 못 하고 정지되어 있는 상태라지요? 제가 알고 싶은 것은 '기능의 정지'라는 문제입니다. 그것은 완전 소멸은 아니지요? 기능만이 정지된 것이니까요. 기능 정지라면 재활동 가능성을 배제할 수 없을까요? 그것은 기적이겠지요.

그만하십시다. 무거운 이야기여서. 사실은 이런 이야기일수록 즐겁게 나눌 수 있어야 하는데, 제로 상태의 불가능에서 어떤 가능을 가정해보는 이야기니까, 얼마나 희망에 찬 대화입니까? 만약 그 뇌에 잠자는 언어를 찾아내는 기구가 발명된다면 언어는 투명해지고 우리는 더 행복할 수 있지 않겠어요? 나는 빈 잔에 와인을 채웠다. 자, 세명휴먼사이언스의 회복을 위하여. 모두들 표정이 밝았다. 이거 특급 사업 비밀입니다. 이 아이디어가 만약 밖으로 새어 나간다면, 세 분이 책임을 져야 합니다. 그리고 저는 이제부터 이 문제에 집착하겠어요.

원 사장, 이건 공적 사항인데, 역량 있는 CEO 찾아봐요. 세 사람의 안색이 굳어졌다. 나는 아까 말한 그 프로젝트에 전념하려 해요. 무슨 말이지요? 병원장은 관심을 강하게 보였다. 아버님의 손에서 전해 오는 그 반응을 의학적으로 증명해보려는 것이오. 뇌사의 개념이 소멸이 아니라 정지라는 가능성을 배제할 수 없겠지요. 뇌사의 개념은 관습적이겠지요. 절대로 살아날 수 없다는 것은 일종의 폭력적 사고가 아닐까요? 윤리의 문제지요. 의사는 그 문제와는 멀리 떨어져 있다는 것이다. 아니 관습의 문제이고, 언어의 문제라고 생각합니다.

우리 이모님 아시지요. 그동안 아버님이 저 지경이 된 후에 계속 병상을 지켜왔어요. 병상만이 아니라 어머님이 돌아가신 이후 5년 넘게, 집안 살림을 맡아 하면서 아버님을 지켜봤어요. 아버님에 대한 그분의 관찰력은 동물적이에요. 그분이 말했어요. '회장님은 다 아세요. 여기에 누가 오시고 가시는지, 말하거나 표현할 수 없으신 것뿐이죠. 만약 그런 생각을 담아둘 수 있는 그릇이 있다면, 그릇이 가득 차 있을 겁니다. 부회장님이 이 병실에 들어오셔서 회장님의 손을 잡으시면, 그때부터 회장님 얼굴 표정이 달라지거든요. 이상한 말씀이지만 아드님들이 손을 잡으실 때와 며느님들이 잡으실 때, 그리고 따님들이 잡으

실 때, 손자들이 잡으실 때마다 얼굴에 나타나는 반응이 다르답니다.'

이 말을 어떻게 생각하십니까?

그것은 객관적이라기보다는 그분의 감성으로 확인한 일종의 정서적 반응입니다. 주치의 서 박사가 말을 계속했다. 지금까지 두 달 넘게 회장님의 병상을 지켜오셨고, 제가 알기로는 30년을 아버님과 집안일을 맡으셨으니, 회장님의 마음에 스쳐 지나가는 무늬까지 읽으신다는 것도 무리는 아닙니다. 서 박사가 진지하게 말했다. 그렇게 생각할 수도 있지요. 그러나 이모가 확인한 것이 일회적 사실이 아니라는 데서, 그 말이 무의미하다고는 할 수 없지 않겠어요.

어느 날 어머니의 일가인 젊은 여인이 세 아이를 데리고 나타났다. 남편이 불의에 죽고 살길이 막막하던 차에 서울에서 괜찮게 사는 어머니를 소문으로 듣고 찾아온 것이다. 이 여자를 어머니는 동생처럼 데리고 살았다. 주로 주방 일을 도맡아 하다가 어머니가 세상을 떠난 후에는 집안 살림을 맡았다.

'저는 회장님이 식탁에서 음식을 잡수시는 표정을 보면 그 마음을 다 압니다. 말씀으로는 다 맛있다, 수고했다 하시지만…… 수저를 집는 동작, 반찬을 집을 때 젓가락의 흔들림, 음식을 씹는 입놀림, 음식 드시는 속도, 그런 것들에서 차이가 납니다. 그래서 저는 회장님의 마음을 스쳐가는 빛살까지 다 알지요.' 그분이 한 말이에요.

30년을 긴장하고 진심으로 회장님을 모셨기에 그러한 느낌을 받을 수 있겠지요. 그러나 과장도 있을 수 있지요. 서 박사가 이의를 달았다.

'회장님의 기억력은 놀랍습니다. 일에 대한 것만이 아니라, 감정과 생각까지 기억해내십니다. 그때 무엇을 생각하셨고, 어떤 기분이었고, 어떤 판단을 하려고 했는데 그렇지 못해서 후회하는 것까지 기억하십니다. 말을 아끼시지만 기억은 대단하십니다.' 나는 이모의 말을 모두 전했다.

시각 영역을 맡고 있는 대뇌의 부분이 이미 훼손되었는데요. 훼손이라면 그 범위는? 존재하지만 기능하지 못한다는 말입니까? 그런데 그것은 어떻게 의학적으로 판단하지요. 정밀 검사, 그리고 임상 결과, 하나는 실체이고 다른 하나는 경험인데, 이 둘을 합작하면 보다 진실성이 커진다는 말인가요? 그렇습니다. 과학은 확률이거든요.

원장이 확신을 말했다.

확률이라고요? 나의 반응에 모두들 잠잠했다.

그것은 어디까지나 숫자 놀음이 아닌가요? 나는 통계를 믿지마는 그 통계에서 벗어난 것도 진실일 수 있다고 믿는 입장이다.

그래도 그것에 의해서 현대 의학이 존재해왔습니다. 서 박사는 나를 설득하는 표정이다.

말을 나누다 보니, 서 박사와 논쟁하는 기분이 되었다. 의사의 판단은 신념의 결과라는 점에서 서 박사의 생각은 정당하다는 것을 나도 인정한다.

그런데 오늘 간병인 이모의 말이 거짓이 아니라는 것을 확인했어요. 아버지 손에서는 제 손으로 전해지는 미세한 흔들림, 눈자위가 축축해진 물기를 직접 경험했거든요. 그러나 누구도 내 말을 신뢰하지 않는 것 같았다. 그들은 자기 혈육에 대한 나의 주관적인 감정의 반응이라고 판단하고 있는 듯했다.

아주 좋은 현상입니다. 병원장은 나를 위로하려는 듯이 말했다.

원장님, 오늘 우린 중대한 프로젝트를 의논했습니다. 나는 부회장으로서의 권위를 갖고 말했다. 모두들 웃었다. 웃음소리가 애매하게 들렸다.

2

동생들 넷이 내 방으로 몰려왔다.

형님, 저희들에게 섭섭한 일이라도 있습니까? 왜 갑자기 이렇게 몰려왔어? 내가 회장되는 게 불만이야? 무슨 말씀을? 솔직히 말하지. 내가 동생네보다 경영 능력이 앞선 것도 아니고 학벌이 뛰어난 것도 아니지 않은가? 그런데도 아버지를 이어 회장이 된다는 것은 순전히 장자이기 때문인데…… 나는 동생들 반응을 주시했다. 무슨 그런 섭섭한 말씀을 하십니까? 저희는 모두 세명(世明)의 알짜들만 차지하지 않았습니까? 셋째가 약간 익살을 섞어가며 분위기를 느슨하게 만들려 했다. 그는 제일 탄탄한 화학을 차지했다. 저희도 그래요. 여동생 명연은 세명기획을, 막내 여동생은 세명호텔 주인이다. 호텔보다는 여행사와 면세점이 탄탄하다. 어떻든 장자이기 때문 아니냐? 장자는 아버지의 몫을 이어받아야 할 의무가 있다는 것에 대해서 이의가 없지? 동생들의 눈동자가 급히 굴려졌다. 형님, 왜 하필 회장 취임 2주일을 앞두고 이런 말씀을 하세요? 둘째이다. 내가 하려고 했냐? 너희들이 모여들어 이런 말을 하도록 만들었지? 아닙니다. 원 사장으로부터 전문 경영인을 찾는다는 소식을 듣고서, 혹시 무슨 오해를 살 만한 일을 저질렀나 해서…… 지금 내가 말한, 장자는 아버지의 모든 것을 이어받아야 할 책임과 의무를 갖는다는 점에 대해서 이의가 없지? 없어요. 동생들이 복창하듯 당당하게 대답했다.

장자는 아버지의 병도 이어받아야 한다. 그것도 장자의 몫이다.

갑자기 방 안이 조용해졌다. 동생들은 '아버지 병을 이어받겠다'는 말이 무슨 뜻인가 의아했다.

회장 취임식을 미루도록 해라. 나는 경영에 손을 떼고 아버지 병구완에 전심하겠다. 우선 아버지 거처를 집으로 옮겨서 내가 모시고 함께 살겠다. 나는 아버지와 생활하기 위해 지금 필요한 공부를 하고 있다.

동생들은 이해할 수 없다는 표정이다.

아버님은 식물인간이 아니다. 설사 식물인간이라고 해도 살아 계시다. 생명을 유지하고 있다. 활동만 못할 뿐이지, 모든 생리작용은 정상적이지 않지만 이루어지고 있다. 분명히 살아 계시다. 그렇다고 동생들에게 부담을 주려는 것은 아니다. 너희는 아버지의 유훈을 따라서 기업을 성장시키는 데 힘써라. 그것이 효도하는 길이다. 내 자리를 대신할 전문 경영인을 찾아봐라.

동생들은 '아버님이 소생하리라고 생각하십니까?' 하고 묻고 싶을 것이다. 그리고 내 선택이 비정상적인 일이라고 생각할 것이다. 그러나 모든 가능성은 비정상에서 시작된다. 아버님을 집으로 모시는 일은 내가 알아서 할 테다. 장자의 권한이니까. 나는 결연하게 선언하듯이 말했다.

아무도 다른 생각을 제시하지 않았다. 남매의 회의는 끝났다.

그날부터 나는 뇌사 상태에 있는 아버지를 돌보는 데 필요한 일을 시작했다. 집의 내부 구조를 병실처럼 바꾸었다. 뇌사 상태에 있는 사람이 살아가는 데 필요한 장비를 고안해서 주문하거나 제작하였다. 물품도 갖추어놓았다. 나도 열심히 아버지와 함께 살아가는 데 필요한 공부를 했다.

아버지, 명재가 왔어요. 잘 주무셨어요? 지금 밖은 완연한 가을입니다. 병원 신축 기념으로 아버님이 손수 심으신 30년 된 은행나무 잎들이 아름답게 단풍이 들었어요. 나는 고운 은행잎을 두 개 따다가 아버지 눈 가까이에서 흔들어 보였다. 또 썩어서 문드러진 은행을 아버지 코 가까이 가져갔다. 냄새가 고약하죠. 아버님은 땅에 떨어진 은행잎 속에 숨어 있는 이것들을 주우셨지요. 며칠 전에 송 원장과 서 박사를 만나 저녁을 같이 했어요. 그 자리에서 사람의 기억이나 마음속에 들어 있는 생각들을 그대로 살려낼 수 있는 기계를 만들어보자고 했어요. 뇌의 깊은 창고에 숨어 있는 말과 그림들을 살려내는 기계이지요. 그렇게 되면 아버님의 대뇌 속에 숨어 있는 이야기와 그림들을 모두 세상으로 내보낼 수 있을 겁니다. 결재해주세요.

아버지, 집으로 돌아가기로 동생들과 의논했어요. 준비가 되는 대로 아버지께서 직접 꾸며 살던 집으로 모실 테니, 참으시지요? 저도 아버지와 함께 지내겠어요. 회사 일은 명균이와 명훈에게 맡기면 됩니다. 지금쯤 집 정원 풍광을 생각해보세요. 아버님께서 손수 심으신 감나무와 대추나무에는 감과 대추들이 잘 익었을 것이고, 은행나무와 벚나무 단풍도 고울 겁니다.

담쟁이도 아버지 이층 서재 담벼락에 달라붙어 서재 안을 엿보고 있겠지요.

나는 집 정원의 풍광을 설명하면서 그 가을 정취를 담은 사진들을 TV 화면에 띄웠다. 아버지는 TV 화면을 바라보시면서도 무슨 깊은 생각을 하시는지 눈을 지그시 감고 있다.

부회장님, 저 입술을 보세요. 내 옆에서 이모가 소곤거렸다. 아버지 입술 언저리에서 미세한 경련이 스쳐 지나가는 듯했다. 계속 이야기하세요. 그때였다. 내가 잡은 아버지 손에서부터 내 손으로 가는 기운이 전해 왔다.

"저 코언저리를 보세요."

이모의 목소리가 커졌다. 아버지 콧잔등이 옴지락거리고 있었다.

"냄새를 맡고 있나 봐요."

이모의 목소리가 떨렸다.

3

아버지, 어젯밤 편안하게 주무셨지요. 휠체어로 옮겨 앉으시죠. 이제 거실을 한 바퀴 돌면서 몸을 푸시는 겁니다. 날씨가 초겨울인데도 따스하니 정원으로 나가실까요. 모자도 쓰셔야지요. 눈과 입과 코만 나오고 얼굴 전체를 가리는 모자예요. 캐시미어 담요로 상체와 아랫도리를 감쌌으니 춥지 않으실 겁니다. 현관문을 열어보세요. 잘 여셨네요. 아침 햇살이 마당에 가득 내려앉았네요. 초겨울이라 잔디도 겨울잠 준비를 하고 있어요. 정원 동편 구석에 서 있는 낙엽송은 마치 불탄 것처럼 낙엽이 들었네요. 감나무랑 대추나무, 모과나무도 겨울 준비를 하고 있어요. 지지난 주일에 제가 예전에 하시던 대로 볏짚으로 나무들 허리를 싸주고 밑동에 두껍게 짚을 깔아줬어요. 봄이 되면 이 나무들이 제일 먼저 싹이 돋아날 테지요. 아버지, 햇살이 아버님을 보고는 웃어요. 오랜만에 산책을 나와서 그런가 봐요. 아버지 그네를 타실까요? 제가 처음으로 그네를 탔을 때 기억납니다. 두 돌이 갓 지났을 때 아버지는 저를 안은 채 그네에 앉으셨어요. 저는 무서워서 으앙 울다가 아버지 얼굴에 함박웃음이 피어나는 것을 보고는 울음을 그쳤지요. 아버지, 오늘은 제가 아버지를 그네에 태워드리지요. 제가 휠체어에 탄 채로 앉을 수 있도록 그네를 고쳤지요. 휠체어를 돌려서 그냥 앉으세요. 되었어요. 자, 앞으로 가요. 뒤로 갑니다. 잘 타시네요. 기분이 좋으시지요.

나는 쉬지 않고 아버지 귀에 대고 소곤댄다.

아버지가 그네에서 내렸다. 나는 휠체어를 밀어 잔디밭을 한 바퀴 돌았다. 두 바퀴 돌았다. 가로질러 돌았다. 아버지가 내가 탄 유모차를 밀면서 잔디밭을 돌았다. 속도를 내었다. 아기가 까르르 웃었다. 내 이마에 땀이 송송 맺혔다. 아버지 이마에도 땀이 맺혔다. 땀이 맺혔다. 가슴도 뛰었다.

저 감나무 심던 때가 기억나세요? 막내가 태어났을 때에 아버지께서 고향 집에서 옮겨다 심으셨어요. 대추나무는 명연이 백일 기념으로, 저 모과나무는 명균의 중학 입학 기념으로, 저 은행나무는 명훈의 초등학교 입학 기념으로, 낙엽송 세 그루는 제가 고교를 졸업하는 해에 세 아들을 상징한다고 심으셨어요. 나무들을 보시면 그때 일들이 생생하게 되살아나지요. 겨울 햇살이 따스하네요. 기분이 좋으시죠. 이제 방으로 들어가실까요.

벽걸이 대형 TV 화면에 그림을 띄웠다. 우리들의 어렸을 때 일이 그림 이야기로 꾸며 나왔다. 내가 기획사에 맡겨 만든 것이다. 나무를 심던 때 사진들이다. 아버지는 눈을 떴으나 동공은 움직이지 않았다. 볼륨을 높였다. 순간 아버지 눈동자가 움직이는 것 같았다. 환각인가? 화면에 크게 나타나는 얼굴들을 보면서도 아버지의 표정은 마네킹처럼 앉아 있을 뿐이다.

샤워를 하실까요? 아버지와 나는 목욕 가운으로 갈아입고, 아버지는 목욕용 휠체어에 옮겨 앉았다. 욕실에서 아버지와 나는 하얀 벽에 나란히 섰다. 따스한 물이 쏟아졌다. 공중목욕탕에서 아버지와 나는 나란히 서서 폭포수를 맞았다. 아버지 온몸에 비누칠을 했다. 아버지가 내 등을 밀어주었다. 비누 거품이 말끔히 씻겨 내렸다. 내 몸에 묻은 때가 말끔히 씻겼다. 기분이 좋으시죠?

아버지의 야윈 몸을 마사지했다. 탄탄한 근육질은 다 사라져버리고 뼈만 앙상했다. 내가 넓고 탄탄한 아버지 등을 밀다가 갑자기 장난기가 일어났다. 등을 뒤에서 안았다. 아버지는 가슴께에 닿아 있는 내 손을 잡았다. 나는 휠체어에 앉아 있는 아버지를 등 뒤에서 껴안는다. 아버지가 내 가슴에 안겼다. 아버지 육체의 한 부분인 휠체어도 안겼다.

주방으로 들어가 마주 앉았다. 주방 아줌마가 내 식사와 꼭같이 아버지 식사를 준비해놓았다. 아침 식사를 하실까요? 아버지와 마주 앉았다. 이것은 아버지가 좋아하시는 굴비, 이것은 굴젓, 저것은 전복알젓이에요. 밥맛 당기지요? 국이 시원하죠. 아욱국이랍니다. 현미 쌀밥이라서 천천히 꼭꼭 씹고 드세요. 묵은 김치 맛이 좋네요. 다 이모 음식 솜씨예요. 맛있다고요? 저도 아버지와 같이 아침을 먹게 되니 더욱 맛있네요. 나는 어렸을 때부터 아버지와 겸상을 했다. 장손이 누리는 특권이었다.

식사를 끝내고 거실로 돌아왔다. 차를 마셔요. 이모가 모과차를 두 잔 가져왔다. 아버지, 모과차예요. 정원에 심은 모과나무에서 모과를 따서 이모가 차를 만들었어요. 아버지가 나와함께 모과를 땄다. 모과는 못생긴 것일수록 제맛이란다. 그것으로 우리 집의 한겨울 차는 충분했다. 아침 식사가 끝나면 아버지는 나와 모과차를 한 잔씩 마셨다. 아버지는 모과차를 무척 즐기셨다.

음악을 들으시겠어요? 졸음이 오면 들으시다가 그대로 주무세요. 옛날 저와 아버님이 지냈던 일들을 기억해보세요. 참 행복했던 날들이었지요. 나는 아버지께서 좋아하시던 우리 가곡 CD를 골랐다. 바위 고개 앉아서…… 아버지는 고향 마을을 생각하고 있을 것이다. 고향을 떠나 살다가 성공해서 고향으로 돌아가는 것이 사나이의 꿈이라고 말씀하시곤 했다. 그러나 아버지는 고향으로 돌아가지 않았다. 80이 되면 가시겠다고 했다. 앞으로 10년 후에야 가신단다.

아버지는 그 이야기와 그림들이 숨어 있는 창고로 다가가려 했다. 그러나 발이 움직이지 않았다. 기억과 의식의 창고에 숨어 있는 것들이 밖으로 나올 수가 없었다.

나도 좀 지쳤다. 아버지 침대와 나란히 있는 소파에 앉아서 TV 모니터에서 그림들을 보았다. 40여 년 전으로 돌아갔다. 즐겁고 행복했던 시간들이다. 나와 어울려 마당에서 한바탕 놀았던 아버지도 피곤하신지, 아버지 콧소리가 음악처럼 들렸다. 그것은 생명의 소리였다.

4

오늘 봄 날씨가 화창하네요. SHS 사장 취임식 날입니다. 아버지도 가시지요. 사원들이 아버님을 기다리고 있어요.

아버지는 평상복으로 갈아입었다. 검정색 정장에 약간 갈색 줄무늬가 있는 와이셔츠에 주황색 단색 넥타이를 맸다. 거울 앞에서 넥타이를 매는 아버지 표정이 밝았다. 외출을 위해 새로 구입한, 구급차를 겸한 승용차를 탔다. 이 차 안에는 모든 응급조치 시설이 다 되어 있다. 서 박사와 담당 간호사, 이모도 같이 탔다. 동생네 차들이 뒤따랐다.

화려한 외출이군요. 그렇지요. 지금 아버님의 생각과 느낌을 읽어낼 수 있는 의료 장비는 없지요? 없습니다. 우리가 만들어 냅시다. 저는 부회장님을 뵐 때마다 두렵습니다. 어떻게 그렇게 새로운 아이디어가 일어납니까? 가장 절망적인 상황에서는 새로운 것을 생각하게 되니까요. 절망적인 상황에서 행복했을 때에 가질 수 없는 생각들이 떠오릅니다. 세상 사람들이 자기가 죽음의 순간에, 적어도 자기 생명이 끝이 내다보일 때부터 일어나는 심리 상태와 생각들을 그대로 드러내는 기계가 있어서 그것을 세상에 전할 수 있다면, 인간의 역사는 달라졌을 겁니다. 가장 치열하고 순수하게 자신과 세상을 인식할 수 있는 시간은 죽음의 직전 아닐까요? 그 시간에는 누구나 정직하지 않을 수 없으니까요.

서 박사가 얼른 휴대폰을 켰다. 걱정 마세요. 명훈 사장이십니다. 외출하시는 회장님이 걱정되는 모양이지요. 무얼 걱정해? 이보다 더한 상황이 어디 있다고? 나는 조금도 불안하지 않았다.

본사 광장으로 차가 들어섰다. 아버지, 오래만이시죠. 저, 세 명의 깃발이 보이시죠.

아버지가 차에서 내리셨다. 오른편에 나와 둘째 셋째와 여동생들이 이어 오고 왼편에 서 박사와 간호진이 따랐다. 도열해 있던 그룹 임원진들이 환호했다.

"회장님이 돌아오셨다!"

"회장님이 완쾌되어 돌아오셨다!"

사람들은 마네킹처럼 앉아 있는 아버지를 보면서 감격하여 환호했다. 아버지! 세명 식구들이 아버지의 쾌유를 기뻐하고 있습니다. 나는 눈물이 나오려는 것을 참았다. 도열해 있는 그룹 간부들의 눈자위가 붉어졌다. 어떤 사람은 손수건으로 눈자위를 훔쳤다.

아버님 일행이 취임식장으로 들어섰다. 대기해 있던 임원들이 모두 일어나 박수를 치며 환영했다. 새로 취임할 세명그룹 총괄 사장이 아버님 앞으로 와서 허리를 굽혔다. 나는 아버님의 손을 잡아 그에게 내밀었다. 새 사장이 고개를 숙이고 두 손으로 아버님 손을 잡았다. 아버님은 회장 좌석에 앉았고, 그 바로 뒤에 내가 앉았다.

취임식이 진행되었다.

사장 임명장 수여 차례이다. 휠체어를 조작하자 아버님이 우뚝 일어섰다. 모두 깜짝 놀라더니 박수를 쳤다. 내가 아버님 손을 잡고 새 사장에게 임명장을 내밀었다. 신임 사장이 그것을 받았다. 아버님 좌우로 앉아 있는 사장단들이 긴장했다. 순서가 진행되는 동안 아버님은 자리에서 똑바로 앉아 진행 상황을 바라보았다.

취임식이 끝나자 아버지는 주치의의 안내를 받고 회장실로 들어가 건강 상태를 점검했다. 회장실에 응급실을 만들었다. 사내 모든 사람들이 응급 상황에 이용할 수 있다. 이상이 없었다. 아버지가 현관으로 내려오셨다. 많은 사원들이 기다리다가 박수로 환호했다.

"세명이여! 영원하라! 석종호 회장님! 자주자주 오십시오."

우리 일행을 태운 차가 광장을 떠났다.

아버지! 우리도 명실공히 그룹 회사들이 한 울타리 안에 모이게 되었네요. 아버지는 고개를 끄덕이면서 미소를 지었다. 우리가 이 광장에 세 개의 20층 빌딩을 신축하고 세명 벨트를 이루어내던 그때의 감격이 되살아난다.

5

초여름 산들이 푸른 휘장을 두르고 낮잠을 자고 있다. 오랜만에 찾아가는 고향 나들이라 아버님도 기분이 좋으신 모양이다. 천천히 달리는 차 안은 고향 집 안방처럼 편안했다. 담당 의사가 아버지 안색을 살폈다. 맥박과 호흡기 바늘이 정상에 가까웠다.

고향에 도착했다. 아버지는 휠체어를 타고 나와 함께 차에서 내렸다.

고향에서 중학교를 마치고 서울로 공부하러 올라온 아버지는 결국 고향으로 돌아가지 못하다가 구급차를 타고 내려왔다. 장손이지만 종갓집을 지키지 못하는 아쉬움을 늘 간직하고 살아왔다. 차손인 삼촌에게 집안일을 맡기면서 70이 되면 낙향하겠다고 약속했다. 그러나 그 약속은 이행하지 못했다. 몇 해 전부터 사업을 나에게 물려주고 귀향을 준비하셨는데, 갑작스럽게 몸이 무너졌던 것이다. 모든 일이 어긋났다. 이제 고향으로 내려가는 것은 의미가 없다. 이번 길은 귀향길이 아니라, 내려가고 싶었던 그 고향을 아버지께 보여드리기 위한 일이었다. 예전부터 사람들은 성공하고 고향으로 돌아가는 꿈을 꾸어왔다. 금의환향! 얼마나 행복한 일인가. 이렇게 고향은 성공한 사람에게 자기를 자랑할 공간이었다. 그러나 진정으로 고향이 필요한 것은 실패한 사람들이다. 이 세상에서 누구도 그를 반겨 주지 않는데도, 고향은 어머니처럼 그 실패자를 받아주었다. 고향을 떠나 살면서 지치고 피곤한 사람들이 어머니 품처럼 마지막 쉬어갈 곳이 고향이었다. 아버지는 그 무너진 몸을 이끌고 이제 고향을 찾아온 것이다.

아버지의 휠체어와 나는 나란히 학교 현관 앞에 섰다. 옛날 교사를 헐어내고 새로 현대식 건물로 지어졌다. 10여 년 전에 아버지는 고향 초등학교에 체육관과 도서관을 짓는 데 필요한 일체 자금을 지원했다. 고향은 대도시와 인접해 있어서 사람들이 떠나지 않아 학교 규모도 예전과 다름이 없다. 체육관과 그 옆에 단층 도서관이 우리 부자를 반갑게 맞아주었다. 아버지, 그렇게 오고 싶어 하시던 고향에 왔습니다. 송덕비가 아버지를 보고 웃네요. 나는 아버지의 표정을 살피면서 말을 계속했다. 아버지의 동공은 움직이지 않았다. 아마 자신의 혼이 숨어 있는 고향과 누구에게도 하지 못했던 이야기를 나누시겠지.

아버지 입가가 떨리면서 내 귀로 아버지의 목소리가 들려왔다.

"명재야, 고향에 오기를 잘 했구나. 네 손에 이끌려서 왔지만. 나이가 더해가니 차츰 생각은 어려지는구나. 그래도 아, 참 좋다. 저기 저 세명산 기슭에 우리 집이 보인다. 할아버지 증조할아버지가 사셨던 집, 아버님은 나를 서울로 보내시고, 저녁마다 신작로를 바라보시면서 아들을 기다리셨지. 오오, 아이들이 몰려오는구나. 축구를 하자고. 어느 날 아버님은 도청 소재지로 나가셨다가 고무공을 사 들고 오셨지. 나는 아이들을 모아놓고 공차기를 했지."

아이들이 소리를 지르면서 모여들었다. 아, 아버지 얼굴이 발그스름하게 변하는 것 같고 눈동자도 움직이는 것 같다.

아버지 집에 가실까요? 숙부님이 기다리고 계실 겁니다. 아버지가 탄 휠체어가 좁은 시멘트 길을 올라갔다. 약간 경사진 오르막길이라 휠체어를 밀기가 약간 힘이 들었다. 동행한 의사는 차를 타고 가자고 했다. 아버지는 걷고 싶으시대요. 걸어가 봅시다. 아버지, 걷기에 불편하시지 않으시죠?

길가에서 사람들을 만났다. 모두들 좋아라 했다. 석종호 회장이구먼. 아이고, 잘 왔어. 몸이 아프면 고향이 제일이지. 사람들이 아버지를 환영했다. 아버지 얼굴에는 화색이 돌았다.

숙부가 나오더니 울먹이면서 아버지를 껴안으셨다.

"우시지 마세요. 아버지는 지금 옛집을 찾아와서 무척 즐거워하고 계세요."

내 말에 숙부는 손수건으로 눈물 자국을 닦았다.

"형님, 잘 오셨소. 변한 것이 없어요. 고향이 형님을 아주 푸근하게 맞아주고 있지요."

우리는 툇마루에 앉아서 하늘을 바라보았다.

여기서 앉으면 신작로가 눈앞에 훤히 보이거든. 학교 앞 버스 정류장에서 누가 내리고 오르는 것도 다 안다고. 방학이 가까워오면 돌아가신 아버님께서는 홀로된 할머님과 같이 이 툇마루에서 신작로를 내다보시면서 형님을 기다리셨지. 공부를 잘해서 서울에서 출세할 것이라고 말하더니…… 숙부의 음성이 흐느낌으로 변했다.

"울지 마세요. 아버님 이제 곧 회복됩니다."

숙부는 나를 연민의 눈으로 쳐다본다.

"조카야, 아쉽지만 인간은 언젠가는 떠나게 되어 있다. 형님이야 원 없이 한평생을 사셨다. 그런데 조카들이 아버지 뒤를 잘 이어나가야지. 큰애 말을 들으니, 장손이 회장 취임식도 다 뒤로 미루고 뭐 전문 경영인을 두었다면서, 그거 사람 너무 믿지 말라. 돈 보고 가만있을 사람 없다. 회사에 마음을 둬라. 형님은 네가 이런다고 회복되지 않으신다. 인명은 재천이다."

숙부는 진지하게 말했다. 내가 경솔하다는 것이다. 사촌들이 모두 회사 요직에서 일했다. 그들로부터 내가 회사 경영에서 손을 떼었다는 말을 들은 것이다.

"숙부님 집안을 지키시느라 고생이 많으십니다. 고맙습니다. 아버님이 은퇴하시고 돌아오신다고 하셨는데, 몇 년을 좀 미뤄야 하겠는데요."

숙부는 내 말을 건성으로 듣는 것 같았다.

"자식, 못나긴, 여렸을 때부터 담력이 부족하더니, 기어이 제 밥그릇도 챙기지 못하고 앞으로 어떻게 살려고?"

숙부는 아버지보다는 장손인 나를 걱정하였다.

나는 툇마루에 아버지와 나란히 앉았다. 신작로가 한눈에 들어왔다. 초등학교 건물과 도서관 체육관 건물이 품 안으로 들어왔다. 아버지 어린 시절 모습이 나타났다가 지워지곤 했다.

"조카는 각오를 했겠지만, 형님 때문에 조카의 일을 소홀히 하는 것도 효도가 아니다. 여러 조카가 있지만 그래도 장조카를 믿는다. 회사를 남에게 맡겨서 어떻게 할 테냐? 집 아이들도 마음이 안 놓이는가 보더라."

"그 사장은 그럴 사람이 아닙니다. 제 집사람이 상임 감사로 있고, 또 동생들도 있어서 사장 마음대로 못 합니다. 아버지 건강 회복이 제 인생에서 가장 중요한 일입니다."

나는 아주 단호하게 내 생각을 전했다.

"마음 단단히 먹어라. 형님이 회복된다는 것을 기대하지 말고."

나는 삼촌의 냉혹한 마음이 불만이었다. 그래도 회사를 더 걱정하니 고마웠다.

"아버님과 동네를 한 바퀴 돌고 오겠어요."

나는 아버님과 같이 집을 나섰다.

"아버지, 동네를 한 바퀴 돌아볼까요. 아버지 발자국이 숨어 있다가 반가워할 거예요."

나는 휠체어를 천천히 밀었다. 좁은 마을길이 아늑했다. 이 길 포장 비용을 내가 대었다. 비가 오면 진흙탕이 되던 길이 참 좋아졌지. 준공식 날 한 번 와 보고 이 길을 걸어본 적이 없었는데, 오늘은 너와 같이 걷게 되는구나. 저도 아버님이 책보를 허리춤에 차고 학교로 달려가는 모습이 보여요. 비가 내리면 헌 옷을 뒤집어쓰고 달렸단다. 그래서 아버지는 달음박질에 자신이 있지. 아버지 입가에 엷은 미소가 번지면서 입술 언저리가 실룩거렸다. 동행한 간호사가 아버지의 변화를 모두 기록했다. 아버지의 뇌에서는 어떤 변화가 일어나고 있을까 궁금하였다. 그 상황을 세밀하게 드러내는 기계가 필요하다.

아버지는 유모차에 나를 태우고 골목길을 누비면서 돌아다니셨다. 첫아들을 낳고는 동네에 자랑 삼아 그랬다. 즐겁다. 아버지를 뒤돌아보았다. 콧잔등에 아침 이슬처럼 땀방울이 솟아 있다. 그것이 마치 보석처럼 보였다.

삼촌이 우리들 뒷모습을 바라보시고 있다.

이제 고향을 떠날 시간이 되었다.

삼촌은 여전히 회사를 걱정했다.

"삼촌 말을 허투루 듣지 말거라. 형님에 대해 집착하는 것은 형님도 원하지 않으신다. 회사에만 마음을 써야지. 세상은 무섭다. 믿을 사람이 없다. 내 말 명심해라."

삼촌은 아버지가 차에 올라 자리에 앉자 손을 한 번 잡아보시고는 우리를 배웅했다.

"형님, 편안히 올라가세요. 장조카가 욕보고 있는 것 형님은 아시지요. 흠흠."

삼촌은 목이 메어 말이 흐트러지자 조카에게 눈물을 보이고 싶지 않아서 헛기침을 하셨다.

6

아내가 아이들을 데리고 왔다.

"당신, 나를 나쁜 며느리로 만들어야겠어요?"

아내의 얼굴이 굳어져 있다. 아버지를 뵈러 온 것이 아니었다.

"왜 나쁜 며느리야. 내 대신 회사 일에 매달리는데, 이제 자잘한 감정놀음에 휘말려 살 때가 아니지. 누가 뭐라고 하든 당신은 나쁜 며느리가 아니야. 내가 아버지께 전심할 수 있는 것은 당신과 아이들의 이해 없이는 가능하지 않아. 그래서 늘 고마워하고 있어."

우리 부부는 별거를 하고 있다. 예전부터 우리 가족은 모두들 제 일에 전력투구하면서 살아왔다. 몇 년 전에 큰아들이 귀국해서 회사에 들어갔고, 둘째와 큰딸은 유학 중이다. 막내는 미국에서 중학교를 다니다가 아내가 외롭다고 하니 들어왔다. 아내는 내가 회사 일에 손을 떼면서 상임 감사로 있다. 명색만 감사라는 말을 듣고 싶지 않아서 열심히 공부하면서 제 몫을 잘 해내고 있다.

"숙부님이 전화를 주셨어요."

"그래? 알고 있어. 어른들은 나를 염려하시겠지."

나는 아내가 하려는 말을 가로막았다. 내 처지를 안타깝게 생각하여 하는 말들이다.

큰아들과 막내의 표정이 흔들렸다. 아마 아내는 나를 설득하려고 아이들을 동원했을 것이다.

모두들 이제 인생의 절정기인 내가 일을 포기하고 할아버지 병에 매달린다는 것을 이해할 수 없을 것이다. 내 선택은 일종의 아집이고, 아버님에 대한 집착이라고 생각하고 있을 것이다. 나는 자식들에게 해야 할 말을 생각해두었다.

"아버님은 세명의 제3도약기를 책임질 분이십니다. 할아버지와 아버지 삼촌네가 이루어놓은 제1, 2의 도약기를 이어받아 아버지 대에서 세계적인 기업으로 성장시켜놓아야 합니다. 전문 경영인 체제는 한계가 있습니다. 무한책임을 질 수 없고 지려고도 하지 않아요. 아직도 한국 사회에서는 오너 경영이어야 합니다. 전문 경영인들은 일에 대한 인식이 서구인과는 달라요. 대가를 받기 위해 일하는 것으로 인식하고 있고, 일 그 자체를 자기 인생으로 생각하지 않아요. 그러니까 도전적일 수 없어요. 더구나 그분은 어머니와 삼촌들의 시선을 의식해야 하기 때문에 저돌적으로 경영하기가 어렵지요."

전략기획실 팀장인 큰아이는 내 생각보다는 훨씬 회사 일에 적극적이다. 아내도 같은 생각이다. 둘째와 화상 통화를 했는데, 형의 의견에 전적으로 동의한다는 것이다.

"아버지는 곧 경영에 복귀해야 해요."

집안 식구들이 내린 결론이었다.

"아버지는 할아버지의 아들로서 이런 선택을 한 것이 아니라, 일반의 편견과 안일함에 대한 도전으로 시작했다. 뇌사 상태인 할아버지는 세상 사람들, 의사들까지도 소생이 불가능하다고 생각하고 있다. 직접적으로 말하지는 않지만, 모두가 할아버지 생명을 포기하고 있다. 그런데 나는 포기할 수 없었다. 그래서 일반의 고정관념으로 인한 그 절망적 상황에 도전하고 있는 것이다. 죽음처럼 큰 절망은 없다. 아버지는 지금 그것과 싸우는 것이다. 내 나이 이제 오십대에 말이다. 이 인생을 걸고 싸울 만하지 않느냐? 나는 당신이나 아이들이 생각하는 것처럼 아버지에 대한 집착, 효에 대한 강박관념, 그러한 입장에서 이 길을 선택한 것이 아니오. 나는 포기해버린 인간의 불가능과 싸우고 있어요. 이것은 앞으로 세명의 기업정신으로 승화할 수 있을 거요."

나는 아내와 아들에게 결연하게 내 선택에 대해서 말했다.

아내와 큰아이의 눈빛이 변하였다. 아마 전혀 생각하지 못했을 것이다.

"당신과 너희들에게 미안하다. 남편으로서 아버지로서 이따금 보통 사람들처럼 생활의 즐거움도 누리면서 살아야 하는데, 그럴 만한 여건을 충분히 갖추고 있는데, 그것들을 포기하고 이렇게 살아가고 있으니, 나 때문에 가족들이 세상 사람들이 누리는 그 즐거움을 누리지 못하게 되어서 안타깝다. 그러나 나중에 우리는 세상 사람이 누리지 못하는 더 귀하고 아름다운 것을 얻게 될 것이라고 확신한다."

나는 처음으로 아내와 큰아들 앞에서 내 진실의 단면을 강하게 전할 수 있었다.

아내와 큰아들과 막내는 너무 의연한 내 결의에 아무 말도 못 하였다.

"자, 할아버지가 어떻게 지내시는지 보고 가거라."

나는 아내와 아이들을 데리고 아버지가 생활하는 아래층으로 내려갔다. 담당 간호사가 금방 용변을 보았다고 전했다. 간호사는 아버지에게 일어난 일들을 잘 알고 있다. 나는 아버지 휠체어를 밀고 욕실로 들어갔다. 준비되어 있는 목욕 가운으로 갈아입으면서 맨 나중 속옷이 벗겨졌다. 속옷은 쉽게 입고 벗을 수 있도록 되어 있다. 재료도 일반 화장지 지질이어서 변기에 들어가 물을 내리면 곧 녹아버린다. 눈과 귀와 코에 물이 들어가지 않도록 아버지는 머리와 얼굴이 가려지는 투명한 비닐 보자기로 된 모자를 썼다. 샤워를 시작했다. 아버지 몸에 비누칠을 했다. 쏟아지는 물에 비누 거품이 말끔하게 씻겼다. 나는 아버지 몸에 오일 마사지를 하면서 살갗을 유심히 관찰했다. 피부 세포가 다 죽지는 않았다는 것을 느꼈다. 아내와 아이들이 이 모든 과정을 유심히 바라보면서 놀라워했다.

아버지는 실내복으로 갈아입고 휠체어를 타서 병실로 들어왔다. 기다리던 간호사와 간병인이 미안한 표정을 지으면서 아버지를 맞아서 제자리에 앉히고는 휠체어를 조작하여 침대로 만들었다.

"아버지, 용변을 보셨으니 기분이 좋으시죠. 이제 몇 달 있으면 아버지 혼자서 용변을 보실 수 있어요."

아버지 얼굴에 화색이 도는 것 같았다. 기분이 좋으신 모양이다. 아들과 막내를 손짓해서 가까이 오도록 했다.

"아버지, 용현이와 수현이가 왔어요. 용현이는 미국에서 공부하다가 아버님이 편찮으시다니까 들어와서 기조실에서 열심히 일하고 있어요. 앞으로 아버님의 뒤를 이어 세명을 이끌어가게 될 겁니다."

아이들이 내가 아버지와 대화하는 것을 보고는 울먹였다.

"어머니, 아버지가 왜 저래요? 이상해진 거 아니에요?"

막내 수현이가 황당한 표정으로 제 엄마를 쳐다보았다.

"할아버지께서 다 들으시니 저렇게 말씀하시는 겁니다."

간호사가 설명했다.

"회장님 표정이 매우 맑아 보여요. 기분이 좋으신 모양이에
요."

간호사는 아내와 아이들에게 들으라는 듯이 말하면서 환자
의 모든 상태를 기록했다.

"여보, 수고했어요."

아내가 손수건으로 내 이마의 땀을 닦았다. 내가 이렇게 아
버님과 함께 살아가는 것을 처음 본 것이다. 그동안 나는 가족
들에게 이런 내 모습을 보이지 않았다. 아이들도 내 모습을 보
고는 아버지가 왜 이런 일을 하는지 조금은 이해할 것이다.

"용현아, 아버지가 할아버지 간병을 위하여 직접 고안해서
만들어낸 이 의료 기기들과 환자복, 침대, 휠체어, 그리고 거처
하는 방의 구조, 이것들은 앞으로 우리 사회를 위해 필요하게
이용될 것이다. 나는 할아버지와 함께 지내면서, 조금이라도
환자를 편리하게 하고, 비용이 절감되고, 환자의 회복을 위해
필요한 물건과 기기들을 생각해보았다."

아내와 아이들이 고개를 끄덕였다.

나는 오히려 가족회의 때문에 마음이 여유롭다. 아버지는 편
안하게 주무셨다.

7

잠이 깨자 버릇처럼 아버지 침대로 다가갔다. 맥박, 혈압, 체온이 모두 예전과 다름이 없다. 벽시계의 시침과 분침은 5시 30분을 가리키고 있다. 언제나 이 시간에 잠이 깼었다. 운동복으로 갈아입고 밖으로 나왔다. 겨울이지만 동편 하늘에 미명이 깔려 있다. 이제 동장군이 물러날 때도 되었지. 정원을 여러 번 빠른 걸음으로 돌았다. 아버지와 함께 휠체어를 밀면서 돌았던 것이 몇 번이었을까? 10년이니까, 하루에 세 차례, 한 차례마다 정원을 다섯 번 돌았다. 둘이서 정원을 돌면서 이야기를 나누었다. 어렸을 때부터, 이 집을 짓고 이사 와서 살았던 시기, 아버지가 장자인 나를 분가시키고, 한 주일에 하루씩 와서 같이 지내면서 나누었던 일들을 기억의 창고에서 끄집어내어 하나하나 펼쳐놓았다. 기억은 한정적이어서 지난 시간에 겪었던 모든 것을 이야기하지 못했다. 기억에 남은 것만 이야기하고 또 반복했을 것이다. 나는 말하고 아버지는 들었다. 그런데 자꾸 되풀이하다 보니까, 아버지가 말하고 내가 듣는 것 같았다. 휠체어를 미는 내가 유모차를 탄 내가 되곤 했다. 아버지 목을 껴안고 무등을 탔다. 내가 아버지가 사준 공을 쫓아가기도 하고, 아버지가 몰고 가는 승용차 뒷좌석에 앉아 있기도 했다. 말을 하는 동안에 나와 아버지의 역할이 자꾸 바뀌어졌다. 그러나 그런 구분은 아무런 의미도 없다. 그저 말하고 듣고 생각하는 것으로 즐겁기만 했다.

이 정원에는 많이 이야기들이 잠자고 있다. 질긴 잔디 뿌리마다 이야기가 숨어서 언젠가는 부스스 몸을 털고 일어나 세상으로 날아갈 것이다. 이렇게 이 정원에서 과거와 현재를 넘나들며 살아온 것이 이제 10년이 되었다.

집 안으로 들어가서는 오늘 하루의 생활을 위해서 필요한 물건들을 확인했다. 목욕 가운, 기저귀를 겸한 내복, 수건 등을 점검하다가 거울에 비친 내 얼굴과 만났다. 덥수룩한 수염, 반백의 머리, 주름이 끼고 꺼칠한 얼굴이 낯설었다. 이렇게 늙었는가? 그렇게 아버지와 같이 보낸 시간이 10년이 되었으니, 내게는 정지되어 있는 시간이었는데, 육체는 그 시간을 정직하게 계산하였다. 수염을 깎고 얼굴에 로션을 바르면서 오랜만에 얼굴 손질을 했다. 하얗던 손잔등도 윤기가 사라지고 꺼칠꺼칠했다.

아버지 방으로 들어와서 이상이 없는지 확인하고 내 방으로 들어왔다. 큰아이가 미국으로 떠날 때에 찍은 가족사진에 눈길이 머물렀다.

세명그룹 2012년도 전략회의에 아버지가 임석하기 위해 세명광장으로 들어섰다. 아버지 병으로 내가 회사 경영에서 손을 떼었으나, 모든 계열사들은 여전히 열정적으로 일했다. 매년

매출이 증가하였다. 세명 가족들은 아버지가 식물인간이라는 것을 전혀 의식하지 않았다. 올해는 잠정적이지만 세명이 처음으로 연간 매출 2백조 원을 넘겼다.

계열사 사장단과 임원들이 도열해 있다가 아버지를 맞았다. 차가 현관 앞에 멎었다. 아버지가 내렸다. 둘째가 얼른 달려와 아버지를 껴안았다.

"아버님, 혈색이 좋아졌어요. 자주 뵙지 못해서 죄송해요."

다음에 셋째가 아버지에게 인사했다. 뒤이어 두 누이들이 아버지를 껴안고 흐느꼈다.

"왜 우니?"

내가 호통을 쳤다. 행여나 아버지에 대한 연민을 갖고 있다면 불쾌하다.

"아버님은 울거나 분노하거나 남을 비난하는 것을 싫어하신다는 것을 모르느냐?"

누이들이 얼른 눈물을 닦았다. 아내가 아버지와 인사를 나눴다. 도열해 있는 회사 임원들이 이 광경을 보고서 모두들 박수를 쳤다.

아버지는 본관 건물로 들어섰다. 오른편에는 가족이 왼편에는 의료진이 뒤를 따랐다.

12층 대회의실에는 사장단과 임원, 중견 사원들이 모두들 아버지를 기다리고 있다. 전략회의가 시작되었다.

아버지가 인사말을 했다.

"내가 몸이 좀 불편해서 회사 일에 관심을 갖지 못하는데도, 내가 일할 때보다 더 실적을 올렸다니 수고들이 많았습니다. 고맙습니다. 우리 세명은 인간의 행복과 사회의 평화를 위해서 일하는 기업입니다. 우리가 열심히 일한다는 것은 인간의 소중한 권리이면서 의무입니다. 내년도에도 세명이 있어서 우리 사회가 더 행복해지기를 기대합니다."

우레와 같은 박수 소리에 회의실이 둥둥 떴다.

이어서 전략기획 팀장이 전략을 설명했다.

회의는 하루 종일 계속되었다. 40분 회의하고 20분을 쉬었다. 20분 휴식 시간에는 자연스럽게 앞에서 제기된 문제에 대해 열심히 의견을 나누었다. 그동안 아버지는 회장실로 들어가 휴식을 취하면서 건강 상태를 점검했다.

전략회의는 잘 진행되었다. 마지막, 회장의 격려사에서 아버지는 전략기획팀들과 각급 사장들에게 '죽음의 절망과 맞선 위대한 도전'을 강조했다.

"세명그룹은 앞으로 인간의 절망을 극복하는 기업으로 도약할 것입니다. 죽음이라는 이 절망적인 상황과의 싸움이 우리 세명의 과제입니다. 죽음을 앞둔 환자에게 인간적인 서비스를 제공하는 문제, 허위와 폭력과 안일한 관습에 맞서 이길 수 있는 휴먼 머신을 만드는 일, 일하는 사람들끼리 신뢰를 갖고 즐겁게 노동할 수 있는 환경을 만들어가는 것이 세명의 과제입니다. 제가 투병 생활을 하는 동안에 이루어졌던 모든 사항은 이러한 우리의 과업을 이루는 데 필요하게 쓰일 것입니다. 그래서 내가 이렇게 육체적인 고난을 받게 되었는지 모릅니다. 회장인 내가 이 어려운 문제를 풀기 위한 실험을 하고 있다고 생각합니다. '죽음의 절망을 향한 위대한 도전!' 이것은 세명의 사훈입니다."

나의 목소리는 아버지를 꼭 닮았다. 격려사가 끝나자 다시 우레와 같은 박수가 터졌다. 참석자들이 아버지 주위로 몰려왔다. 그들의 눈길은 경이로움으로 차 있다. 어떻게 식물인간으로 10여 년을 버틸 수 있었던가? 모두들 아버지 외모가 10년 전보다 더 나아졌다고 생각했다. 아버지는 그들을 바라보시면서도 얼굴 근육이 조금씩 흔들렸다.

"아버지, 이제 가실까요?"

나는 모여 있는 사람들에게 손을 흔들었다. 아버지가 차에 올랐다. 휠체어가 자동적으로 작동되어 침대가 되었다. 아버지는 편안하게 누웠다.

"오늘 회장님은 너무 의연하셨습니다."

주치의가 차 안에서 감격스러운 어투로 말했다.

"너무 화려한 외출이었습니다."

간호부장의 목소리도 떨렸다. 두 사람도 모두 10여 년을 나와 함께 아버지를 지키는 일을 해왔다.

"뉴스 시간입니다."

간호부장이 내 눈치를 봤다. "들어봅시다." TV 화면에 그림이 나타났다. 오늘 전략기회 회의 그림에 이어 병원장 송 박사의 브리핑 장면이 나타났다.

"세계 최초로 인간의 이미지를 재현해낼 수 있는 세명휴먼사이언스의 실험이 최근 성공 단계에 이르렀습니다. 앞으로 3년 내에 인간의 기억의 창고에 숨어 있는 모든 언어를 재생할 수 있다는 것입니다. 이제는 거짓말을 할 수 없게 되었습니다. 무의식적 언어까지 드러낼 수 있게 된 것입니다. 한번 생각하거나 발화되었던 언어는 사라지지 않고 영원히 존재하게 됩니다. 뇌사 상태의 인간을 치료할 수 있는 시스템도 곧 실용화 단계에 들어가게 될 것입니다."

나는 가슴이 울렁거렸다. 10년 전 일이 떠올랐다. 절망에 처한 사람만이 도전의 꿈을 꿀 수 있다.

나는 흥분을 가라앉히기 위해 눈을 감았다.

"부회장님!"

주치의의 음성이 떨렸다. 그가 건강 상태를 점검하는 계기판을 쏘아보았다. 아버지의 심장 박동이 멎어가고 있었다.

10년을 더 사셨으니 천명을 다한 것인가? 이제는 고향으로 가실 수 있게 되었군.

"병원으로 갑시다."

지시대로 차가 방향을 돌렸다.

'결국 그 결과를 듣기 위해서 아버지는 지금까지 참아오셨군.'

나는 마치 긴 여행에서 돌아온 것처럼 마음이 여유로웠다.

"아버지, 그동안 참 많은 이야기를 나눴지요. 그 이야기 때문에 저도 두 번 인생을 살았습니다. 아버지도 그러셨지요. 그러고 보니 150세를 사신 셈이군요. 다른 사람보다 배로 사셨어요. 안 그래요? 제 이야기를 모두 들으셨지요. 아버지도 제 이야기 때문에 얼른 저세상으로 가실 수 없으셨죠. 그래도 저는 아직도 아버지께 할 이야기가 많아요. 저세상에 가셔도 그 이야기들 잊지 못할 거예요."

미궁(迷宮)

1

　　"외벽을 가득 채운 담쟁이가 곱게 물들고 있어요. 마당 대문가에 있는 감나무도 그 잎이 진홍빛으로 변해가고 있고. 당신이 있었으면 따스한 햇살을 즐기면서 나무 의자에 앉아 그 풍경을 온종일 바라보았을 텐데, 새삼 당신이 그리워져요. 올해도 당신이 하던 대로 감나무 잎이 모두 떨어져도 감들을 따지 않고 겨우내 두고 보기로 했어요. 이따금 새들이 감을 쪼아 먹다가 우리 방을 엿보면서 당신을 찾을지도 모르니까요. 당신이 있는 곳에는 가을이 따로 없으니 이렇게 가을 소식을 전하오. 아들 내외와 손자 손녀도 잘 있어요. 큰애 훈규는 다음 주에 휴가를 나온다고 해요. 휴가 오면 당신의 집을 찾아가리다. 선영이는 고2인데, 열심히 공부하면서도 조급해하지 않아요. 당신 닮아선가 봐요. 막내 범규는 중3인데 과학고등학교를 가기 위해 공부하고 있어요."

이층에서 내려온 아들 내외가 노인의 방문을 노크하려다가 주춤한다.

"아들네는 별일 없어요. 항상 책 속에 묻혀 사는 아들이고, 그런데 며느리가 좀 바쁜가 봐요. 이혼 소송 사건이 늘면서 일이 많아졌다고 해요. 수입은 좋지만 즐거운 일이 아니라서 마음은 편치 못한가 봐요. 심성이 너무 고와 그렇지요. 밤늦게 서재에서 변론을 준비하는 걸 생각하면 안타깝기도 하지만, 그저 당신에게 그 사정을 알리는 것밖에는 내가 도와줄 것이 아무것도 없어요. 그렇게 바빠도 며느리 몫을 빈틈없이 해주니, 고맙지요. 오늘도 이렇게 먼저 떠난 당신에게 집안 소식을 전하면서 하루를 시작하오. 늘 좋은 소식만 전할 수 있었으면 좋겠어요. 여보, 당신의 얼굴에 핏줄이 선명하게 돋아나고, 그 미소가 내 마음을 어루만져주고 있어요. 혼자 있는 내가 외로울까 봐, 그 먼 집에서 새벽처럼 이 방으로 달려와서 사진 속에 살그머니 들어앉아 있지요. 그 마음을 생각하면 낡아지는 내 뼈와 살에 새로운 생기가 돋아나요. 고마워요. 당신은 떠났어도 나는 이렇게……"

방에서 들려오는 노인의 목소리에 며느리가 갑자기 훌쩍거린다. 명 교수는 아내를 쳐다보면서 긴장한다.

노인의 방이 조용해진다. 며느리는 감정을 처리하지 못한 철없는 자신이 부끄럽다.

문이 열렸다.

"안녕히 주무셨어요. 오늘은 날씨가 아주 좋아요."

아들이 천연덕스럽고 명랑하게 인사한다.

"아버님……"

며느리가 뒤이어 인사말을 하는데, 목소리가 흔들린다.

"에미야, 넌 마음이 엷어서 탈이다."

노인은 아내에게 하던 독백을 아들 내외에게 들킨 것이 쑥스러웠다.

며느리는 슬쩍 노인의 방 안을 훔쳐본다. 온돌방인데 침구가 반듯하게 개어져 있다. 방 안은 아무나 출입하는 것을 꺼리는 노인의 성미처럼 흐트러짐이 없이 잘 정돈되어 있다. 시어머님이 살아 계셨을 때의 그 성품 그대로이다. 아마 노인은 혼자되자, 먼저 간 아내의 부재를 인정하지 않으려는 듯이 방에 마음을 썼다. 병풍 앞에 놓여 있는 작은 서안은 시어머니가 성경책을 읽던 그대로 놓여 있다. 그 위에는 낡은 성경책과 노트가 있다. 그 맞은편에 노인의 책상이 있고 책을 읽다가 고개를 들면 바로 눈에 벽을 가득 채운 시어머니 초상화가 걸려 있다. 지금도 방 안을 엿보는 며느리를 쳐다보며 웃고 있다.

노인은 방에서 나와 거실에 자리를 잡고 앉는다. 아들 내외가 인사를 드린다.

"바깥 날씨가 쌀쌀해요. 이제부터는 외출 시에 차를 이용하세요."

"걱정 말아라. 콜택시 부르면 된다. 내가 늘 이용하는 기사가 있다."

아들 내외도 알고 있다.

그때 이층 계단에서 발소리가 난다.

노인은 벽시계를 보았다. 6시 30분. 이 시간에 삼층에서 손녀와 막내 손자가 내려온다.

손자 둘이 거실로 들어서자 노인이 벌떡 일어나 이들을 맞는다. 할아버지! 두 손자가 노인에게 인사하자, 노인이 이들을 덥석 안는다. 건강하게 자라줘서 고맙다. 이 광경을 바라보는 아들 내외의 표정이 흔들린다.

"이 할애비는 항상 너희 때문에 행복하단다."

"저희도 매일 아침마다 할아버지 품에 안기는 것이 좋아요."

손녀가 함박웃음을 머금고 말한다. 노인은 순간 며느리를 쳐다본다. 지 에미 닮아서 남을 배려하는 마음이 넓고 깊구나.

"할아버지, 할머니가 일찍 떠나셨으니 할아버지는 할머니 몫까지 오래오래 사셔야 해요."

막내 손자가 말한다.

"그래, 고맙다. 네 그 말을 할머니도 들으실 거다."

남매는 노인과 마주 서 있는 아버지 어머니에게 인사를 한다. 며느리가 얼른 주방으로 건너가고 그 뒤를 선영이가 뒤따른다.

"이모님, 잘 주무셨어요. 이른 아침 식사 준비가 어렵지요."

며느리는 도우미 할머니가 늘 고맙다. 시어머니 먼 일가인데 스물둘에 홀로되어 외아들을 데리고 서울로 올라와서 이 집에서 30년 넘게 살았다. 모든 식구들이 그를 다 좋아한다. 노인도 처제처럼 편하게 대한다.

이른 아침 식사는 늘 즐겁다.

"나 때문에 너희들 아침 식사 시간이 빨라진 거 아니냐."

노인은 그게 부담이다. 언제나 아침 7시에 식사를 한다.

"일찍 식사를 하니까, 시간이 절약되어요."

막내 말에 모두들 기특하다는 눈빛이다. 노인은 며느리가 걱정된다. 아내가 살아 있을 때에도 며느리는 아침 식탁 일을 같이했다. 초임 법관 시절에도 그랬다. 빈틈이 없는 며느리를 대할 때마다 노인은 고맙고 한편 두렵다. 저렇게 틈을 보이지 않으니 판결이 모질지 않을까 걱정을 하기도 한다.

즐거운 아침 식사가 끝난다.

"자, 차는 각자 제 방에서 하도록 하자."

노인은 식구들을 풀어놓는다. 할머니가 각자가 좋아하는 차를 준비한다.

며느리는 원두커피 두 잔을 차반에 놓고 이층으로 올라간다. 그 뒤를 아들이 따른다. 손녀와 손자는 각자 허브 찻잔을 들고 삼층으로 올라간다. 학교에 가기까지 한 시간 여유가 있다.

명 교수 내외는 이층 거실에 마주 앉는다.

"그렇게 마주 보며 차를 마시는 모습 참 보기 좋아요."

딸이 한마디 하고서 삼층으로 올라간다.

"오늘은 재판이 없다면서."

"응, 그런데 사건 의뢰인과 점심을 하기로 했어. 당신 오늘 수업 없는 날이지."

"언제부터 내 수업 시간도 알고 있었어?"

"수요일에는 예전부터 수업을 비워두지 않았어?"

"참, 같이 점심을 하기 위해서 그랬었지."

남편이 창밖을 내다본다. 가을이 가득히 내려앉은 정원을 이렇게 바라보는 것도 올가을에는 처음이다. 아내의 말에 흘러간 세월이 눈앞으로 다가온다. 그런 시절이 있었지. 수요일 점심은 둘이 같이했다. 명 교수는 일부러 수업을 빼어놓고서, 11시가 되면 급한 약속이 있는 사람처럼 서둘러 법원 근처 식당에서 아내를 기다렸다. 아내는 기다리는 남편을 생각하며 식당까지 걸어오는 시간이 그렇게 행복했다.

"나도 더 공부해서 교수가 될까? 그래서 같은 대학에 근무하면 점심때에 늘 오늘처럼 같이 식사할 수 있겠지. 선배 중에 그런 커플이 있어. 전공도 같아 같은 대학 같은 학과에서……"

"우리와 같네. 우리는 동창이고 전공도 같으니."

그때 명 교수는 순수한 아내의 마음에 행복했다.

세월이 많이 흘렀다. 수요일에 수업을 비워둔 일을 기억한다면 그때 주고받은 말까지도 기억하고 있을까? 아내는 그때 주고받은 대화를 생생하게 기억하고 있다고 말할까 하다가 그만둔다. 어울리지 않는 어색한 대화가 될 것이다. 그때에는 행복한 언어가 지금은 왜 어색한 말이 될까? 둘은 시간이 언어까지도 변질되게 만드는구나 생각한다.

"오늘 저녁 모임에는 어떡하지. 내 차로 같이 갈까?"

둘은 현실로 돌아온다. 아내는 사무실 기사가 있다. 재판 때문에 차를 몰고 다니기가 번거로워 기사를 두었다. 셋이 하는 합동변호사 사무실 공용이다. 술을 마시게 될 테니까, 그 차를 이용하는 것이 좋겠다고 생각한다.

"각자가 가서 기다리다가 같이 들어가자."

"그러지."

"일은 잘 되어가나?"

"사건이 많아졌어."

"ㄷ그룹 둘째 딸 이혼 건도 맡았다면서."

"그 애랑 고등학교 때 친한 사이였어. 왜 몰라?"

"알지. 당신과 라이벌이었지? 그런데 이혼 소송을 맡게 되었으니 기분이 어때? 라이벌이 불행해지는 것을 보니……"

"왜 이혼이 불행이야?"

그 말에 남편은 머쓱해진다.

"참 그렇군. 이혼은 더 행복해지기 위해서 하는 것인데……"

"그래서 좀더 행복해질 수 있도록 도와주려고 더 열심히 변론을 준비하고 있어."

이혼은 더 행복해지기 위한 일이라면? 혹시? 남편은 갑자기 아내가 두려워진다.

"그럼. 7시부터니까, 6시 반에 호텔 로비에서 기다릴게."

남편 약속을 다시 확인하고 마시던 찻잔을 들고 일어난다. 아내는 서재로 들어가는 남편의 뒷모습에 잠시 눈을 주다가 찻잔을 놔둔 채 마주 있는 제 서재로 들어간다.

"좀 쉬어요. 새벽 조반을 준비하느라 고단할 텐데."

일층에서 노인은 이모에게 한마디 하고서 자기 방으로 들어간다. 거실은 조용하다.

2

12시 20분 윤지순 변호사가 일식집 사모아로 들어선다. VIP실 산호에는 벌써 성 판사가 기다리고 있다가 일어난다. 둘은 손을 잡으면서 눈을 맞춘다. 여자는 일주일 만에 만나는 이 사내가 반갑다. 싱긋 웃으면서 코트를 벗어 옷걸이에 걸려고 하는데, 사내가 와락 뒤에서 껴안더니 입술을 덮친다. 여자는 뜨거운 사내의 입술을 받아주면서 철부지처럼 순진한 그가 더 좋다.

"왜, 부인과 싸웠어?"

이 사내는 아내의 치밀한 전략에 넘어지면서 남편의 외로움을 천천히 배워갈 것이다. 여자는 사내를 떼어놓으면서 곤혹스러운 눈으로 쳐다본다.

주문을 하고 나서 윤 변은 휴대폰을 꺼내 집 도우미 이모와 통화를 한다.

"별일 없죠. 아버님 오늘 점시 메뉴 잊지 않으셨죠. 지금 계세요? 아침 산보는 하셨어요? 점심 후에는 한잠 주무시게 따스한 생강차를 드리세요. 바꾸지 마세요. 마음 쓰시니까. 저녁은 저희 둘이 함께 가는 모임이 있어요. 아버님은 아실 거예요."

여자는 통화를 끝내자 마음이 편하다. 성 판은 윤 변의 전혀 다른 모습에 의아해한다. 만날 때마다 마치 숨겨둔 모습을 보일 때가 종종 있다. 저런 여자는 자기를 내버려두면서 지키려는 명 교수와는 전혀 다르다.

"교수님은 별일 없으세요?"

식사가 들어오자 성 판은 감성돔 한 점을 집으면서 의례적으로 여자의 남편 안부를 묻는다.

"여기 회는 예술품이야."

여자는 남자의 말을 묵살하고 화제를 돌린다. 불쾌하지만 참는다. 성 판, 내가 제자와 놀아난다는 것을 의식하도록 하는 이유가 뭐야. 내가 음탕한 여자라는 것을 강조하려는 거야. 언젠가 사내는 교수의 안부를 물었더니 여자가 화를 낸 적이 있었는데, 오늘은 참는 것인가?

"이 회 살결을 봐. 그것을 살리려고 조리사는 마음을 쓰지. 회 한 점에도 질서를 유지하려는 노력이 나타나 있어. 그것을 알고 먹으면 맛이 유별나. 이 집 특징은 회의 양이 적다는 것인데, 양이 적은 대신 맛은 더 있으니까, 그래서 식사는 더 즐거워지고……"

여자는 수다스러워진다. 기분이 울적한 모양이다. 남자는 여자의 기분을 알고 있다. 그녀는 먹기 위한 식사가 아니라. 즐기기 위한 식사를 한다. 그렇다고 먹는 즐거움을 억제하는 것은 아니다. 오히려 그 반대이다. 식탐을 미화하는 것이다. 여자는 항상 자신이 좋아하는 것이 나타나면 그것에 빠지지 않으려고 새로운 길을 만든다. 남들은 더 좋아하려고 하는데, 여자는 그 반대이다. 사내는 그 점을 잘 안다. 섹스에서도 그 점이 역력하게 드러난다. 만족보다는 아쉬움을 소중하게 생각한다. 그래서 남자는 부담을 덜게 되고 서로는 만족한다. 모자람의 만족. 이 여자의 사는 비결이다. 그런데 왜 명 교수와는?

"무슨 생각을 그렇게 골똘하게 해. 먹을 때는 맛있게 먹는 거야. 일에 집중하듯 말야. 그래야 행복을 지킬 수 있어. 아내도 잘 사랑해줘. 아내 앞에서 나 생각하지 마. 아내 앞에서는 아내만, 내 앞에서는……"

말하다가 여자는 피식 웃으면서 집었던 회 한 점을 다시 내려놓는다.

"윤 변은 너무 완벽해서 두려워요."

"내가? 착각이야. 혹 있다면 모자람을 채우는 방법이 다를 뿐이지. 내가 두려워? 안심해. 난 남에게 피해를 입힐 만큼 모질지도 못하고 용기도 없어."

남자는 여자의 말이 진심으로 들렸다. 그런데 치밀하다. 이 방은 완전 밀폐되어 있다. 이런 공간에서 나를 상대하면서 채우고 싶은 것이 많을수록 여자는 절제를 잊지 않는다. 아까처럼 남자의 갈망은 여자의 현숙한 며느리 모습에서 고통 없이 사라져버리곤 한다.

여자의 남편 명 교수는 친구들이나 제자들 간에서도 아내에 대한 애정과 배려가 대단하다는 평을 받고 있다. 외모도 걸출하고 실력도 있고, 세속적인 욕심과도 어느 정도 거리를 두고 속되지 않게 살아가는, 요즈음 만나기 쉽지 않은 남자이다. 그런데 그런 남편을 두고 다른 사내와 즐기는 이유가 뭘까? 남자는 이 연상의 여자와 어울리면서도 그 남편 명 교수를 생각하면 오금이 저리고 가슴을 짓누르는 돌덩이를 안게 된다.

"요새 부인이 말을 잘 안 들어?"

윤 변은 이 사내의 삭막한 내면을 알아차린다.

"여자는 일단 관계가 성립되면 남자를 완전히 지배하려 드는가 봐요?"

남자는 말하면서 여자를 은근히 바라보다가 주춤한다.

"왜, 내가 두려워?"

"절대로 그런 거 아닙니다. 오해십니다."

사내가 두 손사래를 치면서 울상을 짓는다.

여자는 이 남자와의 질긴 인연이 두려워진다. 남편의 유능한 제자인데, 판사 시보를 여자 밑에서 했다. 그의 짝도 여자가 소개해줬다.

"왜 사랑하지 않는 부부 생활을 아주 현숙한 여자처럼 유지하세요?"

"무슨 대답이 듣고 싶어. 내가 이혼하면 성 판도 이혼해서 나와 결합하려고 그래? 아니면 내가 성 판을 사랑한다는 말을 듣고 싶어서."

"아닙니다. 죄송해요."

사내는 얼굴이 달아오르면서 쩔쩔 맨다. 그런 마음은 추호도 없는데, 왜 오늘은 이렇게 예민한지 궁금하다.

"다 사는 방법이야. 사노라면 알게 될걸."

이런 말을 하거나 들을 때면 여자는 허물어지는 자신을 보는 듯하다. 남이 보는 나와 진정한 나와의 그 깊은 골을 생각하면, 그 골로 빠져들고 싶어진다.

"오후에 재판 있어?"

"없어요. 그래서 모처럼 이렇게 나왔어요. 되도록 수요일 낮에는 시간을 비워둬요. 우리의 유일한 시간이니까."

그 말에 여자는 아침 남편과 차를 마시면서 나누었던 말들이 되살아난다. 이상한 예감이다. 내가 만들어놓은 내 치부가 더 심해지면 감당하기 어려울 것 같다.

"회 맛 괜찮지? 식사 때는 맛있게 먹는 것이 현명해."

여자는 소주를 주문한다. 술이 들어오자 딱 두 잔씩만 하자면서 잔을 든다.

"성 판!"

도망치려는 사내를 불러 세우려는 듯이 딱딱한 음색이다. 여자의 눈길이 은근하다.

"우리 그만 끝내자. 조금 아쉬울 때에 정리하는 것이 좋아. 언젠가는 헤어지면서 서로 미워하게 될지도 모르는데, 그렇게 되면 너무 비참하지 않겠어."

여자는 헤어진다는 말을 하면서 몸서리를 친다. 자신에 대한 최대의 배신이다. 인생은 자신을 배신하면서 늙어가는가. 그러다가 죽음 앞에 서면 다 청산이 되겠지. 죽지 않고서는 청산할 길이 없는 배신. 그 배신이 더 심해지기 전에 끝내야 한다.

"그럴 수 없어요. 저는 일주일 동안 오늘을 기다리며 그 사막 같은 세상을 살아가는데요."

"함께 절망하자는 거야."

여자는 헤어질 때가 되었다고 생각한다. 아침에 찻잔을 들고 서재로 들어가는 남편의 뒷모습이 되살아난다. 내가 그 외로움을 만들어준 당사자라면, 남을 괴롭게 하기는 싫다. 아마 그것은 그 자신의 모습인지도 모른다. 남편은 자존심과 자기를 이기려는 의지와 남에게 피해를 주지 않으려는 이상한 고집으로 살아간다. 아주 오래전에 그를 알았지만 살아갈수록 그의 정체는 깊은 늪이다.

"우리 서로 사랑하지는 않더라도 미워하지는 말자. 그리고 사랑하지 않는다는 것도 남에게 보이지 말자. 그들이 실망할 테니까. 아버님이 그렇고 아들과 딸이 그럴 것이고, 친구들이, 그래도 나를 따르던 제자들이 그럴 것이다. 이 세상에 부부가 서로 사랑하며 살아가는 경우도 없지 않다는 그 아름다운 희망을 꺾어버릴 수는 없지. 그러다가 어느 날 우리는 아주 자연스럽게 서로 갈 곳으로 각자가 떠나는 거야. 그때쯤이면 아버님이 세상을 뜨실 것이고, 아이들도 다 제 살 길을 찾아 자리를 잡게 될 터이니까……"

서로 합의하에 실질적인 별거를 결정하면서 남편이 한 말이다.

"그때가 되면 우리는 헤어질 힘도 없어요. 결국 일생 같이 살자는 말인데, 당신, 왜 당신답지 않게 고생이 되더라도 참으면서 같이 살자, 그렇게 말하지 않고, 남들 때문에 헤어지지 말자고 그래요."

아내는 발끈 화를 내었다.

"참 그렇군. 그러면 그 대신 당신도 나에게 부담 갖지 말고 다른 남자를 사랑해요. 나와는 상관없이. 나는 딴 여자를 사랑하지 않기로 작심했어. 그 대신 섹스를 위해 여자를 상대할 수도 있으니, 그것은 당신이 양해하든지."

남편의 솔직함에 아내는 두 손을 들고 말았다. 잠자리를 같이한 적이 까마득하다.

지난해 신학기 개학 후부터였으니 벌써 20개월이 넘는다.

늦게 퇴근한 남편은 샤워를 하고서 아내의 방으로 오지 않고 제 서재로 들어갔다. 잠시 후에 아내를 서재로 급히 불렀다. 전에 없던 일이었다.

무슨 일인가 해서 남편의 서재로 들어간 아내는 TV 화면에서 벌어지는 그림에 멈칫했다. 격한 섹스비디오였다. 아내는 눈을 뜨고 볼 수 없었다.

"여보!"

얼결에 소리를 질렀다. 순간 남편의 눈에서 불이 튀었다. 멍청히 서 있는 아내를 잠시 쳐다보더니 거칠어졌다. 왜 이래요. 제 방으로 가요. 남편은 전혀 낯선 수컷이었다. 아내는 거절하지 않았다. 결혼하기 전부터 약속한 일이 있다. 상대가 무엇이든 원할 때에는 서로 들어준다. 그러고 나서 문제가 있다면 이야기한다. 그것은 둘 사이의 약속이었다. 그런데 그동안 한쪽에서 원하는 것을 함께 원하게 되었다. 아내는 그 약속대로 이행했다. 차츰 잠자리에서 전에 없던 요구를 했다. 그런데 그 일이 끝난 다음에 남편은 무엇에 쫓기듯이 제 방으로 들어가서 문을 잠갔다. 아내는 자기에게 만족을 얻지 못했나 생각했는데, 그게 아니었다. 일탈 이후의 부끄러움 때문이라는 것을 안 것이 별거 상태에 들어간 후였다. 일탈을 하고 나면 자신에 대한 자괴심이 불붙듯 일어나서 정결한 아내와 한 침대에서 자기가 힘들었던 것이다. 잠자리만이 아니다. 지금까지 안 하던 일들을 저질렀다. 외박도 했고, 밤새워 포커를 했다. 남편은 거짓말을 안 했다. 그것이 더욱 괴로웠다. 어떤 때는 술자리 시비에 끼어들어 파출소에서 지내기도 했다. 동료 교수들과 종종 싸우기도 했고, 여학생들에게 성희롱 비슷한 악담도 했다. 그런데 어느 날부터인가, 남편은 일탈을 시도하다가 결국 아무 일도 못 했다. 아내가 다 받아주는데도 안 되었다. 그런 날이 계속되었다. 아내 몰래 병원에서 검사를 받고 정신과에서 상담도 했으나 아무런 도움이 되지 못했다.

남편이 진심으로 말했다.

"난 당신을 사랑할 수 없어. 그러니 나로부터 자유로워줘. 가족이 있으니, 가정으로부터 자유로울 수는 없지만, 나로부터는 자유로워줘. 내 진심이야. 당신 나를 잘 알지 않아."

남편은 어려울 때일수록 솔직함으로 탈출을 도모했다.

그때 아내는 남편의 일탈에 대해서 좀더 진지하게 이야기를 나누지 못했다. 남편의 일탈은 너무 추했기에 입에 올리기도 싫었다. 잊어버리고 싶었을 뿐이다. 남편이 잠시 무엇에 홀린 것이라고 생각했다.

남편과 그렇게 된 이후에 아내는 자신도 남편의 부끄러움을 받아들이기 위해서 일탈이 필요하지 않을까 생각할 즈음에 성 판이 나타났던 것이다.

여자는 냅킨으로 입언저리를 닦는다.

"다시 만나지 말자. 이 방을 나서는 순간부터 우리 사이에 있었던 일들은 다 지워버려. 더구나 판사와 변호사가 자주 만나는 것은 직업 윤리로도 용납할 수 없어."

여자가 단호하게 말한다.

"좋은 남자 생겼어요?"

"유치하긴. 그래, 성 판보다 더 멋진 남자가 생겼어. 돈도 있고. 사랑을 받기만 하면 되는 그런 멋쟁이야."

여자는 태연을 가장하여 말하면서 먼저 나간다.

홀가분하다. 남편의 제자와 그것도 현직 판사와 그동안 무서운 일탈을 감행했다. 이제는 남편의 부끄러움을 알 것 같다. 그래도 생각할수록 얼굴이 화끈거렸다. 내가 남편처럼 이상한 여자로 일탈을 감행할 때에 성 판은 나를 이상하게 생각했겠지. 그러니까, 다른 남자가 생겼느냐고 물었지. 길거리에라도 풀썩 주저앉고 싶을 정도로 아랫도리에 힘이 빠졌다. 사람들을 바로 쳐다볼 수 없다. 일을 끝내고 서재로 도망가던 남편의 뒷모습이 떠올랐다. 성 판이 뒤에서 내 추한 모습을 보는 것 같았다. 가을이 넘쳐흐르는 길을 걸으면서 온통 부끄러움으로 달아올랐던 몸이 평정으로 돌아온다. 떨어진 낙엽처럼 쓸쓸하지만 자유스럽다.

3

명 교수는 주차하고서 언제나 그랬던 것처럼 호텔 이층 로비에서 서성거리는데 윤 변이 웃으면서 다가와서 팔짱을 낀다. 자연스럽죠. 남편은 아내의 밝은 표정에 마음이 놓인다. 모임 장소인 파라다이스 홀로 들어선다.

"오오, 우리 투웰브Twelve의 상징인 명성훈 윤지순 커플이

등장하셨습니다."

모임의 회장 격인 뉴비전그룹의 박 회장 내외가 맞으면서 환영했다.

"반갑다. 두 달 만인데도 한 두어 해 지나간 것처럼 기다렸다."

박 회장이 명 교수 손을 잡고 흔들면서 즐거워했다. 윤 변도 3년 후배인 박 회장 부인을 가볍게 껴안으며 정을 나눈다.

"언니, 요즈음 방송에서 자주 뵙습니다. 일도 바쁘시다면서요. 이혼 상담을 들으면서, 우리 여성들을 위해서 좋은 일 하신다고 생각했어요. 우리 친구들이 모두 언니 팬이에요. 언제 우리 모임에 와서도 좋은 말씀 해주세요."

고교 3년 후배는 깍듯이 선배 대접을 했다.

명 교수 친구 부인들 중에는 윤 변의 고교나 대학 후배들이 많다. 윤 변은 같은 학번끼리 결혼을 했으나 후배들 남편은 거의 연상이다.

회원 열두 쌍이 다 모였다. '투웰브' 12는 행운의 숫자이다. 명 교수의 고교 동창 중에 소위 잘나가는 친구들이다. 친구 결혼식장에서 자주 만나더니 어느 날 자연스럽게 모임이 되어 20여 년을 유지해오고 있다. 이 모임에서 윤 변은 멤버의 부인들 중에 제일 연상이고 학교에서도 선배여서 자연스럽게 부인들 회장 격이 되었다.

회장이 인사말을 했다.

"오늘은 특별한 날입니다. 우리 모임에서 아름다운 부부상으로 사회에 모범이 된 친구에게 회원의 이름으로 모범 부부상을 수여하기로 지난 모임에서 결정했습니다. 그 첫 수상자로 명성훈 교수와 윤지순 변호사 부부를 선정했습니다. 여러분이 다아시는 바와 같이 이들은 대학 커플로 시작하여 하루하루 그 사랑을 더 아름답게 꾸미면서 살아온 대한민국의 모범 부부입니다."

명 교수와 윤 변이 나란히 회원들 앞에 선다. 회장은 명 교수에게 사랑의 부부상인 조형물을 전했고, 윤 변에게 상금 봉투를 전했다.

"부인되시는 분이 수입이 괜찮으시니, 이 부부상은 변호사 사무실에 두시고, 그 대신 상금은 남편에게 드리는 것이 좋을 듯하네요."

회장 부인의 제안에 모두들 박수로 화답했다. 각자 받았던 부부상과 상금 봉투를 바꾸었다.

"이 사랑의 부부상은 조각계에서 명성을 날리는 우리 모임의 선우 작가의 작품으로……"

회장이 포장을 뜯고 부부상을 회원들에게 보였다. 브론즈로 만든 조각인데 부부가 일정한 거리를 두고 마주 보고 있다. 그런데 두 부부의 눈은 큰데 입과 코와 기타 얼굴 조형은 거의 드러나지 않고 있다. 조각가인 선우 작가가 일어나서 작품을 설명하였다.

"이 부부상에 굳이 제목을 붙인다면 '거리 두고 바라보기'입니다. 부부가 행복을 유지하기 위해서는 일정한 거리를 두고 큰 눈을 가지고 바라보기만 해야지, 전부 다 말하려고 하거나 상대의 이야기를 모두 들으려고 하면 사랑이 유지될 수 없다는 생각을 표현해보고 싶었습니다. 중요한 것은 그 거리입니다. 여러분이 보시기에는 부부의 거리가 너무 멀다고 생각하실 겁니다만 일정한 거리를 두고 바라볼 때에 바로 볼 수 있고, 그 바라봄을 통해서 자기도 바라볼 수 있다고 생각합니다. 귀를 너무 기울이면 상대의 욕망만을 듣게 되고, 너무 가까이 있으면, 상대의 주름도 보게 되고, 향기롭지 못한 몸냄새를 맡게 되고, 그러니 부부에게도 거리가 필요하지요. 결국 부부는 남남인데 사랑과 신뢰로 한 몸이 되어 살아가는 특별한 관계라고 생각합니다."

모두들 진지하게 들으면서 고개를 끄덕이더니 제 짝을 쳐다보면서 미소를 지었다.

"여러분, 이 시간 부부끼리 서로 5분간만 바라보기로 하십시다."

갑자기 조각가의 제안에 방 안이 조용해졌다. 명 교수도 아내를 바라보면서 이것이 마지막이라고 생각한다. 처음 만났을 때는 5분이 아니라 같이 있으면 늘 마주 보았는데, 그렇게 생각하며 마주 본다. 5분이 아주 빨리 지나간다.

즐거운 식사가 시작된다.

"오늘 받은 상금으로 2차는 제가 쏘겠습니다."

명 교수가 식사를 하다가 벌떡 일어나 제안했다.

박수가 터져 나왔다.

식사가 끝나자 호텔 지하에 있는 노래방으로 옮겼다.

노래를 부르고 술을 마시고 소리를 지르면서 즐겁게 놀았다. 윤 변은 다른 사내들보다 더 즐기는 남편의 심정을 헤아려본다. 사랑스러운 부부의 허상을 말하고 싶었겠지만, 더 이상 일탈을 감행할 수 없음에 절망하는 것 같다.

모임이 끝나자 둘은 다정하게 엘리베이터 앞에 서서 친구들과 인사를 나누고서 주차장으로 내려온다.

"대리 기사를 불렀어요. 우리는 집 옆 공원에서 만나 바람 좀 쐬고 들어가요."

아내가 제안한다. 둘은 각각 대리 기사가 운전하는 제 차에 탄다.

벤치 위에 수북이 쌓여 있는 노란 은행잎들과 빨간 느티나무 잎들이 보안등 불빛에 잘 어울렸다. 부부는 그 낙엽 위에 거리를 두고 앉았다.

바람이 벌거벗은 나뭇가지를 스치며 지나갔다. 둘은 그 소리가 자신의 텅 빈 가슴을 쓸어내린다고 생각한다. 여자는 뭔가 말하고 싶어서 바람을 쐬고 들어가자고 했는데 입이 열리지 않는다. 남편은 작가가 말한 부부의 그 거리감을 생각한다. 나는 아내와의 거리를 생각하지 않았는데, 아내는 너무 가까이서 내 추한 모습을 보고서 감당하기 어려웠겠지. 둘은 잎이 다 떨어진 빈 나뭇가지들이 바람에 흔들리는 것을 멍청하게 바라본다.

"나는 당신에게 미안한 거 하나 있어요."

아내의 말에 남편은 가슴이 뛴다.

"당신의 일탈을 이해하지 못해서 미안해요. 그 일탈을 즐겁게 같이 누리면서 그 부끄러움까지 공유하지 못해서 당신을 더 부끄럽게 만들었고……"

남편은 그 말에 가슴이 서늘해진다. 이제는 늦었다. 사랑했던 사람에게 당한 부끄러움에서 벗어날 길은 없다.

"부부란 부끄러움을 공유하는 사이라는 것을 알게 되었어요. 이혼 소송을 맡으면서 이상한 부부 관계를 많이 만나요. 남성의 폭력에 시달리면서도 헤어져서는 살 수 없다는 여성, 여성의 외도에도 그 여자와 살겠다는 미련한 남성, 여자의 노름빚을 기꺼이 빚을 내면서 마련해주는 남성, 그 반대인 여성, 이러한 관계는 일상적인 상식으로도 이해할 수 없어요. 왜 그러는가? 그래서 더 불행해지기 전에 이혼하라고 권유를 하는데, 요 며칠 사이에 그 비밀을 알게 되었어요. 부부는 치욕스러움을 공유하며 살아간다는 거, 부부의 섹스 정황이 얼마나 유치해요. 그래도 그것을 즐기는 동안에 서로의 사랑이 더해진다는 것을 알게 되었는데……"

여자는 성 판과의 섹스를 생각한다. 끝나고 나면 그렇게 치욕스러울 수 없었다. 그런데 상대는 오히려 즐기는 것 같았다. 이 괴리감, 왜 그럴까? 성 판과는 부끄러움을 공유할 수 없는 사이라는 것을 알았다. 이제야 남편의 부끄러움을 받아들일 수 있을 것 같았다. 지금 그 이야기를 하려고 한다.

"아담도 하와가 선악과를 따 먹고 남은 것을 갖고 왔을 때에, 이 열매를 먹으면 하나님의 진노를 받을 것이라는 걸 알았지만, 사랑스러운 하와가 주는 것이기에 거절할 수 없었지요. 죄가 될 것을 알면서도 먹지 않으면 여자가 무안할까 봐 같이 먹는 것이 부부 관계라는 것을 알았어요. 그런데 난 당신과 함께 그 열매를 같이 먹지 못했어요. 미안해요."

남편은 아내의 말이 고마우면서도 이러한 고백을 하는 아내가 궁금하다.

"나도 말하지 못한 것이 있어. 왜 그런 일탈을 하게 되었는지, 어느 날 동료 교수가 나보고 완벽을 가장한 허위투성이라고 공박하더군. 그러면서 야동도 못 볼 주제에 뭘 인생을 다 아는 척하느냐고 해서, 그래서 가장 유치해지려고 시도했는데, 결국 유치해지더군."

"그런데 제가 유치해지는 것을 거부했지요."

"아니, 당신까지 유치해지게 만들 수 없었고, 그렇게 되는 것을 두려워할수록 점점 관계가 멀어지는 걸 느꼈는데……"

"저도 이제는 아주 유치해졌어요."

아내는 그다음에 '우리는 이제 부끄러움을 공유할 수 있게 유치해졌어요'라고 말하려고 한다. 그런데 남편은 아내가 이상해 보인다. 그 남자와 헤어지려는 것인가? 남편의 부끄러움을 덜어줄 부끄러움을 일부러 만들려고, 그것은 더 큰 부담이다.

"내가 다른 남자를 사랑해도 된다고 말했지."

"오늘 그 사내와 헤어졌어요. 당신 잘 아는 성 판사였는데……"

"성 판? 그 친구는 당신에게 어울리지 않아. 무거운 짐만 지워줄 위인이야."

이미 알고 있어서 충고해주고 싶었는데 기회를 얻지 못했다. 아내는 순진하다. 그런 애송이와 관계를 맺는다면 나중에 무거운 짐을 지게 될 것이다.

아내는 남편의 표정이 전혀 흔들리지 않아서 아쉽다. 내게 애정이라는 것이 조금도 남아 있지 않기 때문인가, 아니면 그 반대인가?

"잘 결정했어. 상처가 남았다면 속히 씻어버려. 자유를 원하는 당신이 또 다른 굴레를 쓰고 늪에 빠지는 것은 내가 바라볼 수 없어. 지금까지 나 때문에 그렇게 살아왔는데……"

남편의 목소리에 물기가 끼었다.

아내는 긴장한다. 남편은 축 처진 음색으로 말한 적이 없다. 이제 고독을 알게 되었는가?

"당신도 다른 여자를 사랑해봐요. 내가 찾아봐줄까? 내가 이혼녀를 많이 알거든."

아내는 너무 무거운 분위기를 흔들어놓으려고 장난스럽게 말했으나 농담은 아니다. 남편이 외로워지면 나도 못 견딘다. 남편은 피식 웃는다. 그 웃음에 아내는 기운이 빠진다.

"사랑은 안 해. 섹스가 궁하면 돈을 주고 사는 한이 있더라도. 한 여자도 사랑하지 못한 주제에 또 무슨 사랑을 한다고……"

남편의 목소리가 빈 가지를 흔들며 지나가는 바람 소리처럼 들린다. 슬픔이 목울대를 울린다. 그래도 아내는 참는다. 이 사내의 마음속은 천 길이다. 상대를 다 알려고 해서 그런가. 서로가 모르면서 알고 있다고 착각하고 살아가는 것인가?

"갑시다. 아버님이 주무시지 않고 기다리실 거야."

"아이들 돌아올 시간이 되었어요."

아내가 휴대전화에서 시간을 확인한다.

둘은 나란히 걸어간다. 약간 오르막이다. 길 양편에 늘어 있

174

는 은행나무에서는 노란 잎들이 바람에 날려 떨어진다. 두 사람의 머리와 어깨 위에 낙엽이 내려앉는다.

아내는 남편의 옆얼굴을 보다가,

"잠깐 머리를 숙여봐요."

남편은 아내의 말대로 서서 고개를 숙인다.

"당신 희어지는 머리에 은행잎이 내려앉으니 참 보기가 좋아요. 털어버릴까, 그만둘까?"

아내가 웃으며 말한다.

언젠가 이렇게 만나 걸으면서 사랑스러운 이야기를 많이 나눴다.

"당신 머리에 떨어진 노란 낙엽이 참 멋스럽네."

남편도 아내의 머리 위에 내려앉은 낙엽을 몇 개 집었다.

"그냥 가요."

아내가 남편의 등을 살짝 민다.

집까지는 걸어서 15분이 걸린다. 이렇게 걸으면 20분은 걸릴 것이다.

"우리가 이 길은 많이 걸었는데……"

불쑥 아내가 옛날을 이야기한다.

남편도 그런 생각을 하고 있다. 대학교수는 초임 판사보다는 시간 여유가 있다. 먼저 퇴근해서 공원에서 기다리다가 늦게 퇴근하는 아내를 맞고 같이 걸어서 들어올 때가 많았다. 출근 때는 아내를 위해서 늦게 출근할 수 있는데도 같이 걸어 내려왔다. 자가용이 없던 시절이었다. 차를 사려고 했을 때에 아내가 몇 년 후에 사자고 했다. 차를 사면 둘이서 같이 걸을 시간이 없어진다고 해서, 그래서 두 해 뒤에 샀다.

남편은 그 이야기를 하려고 하다가 그만둔다. 아름다운 추억거리가 아니라 넋두리가 될 것이 두렵다. 잃어버린 시간에 대한 아쉬움이나 후회는 헛수고이다. 그런 감정은 현실을 이해하는 데 장애가 된다. 그래서 말하고 싶었으나 어렵게 참는다. 인생은 참는 것이다. 그래도 아내는 남편이 그 옛날 이 길을 같이 걸었던 이야기를 해주었으면 한다. 그러나 해달라고 말하지 못한다. 서두를 꺼냈으면 이어주는 것은 남편의 몫이다.

둘은 집 대문 앞에서 마주 본 채 걸음을 멈춘다. 아내가 남편의 머리 위와 어깨에서 낙엽을 털어낸다. 남편도 아내의 머리와 어깨에 내려앉은 낙엽을 하나하나 집어낸다. 둘은 아마 이런 일도 마지막이라고 생각한다.

"참 보기 좋아요."

오뉘가 다가왔다. 딸이 스마트폰을 아버지 앞에 내보였다.

막내도 스마트폰을 열어 어머니께 보였다.

오뉘의 스마트폰에는 서로 낙엽을 떨어주는 사진이 어둠 속에서도 선명하다. 부부는 가슴이 쓰렸으나 참으면서 미소를 짓는다. 부모의 마음을 알기에 너희는 어리다, 그렇게 생각하면서 위로를 받는다. 모르는 것이 인생살이다.

4

오뉘는 삼층 제 방으로 들어갔다가 나왔다. 이 삼층에는 세 남매 공부방이 마련되어 있고, 서넛이 앉아 이야기할 수 있는 좁은 공간이 있는데, 거기에는 차와 간식거리가 늘 준비되어 있다. 오뉘는 제 방에서 나오면 어쩌다 서로 만나게 된다. 이 방은 노인이 집을 지을 때에 구상한 대로 되었다. 단층이었는데, 형제를 키우면서 이층에 두 아이의 방을 마련하기 위해 이층을 올렸다. 막내가 미국으로 가고, 아들이 결혼하자 이들 내외의 서재로 방을 넓히면서 차를 마실 공간도 마련했다. 손자가 생기면서 삼층을 올렸다. 애초부터 그럴 계획으로 노인은 일층 기초를 튼튼히 세웠다. 3대가 같이 사는 집을 생각했던 것은 노인의 욕심이었다. 그런데 아들 내외가 노인의 마음을 잘 따라주었고, 삼층을 올리면서 손주들이 이해해줄까 걱정했는데, 아이들은 오히려 좋아했다. 이따금 노인은 손주들이 보고 싶으면 이삼층 차 마시는 방으로 온다. 어느 한 놈이라도 먼저 나타나면, 노인은 손가락으로 입을 막으면서 조용히 하라고 한다. 할애비가 왔다는 기척을 내지 말라는 것이다.

선영이가 방문을 살그머니 열었더니 마침 방에서 나오는 막내와 마주쳤다.

누이는 이때쯤 동생이 마셔야 할 차를 잘 안다.

그녀는 허브차 두 잔을 마련하고 동생과 마주 앉았다.

"엄마와 아빠의 뒷모습이 너무 쓸쓸해. 아버지도 늙으셨나봐. 그런데 어머니는 더 성숙한 것 같고."

그 말에 누이는 쿡쿡 웃는다. 이 애가 어머니를 성숙했다고. 하기는 자기도 그렇게 생각했다. 이 집에 남자는 왜 그렇게 순하고 연약할까? 할아버지도 돌아가신 할머니를 잊지 못해 매일 사진을 보고 말하고, 오빠는 여자친구와 헤어져서 방황하다가 군대에 갔다.

"두 분은 다시 사랑할 수 없을까? 무엇이 그렇게 뜨거운 사랑을 시들하게 만들었을까?"

막내가 중얼거렸다. 이혼이라도 한다면 감당할 수 없다.

"누나, 언제부터 생각한 것인데, 두 분이 헤어진다면, 우리는 이 집을 지키면서 할아버지 모시고 살면 안 될까? 이모할머니가 계시니까. 누나가 고생하지 않아도 되겠지."

누이는 그 말에 가슴에서 퉁 소리가 났다. 그런 생각까지 하고 있었구나. 맞다. 두 분이 이혼하면 우리는 어느 분에게 가지 않고 우리가 스스로 살아가야 한다.

"걱정 말아. 두 분은 우리가 장성하여 독립할 때까지 이혼을 하지 않으실 거야. 두 분은 우리를 너무 사랑하시니까, 우리에게 아픔을 주지 않으실 테지……"

누이는 동생을 위로하면서도 말끝을 맺지 못한다.

"누나, 우리 때문에 하고 싶은 이혼을 하지 않는다면 그것도 너무 심해."

"우리 때문이 아니고, 할아버지 때문이라고 생각해."

막내는 고개를 끄덕였다.

"누나, 남자와 여자는 그렇게 사랑하다가도 싫어지나?"

막내는 이해할 수 없다.

"다시 회복되겠지."

"아니야. 난 아버지를 알아. 한번 마음을 먹으면 되돌아서지 않아."

누이는 가슴이 답답하다. 막내는 어렵게 울음을 참았다.

"우리가 두 분의 관계를 눈치챘다는 사실은 비밀이다. 그것이 알려지면 할아버지도 알게 되실 테니까, 이 행복한 우리 삼층 집이 한꺼번에 무너지게 된다."

누이의 말에 막내가 말없이 고개를 끄덕였다.

"막내야, 괴로워하지 말자. 당사자인 두 분의 괴로움은 더 클 텐데."

"누나, 그런데, 두 분이 왜 그렇게 되었을까?"

"두 분이 너무 완벽하셔서 사랑도 그렇게 하려고 하시다가 깨어진 거야. 깨어졌으니 회복이 안 되지."

막내는 누이의 말이 이해할 수 없었다. 머리에 떨어진 낙엽
을 털어주는 두 분의 손길과 그 표정이 너무 외로워 보였다.

5

행복한 아침 식탁이다.

식사가 거의 끝나 가자 아들이 어젯밤 이야기를 식구들에게
말한다. 늘 그래왔다. 며느리가 덧붙인다.

"저희가 모범 부부상을 친구들로부터 받았어요. 상금도 탔고
요. 이 부부상 참 아름답지요."

며느리는 이층으로 올라가서는 부부상을 갖고 거실 진열장
에 세운다.

막내가 누나를 쳐다본다.

"상금도 있어요. 친구들에게 한턱 쓰고도 남았어요. 이번 주
토요일 외식을 하지요."

"작품이 마음에 드는구나. 상금까지 받았다니 즐거운 점심이
되겠구나."

아들의 제안에 노인이 활짝 웃으면서 좋아한다.

"내일 아침에는 할머니께 이 기쁜 소식을 전해야겠구나."

노인의 말에 모두들 표정이 굳어진다.

"그래, 오늘도 즐겁게 조심조심 하루를 살아라. 선영이도 범규도 열심히 공부하고. 공부가 버거우면 할 수 있을 정도만 해라."

노인은 아들 내외와 손주들의 인사를 받고서 안방으로 들어간다.

"이모, 점심에 아버님 진지 잘 챙기세요. 저 오늘은 일찍 들어올 거예요."

며느리가 도우미 할머니에게 당부한다.

모두들 나가자 집 안에 정적이 밀려들었다. 노인은 거실로 나와 TV의 리모콘을 켰다가 끈다. 정원을 내다본다. 누렇게 물들어가는 감나무 잎 사이로 주황색 감들이 얼굴을 내밀어 노인을 쳐다본다. 아내는 감나무를 좋아했다. 새봄에 연초록 잎이 좋고, 5월이 되면 새하얀 감꽃이 좋고, 가을이면 단풍이 보기 좋다고 했다. 잎이 다 떨어진 빈 나뭇가지에 달려 있는 감들은 그대로 두었다. 아내는 병중에도 방 안에서 그런 정원 풍경을 즐겼다.

"어르신, 드릴 말씀이 있는데요."

도우미 할머니가 은근히 노인의 눈치를 살핀다. 노인이 할머니를 쳐다본다.

"아무래도 교수님과 변호사님이……"

그렇게 말하고는 노인의 눈치를 살핀다.

할머니는 작년부터 이들이 각방을 쓴다는 것을 알았다. 방을 정리하면서 알게 되었다. 그러다가 언젠가 일을 끝내고 동네를 늦게 산책하는데 며느리가 공원에서 다른 사내와 같이 있는 것을 보았다. 그리고 언젠가 이층에서 부부가 차를 마시면서 주고받은 이야기를 엿들은 적이 있다.

"알고 있어요. 알면 어떻게 하겠어요. 죽고 사는 문제와 만나고 헤어지는 문제는 누가 만류하거나 권유할 수 있겠어요. 모른 척하세요. 아마 내가 세상을 떠나기 전에는 갈라서지 않을 거예요. 내가 빨리 가야 하는지 더 오래 살아야 하는지, 판단이 서지 않는구려."

할머니는 할 말을 잃어버렸다.

노인은 방으로 들어가 아내의 사진을 들여다본다. 그러나 아들의 일을 말할 수 없다.

창밖으로 눈을 주었다. 발갛게 익은 담쟁이가 곱다. 그런데 그 속에서 새소리가 재재잭 난다. 새들이 넝쿨에 숨어서 오르내리면서 지껄이고 있다. 감나무에 새 두 마리가 각각 다른 가지에 앉아서 마주 본다. 바람이 그들이 앉은 가지를 흔들었다. 그래도 그들은 그냥 마주 보면서 제 몸을 추스른다. 노인은 아내가 먼저 떠나기를 잘했다고 생각한다. 살아 있다면 그렇게 사랑하고 아끼던 며느리와 아들이 헤어진다는 것을 감당하지 못할 것이다. 그 고통을 보기에는 자신이 너무 힘들 것 같다.

담장 넝쿨에서 새들이 지저귄다. 바람이 감나무 가지를 흔드는데, 그래도 새들은 마주 보며 앉아 있다.

별들은 어떻게 제자리를
차지하고 있을까?
—관계 2

1

"엄마가 재혼을 한다면 너희들은 날 부도덕한 여자로 생각하겠지. 아버지가 세상을 떠난 지 채 1년도 안 되었는데……"

임 여사는 아침 식탁에서 아들과 딸을 번갈아 보면서 말했다. 이제야 아버지로부터 자유로워지겠구나. 경아는 반가웠다. 돌아가신 아버지 그림자에 갇혀 옴짝달싹 못 하던 어머니였다. 경재는 그 말이 어머니 진심이 아니라고 믿으면서도, 혹시 그동안 외로운 분에게 너무 소홀했었나 생각했다. 아니다, 그저 해본 소리다. 임 여사는 곧 말을 거두고서 자리를 떴다. 식탁 주변에는 무거운 침묵이 흘렀다.

"어머님께서 이상해지셨다고 느끼지 않니? 엊저녁부터."

경재는 두 살 아래인 동생이 어머니에 대해 특별히 아는 것이 있을까 싶었다.

"계절 탓일 거야. 오빠."

경아는 창밖으로 눈을 주면서 대수롭지 않게 대답했다.

정원에는 겨울이 넘치고 있었다. 창문을 가리고 서 있는 헐벗은 목련은 그 밋밋한 수피가 눈을 시리게 했지만, 물오르는 소리가 들리는 듯했다. 아버지 귀가를 기다리던 식구들에게 사고 소식이 전해졌을 때도, 늦은 겨울이었다. 언 땅에 아버지를 묻고 온 후에, 식구들은 절망과 외로움 때문에 허우적거리고 있는데도, 시간은 무심히 쉬지 않고 흘러갔다. 네 번 계절이 지나고 있다. 이제 어머니도 아버지로부터 벗어날 때가 되었지. 경아는 어머니 말이 진심이기를 바랐다.

엊저녁 식사가 끝나고 차를 마실 때였다.

"경재야, 넌 수진이를 정말로 사랑하니?"

임 여사가 아들을 똑바로 쳐다보면서 진지하게 물었다. 수진이는 경재와 약혼한 사이이다.

"예?"

당사자보다 옆에서 있던 경아 눈빛이 튀었다.

"너희들, 이 엄마를 사랑하니?"

임 여사는 자식들의 놀란 눈길에도 마음 쓰지 않았다. 경재는 어머니 음색에서 이상한 기미를 느끼고는 등골이 오싹했다. 이상해지고 있다. 아버지의 죽음으로 파괴되어가는 어머니의

188

모습이 선하게 나타났다. 아들은 숨소리까지 조심스러웠다. 그런데 임 여사는 톡톡 튀는 빠른 어조로 말을 이어갔다.

"만약 이 에미가 너희들을 낳지 않았고, 난 단지 아버지를 사랑한 나머지 너희들을 키웠다고 하면, 만약 이 에미가 너희에게 신세 질 형편이라고 하면, 더구나 성질이 고약하거나 혹은 치매 환자라도 된다면, 날 지금처럼 사랑하겠니? 이 세상에서, 만약 자식이 부모를 공경하고 사랑하지 않아도 된다면, 지금처럼 너희와 나와의 관계가 유지될 수 있겠니?"

임 여사는 남매의 얼굴을 번갈아 보면서 무슨 다짐을 받으려는 듯이 물었다. 경재는 어머니의 날카로운 표정에 가슴이 섬뜩했다.

"무슨 말씀이세요. 저희는 어머니를 이렇게 사랑하고 있는데요."

경아가 얼른 등 뒤로 돌아가 임 여사의 목을 껴안고 볼에 입을 맞추면서 환하게 웃는데, 눈가에 물기가 어렸다.

"사랑에 무슨 조건이 필요해요? 우린 엄마를 진정으로 사랑해요. 혹 아버지만큼은 못하더라도. 그런 말씀하시면 저희들이 섭섭해요."

경재도 어머니 손을 꼭 잡으면서 울음을 참았다.

"알았어. 그저 그렇게 가정해본 거야. 너희들 마음을 확인해보려는 것이 아니라, 내 마음을 확인해보고 싶었어. 사실, 어머니는 아버지 사랑에 빠져서 아무것도 모르고 이제껏 살아왔는데, 이제 혼자가 되어서야 자신을 돌아보게 되는구나."

임 여사의 목소리가 탁해지면서 눈시울이 붉어졌다.

"나는 요즈음 끔찍한 생각을 한단다. 너희들이 만약 사생아였거나 장애인이었다면 내가 지금까지 데리고 살았을까. 어쩌면 교회 앞이나 부잣집 문간에 내버리지 않았을까. 만약 너희 오뉘가 공부도 못하고 말썽을 피우는 아이들이었다면 내가 진정으로 사랑할 수 있었을까. 아버지에 대한 사랑의 순수도는 얼마나 될까. 자신을 곰곰이 점검해보면, 너무나 많은 허위가 내 의식과 삶 속에 쌓여 있는 것 같아서……"

"어머니 죄송해요. 저희가 어머니 마음을 헤아리지 못했어요."

남매는 임 여사가 잠시 틈을 내자 얼른 끼어들었다.

경재는 어머니보다 수진이에게 마음을 더 주었던 자신을 생각했다. 경아도 아버지의 죽음으로부터 자신을 추스르려고 자기에게 더 마음을 썼다.

"그런 게 아니다. 모든 것은 자기 스스로의 문제이다."

임 여사는 자식들이 어머니 처지를 전혀 헤아리지 못한다는 것을 알았다. 그들은 내 이런 말을 남편 잃은 여자의 외로운 넋두리 정도로 이해하겠지. 혼자 생각해보았다.

남매는 학교로 가면서 어머니의 말을 다시 생각했다.

"외삼촌에게 말씀드릴까? 어머니 얘기를."

"놔두세요. 미혼인 외삼촌이 엄마 마음을 이해하시겠어요."

"너무 걱정 말아. 이제 엄마는 제대로 돌아오고 있어. 아버지로부터 뛰쳐나가기 위해 지금 홍역을 앓고 있는 거야."

"난 어쩐지 불안해. 어머니는 뭔가 이상해."

"이상하지 않아. 아주 정상인데 뭐."

경재는 동생의 말에도 어머니에 대한 걱정은 떨쳐버릴 수 없었다.

2

경아는 아버지 죽음이 지금도 믿기지 않았다. 역구내를 오가는 사람들은 모두 아버지 얼굴이었다.

어머니는 아버지를 통해서만 세상을 보았고 그렇게 살아왔다. 아버지의 부재로 어머니의 존재가 흔들릴 수밖에 없었다. 두 분의 관계는 일상적인 의식으로는 이해할 수 없을 정도였다. 다른 두 인격체가 모여 한 인격체가 되었다고 어머니가 말한 적이 있다. 대전에서 열리는 학술 행사에 참석하고 7시에 도착 예정이었던 아버지였다. 7시가 넘어서 경찰로부터 사고 소식을 받았다. 전화를 받으면서 먼저 생각한 것은 어머니였다.

이 소식을 알면 어머니가 잘못될 수도 있다. 죽은 사람에 대한 연민이나 슬픔보다는 살아 있는 사람이 걱정되었다. 경아는 멋모르고 저녁을 준비하는 어머니를 두고 밖으로 몰래 나와 공중전화로 삼촌을 찾았다. 삼촌은 아직 퇴근 전이었다.

서초 인터체인지에서 빠져나오는데, 뒤따라오던 트럭이 브레이크 고장으로 아버지 차를 덮쳤다. 시신은 영동세브란스 병원에 옮겨졌다는 연락을 삼촌으로부터 받은 것은 9시가 넘어서였다.

집안 식구들은 죽은 사람보다 살아 있는 어머니를 더 걱정했다. 그런 걱정처럼 어머니는 넋을 잃고 조문객들도 제대로 맞지 못했다. 아버지 영정 앞에서 한 시간이고 두 시간이고 흐느끼기만 했다. 장례는 삼촌과 외삼촌이 맡아 했다.

고교 때부터 이웃에 살던 아버지와 알기 시작한 어머니는, 두 학년 선배로 아버지를 대학에서 다시 만나 10년을 사랑하다가 결혼했다. 그러한 사랑의 역사를 아들과 딸들에게 자랑처럼 말해주었다. 뛰어난 미모에 재원이기도 했던 어머니는 스스로 아버지에게 매여 사는 것이 행복이라고 생각해서 평범한 주부의 길을 자원했다. 그래서 대학을 졸업하자 곧 결혼했다. 재산가인 할아버지 덕분에 자기 학문의 길에 정진할 수 있었던 아버지는, 자기를 양보하고 한 남자의 아내로서만 살기로 선택한 어머니에게 감사하며, 모든 것을 사랑으로 갚기로 했다. 주위에서는 어머니 처사를 이해하지 못했다. 그러나 어머니는 아버지의 삶에 자신의 삶이 포함되어 있다고 믿었다. 세상 사람들이 성취하지 못했던 완전한 부부의 삶을 시도한다고 자랑처럼 말하곤 했다.

부부는 단지 함께 사는 관계로 맺어진 것이 아니라, 남자와 여자가 같이 만들어낸 한 몸이다. 가정은, 함께 만들어가는 이상적인 사회의 최소 단위이다. 남자와 여자가 다르다는 것은 역할의 차이일 뿐이다. 아기를 키우고 남편을 내조하고 가정을 아름답게 만들어가는 일이 밖의 남편 일보다 가치가 덜하지 않다고 어머니는 생각했다. 그래서 아버지는 다른 여자와의 불륜까지도, 음탕한 속마음까지도 털어놓는 사이가 되었다. 아버지는 어머니 앞에서 항상 편안했다. 완전한 결합이 가능했다. 그래서 아버지의 죽음은 어머니의 반쪽 죽음이었다. 반쪽 죽음. 그런 산술적 표현은 적절하지 못할 것이다. 아버지 죽음으로 어머니는 차차 허물어지고 있었다.

아버지를 장사 지내고 온 날부터 어머니는 아버지 서재에 자리를 깔고 누웠다.

"얘야, 자식들을 생각해라. 누군들 슬프지 않겠느냐? 살아 있는 사람은 살아야 하느니라."

외할머니가 어머니를 타일렀다. 그러나 어머니는 그러시는 외할머니가 오히려 섭섭했다. 어떻게 그런 말씀을 할 수 있으세요. 죽어서 천국에 갔다는 목사의 설교까지도 야속하게 들렸다. 천국에 갔어도, 우리는 다시 만날 수 없다. 만난다 해도, 세상에서처럼 사랑하는 관계로 만나지 못한다. 이미 두 사람의 관계는 소멸되어버렸다.

"경아, 그리고 경재야, 어머니는 이제 반쪽 인간이니 그렇게 이해해라. 난 아버지가 살아 계셨을 때 어머니가 아니다."

어머니는 우리 앞에서 겨우 이 한마디를 하고 자리에 누웠다. 나는 어머니가 너무 나약하게 보였다. 그것은 전적으로 아버지 탓이다. 사랑으로 어머니를 아주 어린애로 만들어버린 때문이다.

"난 누구도 사랑하지 않을 거야."

경아는 아버지 서재에서 나오면서 입술을 깨물었다. 한 남자에게 자기를 몽땅 내맡긴다는 것이 얼마나 위험하고 어리석은 일인지 알았다.

우리는 아침저녁으로 아버지 서재 문을 열고 시체처럼 누워 있는 어머니를 대하면서 아버지 부재가 차츰 확인되어갔다. 아버지는 죽어 땅 위에 존재하지 않는다고 인정하게 되었다. 어머니도 그것을 인정하는지, 날이 갈수록 기운이 쇠하여갔다. 식구들은 어머니 걱정으로 죽은 아버지를 그리워할 겨를이 없었다.

3

한 달여 동안 잠자듯이 아버지 서재에 누워 있던 어머니가 주위의 권고로 안방으로 잠자리를 옮긴 첫날 밤이었다.

나는 아버지 서재 옆에 있는 방에서 밀린 일을 처리하고 있었다. 4학년이 되자 바빠져서 어머니에게 마음이 덜 갔다. 그때 경아가 다급하게 방문을 두드리고 들어왔다.

"어머니가 이상해!"

발을 동동 구르며 소리쳤다. 우리는 아래층 안방으로 달려갔다. 어머니는 침대에 걸터앉은 채 창밖을 내다보면서 중얼거리고 있었다.

"여보, 어디 계세요. 전 여기 있는데요."

경아가 중얼거리는 어머니 등을 뒤에서 와락 껴안으며 흐느꼈다. 그제야 어머니는 우리를 알아봤다.

"잠을 자는데 아버지가 내 옆으로 다가오셨어. 목소리도 들리고 숨소리까지 들려서 눈을 떴는데 온데간데없지 않겠니? 그런데 말이다……"

어머니가 말끝을 맺지 못하고 흐느끼기 시작했다.

"아버지 영혼이 나와 함께 있는데 아버지는 안 계시는 거야. 나와는 딴 세계에 사시는가 봐."

흐느끼던 어머니가 남매의 얼굴을 빤히 쳐다보면서 따지듯이 말했다. 그러다가 곧 의기소침해져서 넋 나간 사람처럼 중 얼거렸다.

"아버지는 정말 멀리 떠나버린 것 같아. 항상 내 곁에 누워 계시는 것은 확실한데, 정작 손으로 만지려 하면 아무것도 잡 히지 않아. 난 아버지 손을 잡고 확인하고 싶어. 내 욕심일까. 감각적으로 확인할 수 있는 것만 믿으려는 것도 욕심이지. 전 에 네 아버지가 2년간 영국에 나가 계시는 동안에도 어머니는 늘 아버지와 함께 있었어. 아버지가 오랫동안 떠나 있었어도 아무렇지도 않았어. 그런데 이제 엄마가 새삼스럽게 아버지가 실제로 내 옆에 있어주기를 바라고 있으니, 어쩌면 아버지에 대한 내 마음이 변하고 있기 때문이 아닐까. 예전에 어머니는 그렇게 생각했어. 아버지와 나는 항상 함께 있다고. 둘이 합해 져서 하나가 되었으니, 육체로서가 아니라, 그보다 더 고귀한 것으로 말이다. 육체는 매일매일 낡아지고 있으니까, 그것은 의미가 없어. 그래서 육체가 아닌 정신과 혼으로 하나가 되었 다는 생각에 모두 동의했지. 부부라는 개념이 바로 그러한 것 아니겠어. 그래서 누가 먼저 죽더라도 우리는 조금도 슬퍼하지 말자고, 영혼은 하나님 나라에 가 있고, 땅 위에 남아 있는 누구 한 사람 속에 다른 한 사람이 살아 있으니, 슬퍼하거나 외로워 할 필요가 없다고. 의도적으로 정신주의자가 되려는 것이 아니 라, 자연스럽게 생각이 그렇게 일치되었지. 신이 내려준 복이었지. 그런데, 지금은 흔들리고 있어. 귀에도 들리고, 마음에는 함께 있는데, 눈에는 안 보이고, 손에 안 잡히니 믿을 수 없구나. 혹시 내 자신이 변하고 있기 때문 아닐까."

어머니는 마치 신들린 사람처럼 거침없이 말을 이어갔다. 눈이 충혈되고 얼굴은 벌겋게 상기되었고, 입에서는 쉬지 않고 말이 흘러나왔다.

"아버지는 정말 어머니로부터 떠나버렸는지도 몰라. 그러기에 내가 이렇게 확인하고 싶지. 아니 내가 아버지로부터 뛰쳐나오고 싶어서 이러는지도 모른다."

어머니는 얼굴을 침대에 묻고 흐느끼기 시작했다. 우리는 아무 말도 못했다. 어머니가 혹시 잘못되지 않을까 두려웠다.

"오빠, 숙모님께 연락할까?"

경아는 어머니에게 들리지 않도록 내게 말했다. 정신과 의사인 숙모는 어머니 친구 동생이다. 어머니가 중매한 처지라서 동서 관계를 떠나서 친형제처럼 지내왔다. 아버지 사고 이후에 숙모는 어머니에 대해서 각별하게 마음을 써왔다.

나는 그럴 필요가 없다고 생각했다. 정신과 의사라서 숙모는 오히려 어머니를 잘못 이해할지도 모른다.

"어머님, 좀 주무세요. 아버님이 늘 어머니 곁에 계세요. 지금도 여기에 계실 겁니다. 어머니께서 그러시면, 아버지께서 도리어 더 걱정하실 겁니다."

나는 어머니를 잠재우기 위해서 생각 없는 말을 했다.

"내가 잠들어버리면, 아빠가 오셨다가 외로워서 어떡하지. 그러니 난 잠을 잘 수 없어."

어머니는 내 손을 꼭 잡으시더니 고개를 흔들었다.

그날부터 어머니의 불면은 계속되었다. 만지지도 못하고 볼 수도 없는 불확실한 아버지를 잠을 자지 않고 찾아내려 했다.

4

토요일에 막내 시동생 원 변호사 내외와 친정 동생 임 감독이 찾아왔다. 저녁 후 이야기 자리에서 막내 동서인 닥터 성이 은근히 말문을 열었다.

"언니, 우리 병원에 와서 며칠 쉬세요. 제가 벗해드리지요."

"경재 아빠를 병원으로 오랄 수는 없어. 그 끔찍한 곳으로……, 절대 안 돼."

임 여사는 한마디로 거절했다. 누구도 그녀의 완강한 마음을 돌려놓을 수 없었다.

원 변호사는 망설이다가 유산 정리 문제를 꺼내었다. 한 달 전부터 부친의 독촉을 받아왔다. 재력가인 부친이 오래전부터 손자들 명의로 어느 정도 정리해두었으나, 그래도 고인 명의 재산이 꽤 되었다.

"재산 상속이라니? 아직도 형님은 내 곁에 계신데……"

임 여사는 펄쩍 뛰었다. '상속'이란 말 자체도 받아들이고 싶지 않았다. 상속은 남편의 죽음을 인정하는 일이라고 생각했다.

"이것은 제도라서 별도리가 없어요. 형수님에게는 형님이 살아 계시지만, 법적으로는 이미 고인이 되셨습니다."

원 변호사는 되도록 형수의 심경을 건드리지 않으려고 조심스럽게 말했다.

"삼촌도 너무하시네. 아니, 형님 무덤에 풀도 제자리를 잡지 못했는데 상속부터 서둘다니……"

원 변호사는 형수 고집에 막막했다.

"언니는 어서 시아주버니로부터 벗어나야 합니다. 인생이란 누가 먼저 가든 함께 갈 수는 없지 않습니까?"

닥터 성이 의사답게 거들었다.

"아니, 닥터 성까지?"

임 여사는 노골적으로 불만을 내보이면서 야속해했다.

"상속 문제는 놔두면 복잡합니다. 어서 정리해야지요."

친정 동생 인걸이까지 거들었다. 방송국 프로듀서 생활을 하다가 새로 프로덕션을 차린 그는 마흔둘인데도 아직 미혼이다. 임 여사는 고개를 내저었다.

"결혼도 못 한 주제에 무얼 안다고 그래? 그렇다면 지금까지

경재 아빠와 살아온 것이 제도 때문이란 말이냐?"

임 여사는 눈꼬리를 비틀면서 동생에게 노골적으로 적대감을 나타내었다. 그 바람에 인걸이는 말을 삼켜버렸다. 임 여사의 충혈된 눈에서 적의가 느껴지자 소름이 끼쳤다. 사람이 저렇게 달라질 수가 있을까?

모두들 조용했다. 임 여사는 상속 문제도 그렇지만, '제도'라는 말에 속이 뒤집혔다. 사랑도 제도란 말이야. 그녀는 자기를 설득하려는 모든 사람들이 추하고 어리석게 보였다.

"그런 의미가 아니라, 부부라는 것이 원래 일종의 계약 관계 아닙니까? 아무리 사랑해서 결합되었다 하더라도, 그 사랑을 더욱 확고하게 보장해주는 장치가 제도입니다. 불륜을 도덕이나 법으로 규제한다든지, 부부의 관계가 사랑의 관계가 되어야 한다는 것이 모두 도덕이나 제도 아닙니까?"

닥터 성이 임 여사 곁으로 다가앉으면서 설득 조로 말했다. 순간 임 여사 얼굴이 하얗게 바래어지더니 고개를 좌우로 거칠게 흔들었다.

"우리 부부는 그게 아니었어. 재산 상속이 급하다면 경재와 경아에게 다 줘버려. 내가 상속받는다면, 그의 죽음을 받아들이는 거 아냐?"

임 여사는 고함을 지르더니 맨주먹으로 침대 모서리를 내려쳤다.

"그러시면 다음으로 미루시죠 뭐. 그렇게 급한 일은 아닙니다."

원 변호사는 얼른 말을 거두어버렸다. 그러면서 형수의 광적인 모습이 두려웠다. 닥터 성도 정신과 의사이면서 동서의 증세에는 손을 들었다. 자기가 의지했던 가치가 무너지는 데서 오는 정신적 혼란이지만, 그 치유 방법은 막연했다. 임 여사가 누렸던 가치가 너무 견고했기 때문이다.

원 변호사는 부친과 조카와 의논해서 재산 상속을 마무리 지었다. 그리고 두 주일 후에 형수에게 모든 것을 털어놓았다. 임 여사는, "수고하셨어요" 하고, 체념한 듯이 중얼거렸다.

5

"오늘 외출 좀 해야겠다."

아침 식탁에서, 임 여사는 겨우 식사를 몇 술을 뜨다가 아들 딸 눈치를 살피면서 말했다.

"외출이라고요?"

생선조림을 집으려던 경아가 주춤했다.

"숙모가 외래 쉬는 날이라서 만나자고 한다."

임 여사는 조심스럽게 말했다. 방에 들어와 계시는 아버지를 놔두고 혼자 외출한다고 손가락질할 것만 같았다.

"잘되었어요. 저희들도 오늘 늦게야 돌아와야 하는데, 나가신 김에 영화도 구경하시고, 저녁까지 들고 오세요."

경아가 생글생글 웃으면서 좋아했지만, 엄마가 달라지고 있다는 사실에 약간 긴장되기도 했다. 아버지가 돌아가신 이후로 처음 있는 일이었다.

11시쯤에 집을 나간 임 여사는 밤 10시 넘어서야 돌아왔다. 초인종을 누르려는데, 꼭 열한 시간 동안 남편 생각을 별로 하지 않았다는 사실을 알았다. 아니 내가? 점심을 먹고, 오랜만에 백화점을 돌아다니고, 저녁을 먹고, 그리고 영화를 구경했다. 극장에서는 배꼽을 죄고 웃다가 불이 들어와야 영화가 끝났다는 것을 알았다.

임 여사는 현관으로 들어서면서, 정말 사람이 이럴 수 있을까 생각했다. 어쩌면 남편이 현관에서 불쑥 튀어나올 것 같았다. 그런데 남편 생각을 하지 않았다는 사실을 다시 생각했다. 정말 즐거운 일들이 일어난다면 남편도 잊을 수 있겠군? 사랑한다는 것은 인걸이가 말했듯이 관계의 한 부산물인가? 서로 즐겁고 행복하다고 생각하기 위해서 서로 사랑하는 것인가? 남편만을 사랑했다는 것은 남편밖에 관계 맺을 수 없기 때문이 아니었을까? 더 좋은 즐길 거리가 있다면, 돈 버는 일이나, 일에 미치도록 몰두했다면? 내 사랑도 일상적인 것에 불과했을까? 만약 남편보다 더 멋있는 남자가 나타났다면, 설사 남편을 놔두고 그를 따르지는 않았다 하더라도 그에게 관심은 더 가졌을 것이다. 사랑은 일종의 감성이고, 결혼은 그것을 더 견고하게 만드는 관습이 아니었을까?

임 여사는 책을 들고 있는 아들과 찻잔을 든 딸과 마주쳤다. 그들은 대문 소리를 듣고 어머니를 기다리고 있었던 것이다.

"즐거우셨어요?"

아이들의 인사가 반갑지 않았다. 자식들도 자기네 일 때문에 엄마를 별로 생각하지 않았을 것이다. 임 여사는 그러한 감정을 참았다.

방으로 들어온 그녀는 구석구석을 살펴보았다. 나갈 때 그대로이다. 남편 흔적은 어디에도 없다. 지지난주에 안방을 새로 꾸몄다. 남편의 사진은 노인네가 거두어 갔다. 함께 쓰던 장도, 침대도, 가구도 모두 내다버렸다. 노인네가 한 일이라, 임 여사도 어쩔 도리가 없었다. 방뿐이 아니다. 거실도 주방도 아이들 방을 제외하고는 모두 바꾸어버렸다. 처음에는 아쉬웠으나, 며칠 지나는 동안 차차 적응되었다.

옷을 갈아입고 샤워를 하려 화장실로 들어갔다. 더운 물을 틀어 온몸에 뿌렸다. 따스한 수액들이 살갗에 와 닿는 감촉이 유달랐다. 남편이 있을 때에는 어디를 가나 항상 함께였다. 음악회에도, 영화관에도, 이 욕실에도, 휴일에 산에 오르는 일까지도 둘이 함께했다. 그래서 다른 사람, 더구나 남자에게는 관심 가질 틈이 없었다. 그런데 혼자서 밖에 나가 보니 세상이 다르게 보였다. 잘생긴 남자들의 젊고 활기찬 모습들도 인상적이었다. 순간이지만 남편 외에 다른 사내에게서 특별한 감정이 스쳐 지나갔다. 그렇다면 남편이 날 항상 데리고 다닌 것은 나를 사랑했기 때문이기보다는, 내가 다른 남자와 관계를 갖지 못하도록 차단하기 위해서였던가? 남편은 혹 나 외에 다른 여자들과 관계를 맺지 않았을까?

국제정치학을 전공한 남편 원재순은 외국 나들이가 잦았다. 세미나나 강연 일로 지방 나들이도 자주 있었다. 1년에 한두 번 동행도 했으나, 대부분 혼자 다녔다. 제자나 후배, 그리고 상대하는 사람들 중에 아름다운 여자들도 많다는 것을 알고 있다. 남편이 집을 떠나 있더라도 곁에 있는 것처럼 생각했다. 그런데 남편도 집을 떠나 있을 때 마치 나를 가방에 넣고 다니는 것처럼 생각했을까? 다른 여자를 사랑하지는 않았다 하더라도, 유다른 감정을 가졌겠지? 혹시 깊이 마음에 둔 여자는 없었을까? 그렇더라도 그것은 남편의 부도덕함 때문이 아니다. 자주 만나면서 새로운 관계를 맺을 수도 있었기 때문일 것이다. 임여사는 남편에 대해 관대해지기 시작했다.

정말 나는 관계 개념을 초월해서 남편을 사랑했던가?

주례 목사의 주례를 들으면서 가졌던 감격을 생각했다.

"신랑 원재순 군과 신부 임인영 양은 이제 하나님과 낳아주신 부모님과 일가친척과 많은 친지들의 축복 속에 결혼을 하게 되었습니다. 두 사람의 만남은 인간의 생각으로는 헤아릴 수 없는 신비롭고 아름다운 일입니다. 이 세상에 많은 선남선녀 중에서 둘이 만나 서로 한 몸이 됨으로 일평생을 함께 살아간다는 것은, 인간의 사유로는 미치지 못하는 신비로움이 있습니다. 그래서 사람들은 이러한 만남을 운명이라고 합니다만, 이는 바로 하나님이 만세 전부터 예정해준 일임을 신랑 신부는 이 순간 다시 명심해야 하겠습니다……"

중간중간에 잡음이 섞였지만, 이제 늙어서 은퇴하신 목사님의 목소리가 흘러나왔다. 녹음 시설이 잘 갖추어지지 않았던 그 시절인데도, 주례 목사는 주례사를 녹음한 테이프를 선물로 주었다. 우리 부부는 결혼기념일인 11월 13일 저녁에는 이 테이프를 다시 들으면서 그날의 감격을 다시 가졌다. 그사이 낡은 테이프를 두 번이나 재생했다.

"신랑인 저 원재순은 신부 임인영을 하나님이 짝지어주신 사람으로 알고 일생 동안 그를 존경하고 사랑하며 아름다운 부부로 살아갈 것을 하나님과 여러 증인들 앞에서 엄숙하게 약속합니다…… 나 신부 임인영은 신랑 원재순을 하나님이 짝지어주신 사람으로 알고 일생 동안 그를 존경하고 사랑하여 아름다운 부부로 살아갈 것을 하나님과 여러 증인들 앞에서 엄숙하게 약속합니다……”

주례 목사는 신랑 신부 선서는 각자가 직접 마련한 원고를 자기 목소리로 말하도록 했다. 우리는 그 약속을 매년마다 되풀이했다.

우리의 결혼 예식의 추억은 매년 결혼기념일이 돌아오면 항상 현재로 재현되었다. 어쩌다 서로가 마음 상했던 일들은 결혼기념일이 돌아오기 전까지 모두 처리해야 했다.

“매형, 매년 결혼기념일을 지키면서 그 구속의 사슬을 더욱 탄탄하게 정비하는 이유가 뭐이유?”

재작년 결혼기념일에 인걸이가 찾아와 저녁을 먹으면서 지껄인 말이다. 그의 악담은 계속되었다. 결혼 예식이 엄숙하면 할수록 그것은 일종의 조작이어서, 신랑 신부의 생각과 삶을 억압하여 구속한다. 주례사가 멋지고 거창할수록 그것은 대부분 거짓을 포장한 것이다. ‘하나님이 짝지어줬다’는 그 한마디 때문에 응당 이혼하여 새 삶을 시작해야 할 부부들은 불행하게 살아야 한다. 그런 투로 이 가정을 야유했다.

임 여사는 그 테이프를 다시 듣기 시작했다. 그러다가 하나님이 짝지어줬다는 대목에서 얼른 스톱 버튼을 눌러버렸다. 고함이라도 지르고 싶은 충동이 목 안에서 맴돌면서 갈증이 더해왔다.

6

나는 경재에게 국화 다발을 묘 상석 위에 놓도록 하고 양편에 서 있는 아이들과 함께 선 채로 눈을 감았다. 기도문이 떠오르지 않았다. 남편 얼굴이 시든 잔디로 덮여 있는 무덤 위에 잠깐 어리다가 사라졌다. 엷은 슬픔이 목을 아르르 저며왔다. 아이들 앞에서 의연해야지. 몇 번이나 생각했다. 차츰 마음이 잔잔해졌다. 바람이 뺨을 스치면서 지나갔다. 어디선가 새소리도 들리는 것 같았다. 주위가 고즈넉하면서 내 마음도 정밀 속으로 빠져들었다.

"저리로 가자."

나는 경재와 경아의 어깨를 양손으로 가볍게 밀면서 묘 앞에서 물러 나와 거리를 두고 앉았다. 4대에 걸친 묘지들이 맑은 햇살에 해바라기하듯이 앉아 있다. 그의 묘 상석 앞에 놓여 있는 국화 다발 꽃잎이 싸늘하게 보였다. 이 윗대 조상의 묘소들은 모두 양위가 함께 합장되어 있어서 봉분이 혼자 묻힌 남편보다 좀 컸다. 그는 혼자서 외롭겠다. 순간 그는 캄캄한 땅속에 누런 삼베로 꽁꽁 묶인 채 묻혀 있다는 사실이 떠올랐다. 1년이 지났으니, 시신도 부패하여 사람 형체도 알아볼 수 없겠지. 목이 칵 막히면서 숨이 가빠졌다. 아이들에게 격한 감정이 내보일까 얼른 무덤을 외면해버렸다.

"아빠도 즐거워하시겠다. 엄마가 이렇게 멋진 모습으로 나오셨으니……, 그렇지 오빠?"

눈치 빠른 경아가 벌써 내 감정을 알고는 바람에 흐트러진 내 모자와 긴 머플러를 챙겨주었다. 나는 엊저녁부터 성묘 옷차림에 마음을 썼다. 아이들 앞에서 태연해야지. 그래서 약간 화려한 쪽을 생각하다가, 남편과 야외로 겨울 나들이를 할 때 종종 입던 차림으로 나섰다. 발목까지 내려오는 짙은 갈색 원피스에 검정색 조끼를 걸치고, 방한 내피가 끼워진 갈색 롱코트를 입었다. 빨강과 검정이 잘 어울리는 긴 목도리로 코트 깃 밑으로 목을 두르고, 남편이 이탈리아 여행 시 사다 준 차양이 좀 넌 회색 모자를 썼다. 어머, 엄마 정말 멋쟁이셔! 경아는 내 옷차림을 보더니 소리 내어 떠들었다. 경재도 엷은 미소를 흘리면서 흐뭇해하였다. 엄마 마음을 읽어주는 아이들이 어른스러워 오히려 내 마음이 흔들렸다. 아빠를 만나러 가는 길이니까, 아빠가 좋아하는 옷을 입어야 하지 않겠니? 나는 아이들을 편하게 해주려고 억지로 웃었다.

남편 1주기를 넘기고 집 안에서 남편 흔적을 모두 정리하고 나니, 남편 생각이 조금씩 엷어져갔다. 그래서 학기가 시작되기 전에 성묘를 다녀오기로 작정했다. 남편 묘라도 보면서 남편을 곁에 두고 싶었다. 그런데 막상 와서 보니, 남편은 죽어 무덤 속에 묻혀 있다는 사실만을 확인하게 되었다.

경기도 광주에 있는 가족 묘지에는 4대가 묻혀 있다. 동남향 산자락에 자리 잡은 묘역은 범상한 사람 눈에도 좋은 묏자리로 보였다. 이제 우리도 죽어서 여기서 한 가족으로 영원히 사는 거다. 시아버지는 1년에 한식과 추석, 두 번씩 아들 손자들을 데리고 올 때마다 같은 말을 되풀이했다. 조상에 대한 손자들의 생각이 행여나 옅어질까 함께 묻힌다는 점을 강조했다. 그러면서 성묘에 참석하는 손자들에게는 푸짐한 선물을 주었다. 꽤 많은 액수의 용돈이다. 돈 많은 노인네는 자손들이 즐거워하는 것을 보면서 즐겼다. 그래서 손자들은 1년에 두 번 있는 성묘날을 기다렸을 것이다.

선물을 주기 전에 노인은 증조부와 조부 그리고 부친의 이력과 생전의 일들을 자상하게 설명했다. 자손들은 얼굴도 모르는 조상에 관심을 갖기보다는, 부자 할아버지로부터 받는 선물에 더 마음을 두고 열심히 들었다. 그런데 노인은 올해 성묘를 쉬었다. 먼저 간 아들 무덤을 보고 싶지 않아서였다.

잔디가 제자리를 잡아 뿌리내려 제법 무덤이 모양을 갖추고 있다. 봉분 잔디가 하얗게 시든 것을 보면서, 이제 봄이 되었으니 곧 잔디가 곱게 돋아날 것이라 생각했다. 그 속에 남편이 묻혀 부패하고 있다. 고향 선영에서 고조할아버지 내외를 이장할 때였다. 1백 년도 안 되었는데, 묘실에는 흙밖에 없었다. 사람의 흔적은 남아 있지 않았다. 새로 장만한 삼베에 흙을 한 삽 떠놓고 사람 모습대로 만들어 싸서 입관했다. 죽어 땅에 묻히면 불과 10년도 못 가서 부패하고 뼈만 몇 개 남게 될 것이다. 남편 모습이 텅 빈 허무로 다가오기 시작했다.

우리들은 조상 이야기를 나누면서 잠시 시간을 보내었다. 언젠가는 모두 여기 묻힌다. 앞으로 50년이나 한 백 년쯤 뒤에, 자손들이 모여 어떤 말을 주고받을 것인가. 거기까지 생각하다가 허무감에 현기증이 났다. 경재 아들이, 그 아들의 아들까지는 기억해줄까? 생각이 더 나아가지 않았다.

사람에 대한 기억은 자손들에게서도 불과 백 년을 잇지 못할 것이다. 유구한 시간 앞에 백 년은 순간이다. 기억한다, 기억해준다는 것도 일종의 관념일 뿐이다. 그것은 살아 있는 사람들이 만들어낸 허무를 달래는 방편일 것이다. 이미 죽은 자는 흙으로 변해버렸다. 남편 원재순의 시신도 묻히는 그날부터 부패하기 시작해서, 이제는 사람 모습은 전혀 남아 있지 않을 것이다. 죽은 육체는 시든 풀만큼도 의미가 없다.

돌아오는 차 안에서도 나는 허무감에 짓눌려 허덕였다. 그것을 털어버리기 위해 아이들을 보내고 혼자 인걸의 사무실을 찾았다.

젊은 여자와 이야기를 나누던 동생은 나를 기다리고 있었다는 듯이 반갑게 맞아주었다. 목이 길고 짧은 머리를 한 여자는 손가락 사이에서 타 들어가던 담배를 재떨이에 비벼 끄면서 내게 아는 체를 했다.

"주 양이에요. 이번 내 작품에 출연했어. 작품을 하나 만들었는데."

인걸이는 주 양을 소개하다가 작품 이야기를 꺼내었다. 나는 작품보다는 여자에 더 관심이 갔다. 인걸이가 예전에 만나던 여자가 아니었다.

"누님이 여기 오셔서 며칠만이라도 지낸다면 사람 사는 모습을 제대로 볼 수 있겠는데, 그럴 생각 없으세요. 제 자문 좀 해 주시고……"

"20년 넘게 집에만 들어박혀 있던 여자가 무얼 안다고? 나는 이렇게 시끄러운 데서는 반나절도 자신 없다."

방 안은 활기가 넘치고 있었다. 떠들고 이야기하고 야단치는 가운데서도 모두들 제 일에 몰두해 있었다. 나는 그런 정경이 부러웠다.

"누님, 세상이 시끄러운데 혼자만 조용히 살겠다는 것은 착각입니다."

그는 주 양에게 관심을 거두고 말을 계속했다.

"이번 작품은 현대인의 도시 생활에서 사람과 사람, 사람과 사물과의 관계망을 추적해본 것입니다. 인기 모델과 평범한 샐러리맨, 둘의 하루가 재현됩니다. 이따 한번 시사회를 할까요? 참, 손 교수 아시죠. 그 형이 많이 도와줬어요. 생각이 저와 비숫한 점이 많아서요."

예측하지 못했던 만남의 결과가 얼마나 큰 문제를 만들어내는가. 그러한 혼란을 어떻게 대응하며 살아가는가. 현대인의 운명은 본의 아니게 이 우연한 사건에 많이 의지하고 있다. 모든 사건은 철저하게 고립되어 있는 듯하지만 한편 긴밀한 관계망으로 얽혀 있다. 이것을 탐색하는 것이 작품 의도라고 덧붙였다. 그때 주 양이 일어섰다.

"5시에 손 교수가 오시면 작품을 같이 보고 저녁이나 하자. 그럼 이따 보자."

주 양이 고개를 끄덕이면서 방을 나갔다.

"결혼은 안 할래? 부모님 생각도 해야지."

나는 인걸이가 주 양과 보통 관계가 아니라는 것을 직감했다. 여자가 자주 바뀌는 것이 걱정되었다.

"혼자 사는 인생이 얼마나 즐거운데요. 미래 시간에 대해 전혀 예측할 수 없는 일들이 끊임없이 일어나는데, 어떻게 가정에 묶여 살겠어요?"

"가정에 대한 책임이 두려워 결혼을 포기한다면 그것은 비겁한 일이야."

나는 동생을 만났을 때마다 되풀이하는 논리를 다시 내놓았다.

"비겁이 아니고 용기예요. 항상 새로운 삶을 시작하기가 두려워서 아예 가정이라는 이데올로기를 만들어놓고 거기에 숨어버리는 것보다는 얼마나 도전적입니까. 이제 매형도 떠나셨으니 누님도 새로운 삶에 도전해보시죠. 얼마나 멋진 신세계가 펼쳐질 텐데요."

인걸은 눈웃음을 흘리면서 말했다.

"못 하는 말이 없어?"

나는 얼굴이 화끈 달아올랐다.

"누님, 인간은 무한한 잠재력을 지니고 있어요. 이제 세상으로 나오세요. 매형은 아마 누님이 또 다른 세상을 살도록 하기 위해 먼저 가셨을 겁니다. 매형이 살아 있는 한 누님은 매형으로부터 한 발자국도 떠날 수 없었을 테니까요. 그것을 아시는 신이 매형을 먼저 가게 하고 누님을 이 세상에 남겨두신 겁니다."

순간 그 말이 비수가 되어 나의 가슴 복판을 스쳐 지나갔다.

"애, 너 여자관계 좀 정리해라. 아까 주 양과도 보통 사이가 아니지?"

나는 화제를 일부러 바꾸었다.

"손 교수도 여전하냐?"

"그 선배는 세상에서 가장 행복한 사람이지요. 사람이 살았던 자취들을 발굴하면서 수백 년 수천 년 전 역사를 재구성하여 해석하고…… 그 선배도 그래서 철저한 자유주의자지요."

남편의 고교와 대학 2년 후배니까 나와는 동년배이다. 옥스

포드에서는 남편과 몇 해 같이 지냈다. 1년에 몇 번 집에 들르면 밤을 새우면서 남편과 술을 마셨다. 남편은 그 앞에서 언제나 형처럼 조용했고 그의 주정을 관대하게 받아줬다. 장례 때에도 인걸이와 함께 궂은일을 도맡아 했다. 돈 많은 집 둘째로 국내에서 좋은 대학 나와 영국으로 법학을 공부하러 갔다가 고고학으로 학위 받고 돌아왔다. 그래서 현직 원로 변호사인 그 부친의 화를 끓게 했다. 더구나 결혼까지 기피하자, 집안에서는 야단이다.

"선배님도, 양반 되긴 틀렸습니다, 허허허."

떠들썩한 인걸의 목소리에 나는 고개를 들었다. 얼굴에 온통 수염투성이인 중년 사내가 파이프를 물고 들어서고 있었다.

"아니, 형수님! 여긴 웬일이세요?"

사내는 입에 문 파이프를 얼른 빼어 들면서 반가워했다. 손영규 교수였다. 그는 내 위아래를 빠르게 훑어보면서 놀라는 표정을 숨기지 못했다. 나도 의외여서 약간 당황했다.

"왜들 이러세요. 우리 누님 처음 만나는 겁니까?"

인걸이가 장난스럽게 말했다.

"모처럼 외출을 하셨군요."

"성묘 갔다 오다가 인걸이를 만나려고. 잠시 들렀습니다. 지난번에는 수고하셨는데, 인사도 못 드리고."

"제가 후배로서 한 일인데요? 우린 피차 진 빚이 많습니다.

이제는 서로 받기가 틀렸는데요."

나는 그와 이야기를 나누면서도 이상하게 경황이 없었다.

주 양이 들어오자 네 사람과 직원 서넛이서 함께 13층에 있는 시사회장으로 들어갔다.

「덫」이라는 두 시간짜리 TV 영화는 이야기가 평범하면서도 재미있었다. 평범한 일상성을 의미 있게 처리한 작품이었다. 삼십대 중반 샐러리맨은 우연히 아침 출근길에 미모의 모델과 자동차 접촉 사고를 일으키게 되는데, 이 사고 여파가 사건들을 연쇄적으로 만들어낸다. 그래서 사건들은 주인공 사내를 파멸 직전까지 몰아가게 되는데, 결국 여자와의 다른 사건이 계기가 되어 사내는 소생한다. 생활 현장에서 빚어지는 갖가지 사건들의 그 우연성과 그 우연성 속에 숨겨진 사슬들이 얼마나 탄탄한가를 생각하게 했다. 이 작품에서 남자 주인공은 무명인이 맡았는데, 그의 다소 서툰 연기가 오히려 작품성을 드러내는 데 효과적이었다. 모델 역은 실제 모델 주 양을 썼다는 것도 이 작품을 신선하게 만들었다.

넷은 밖으로 나왔다. 입춘이 지났지만 아직 겨울 날씨처럼 쌀쌀했다. 눈이라도 내릴 것같이 하늘은 우중충했다. 오랜만에 남산에 올라 서울 야경을 보자면서 남산 기슭에 있는 호텔로 갔다. 미리 예약해둔 창가에 자리를 잡았다. 남산 남쪽 야경이 한눈에 들어왔다. 사람 사는 모습이 아주 조그맣게 불빛 속에 어리었다. 사람들이 소곤거리는 소리가 밀려오는 것 같았다.

"오늘은 제가 사지요. 오랜만에 형수님이 외출을 하셨는데……"

손 교수가 호기 있게 말했다.

"사시겠다는 분이 계신데 제가 양보할 수밖에, 2차는 제가 책임지지요."

동생은 손 교수의 제의를 즐겁게 받아들였다.

나는 저녁을 들면서도 이상한 생각이 자꾸 들었다. 오늘 일들이나 정황은 전혀 예상하지 못했다. 성묘도 그렇고, 돌아오는 길에 인걸의 사무실에 들른 일도 그렇다. 그런데 손 교수까지 만났다. 오랜만에 남편 아닌 다른 사내와 저녁을 같이하고 있다.

식사가 끝나자 손 교수가 먼저 일어나 계산했다. 인걸이가 2차를 사겠다면서 앞장섰다. 주 양이 인걸의 팔을 잡고 따라나섰다. 나는 머쓱했다. 그때 손 교수가 다가와 차를 같이 타자고 했다.

뒷좌석에 앉았는데도, 마음은 자꾸 흔들렸다.

인걸이 차를 따라 한남대교를 넘어섰는데, 신사동 네거리에서 신호에 걸리는 바람에 차를 놓치고 말았다.

"임 여사님, 인걸이 저놈이 우리를 따돌려놓으려고 일부러

저러는 겁니다. 주 양과 모처럼 시간인데, 우리가 양보해야죠. 어디 가서 차나 한잔하십시다. 제가 댁까지 모셔다 드리지요."

나는 그의 제안을 아무렇지도 않게 받아들였다. 그러면서 좀 전까지 '형수님'이라고 하다가 갑자기 '임 여사'라고 부르는 호칭이 이상하게 들렸다. 그것은 저 남자가 나를 여자로 생각하고 있다는 것이다.

호텔 커피숍에는 자리가 많이 비어 있었다. 그는 운전해야하기 때문에 술을 마시지 못해 안타깝다고 웃었다.

커피를 겨우 한 모금만 마셨다. 막연히 커피를 시켰으나, 밤에 커피는 안 좋다. 그런데 늦은 밤에 손 교수와 마주 앉아 커피 향을 맡으니 별난 느낌이었다.

"제가 말입니다. 임 여사님께 꼭 드릴 말씀이 있습니다."

그는 주위에 신경을 쓰면서 파이프 담배에 불을 붙이다가 머쓱해했다.

"커피 향으로 담배 향을 대신하기로 했습니다."

그는 파이프 담배를 거두었다.

"제가 임 여사님을 처음 알게 된 때가 언제인 줄 아십니까? 고2 때입니다. 우리 학교와 임 여사네 학교 문예반이 합동으로 문학의 밤 행사를 할 때였지요. 그때 임 여사님은 「가을의 소리」라는 자작시를 낭송했습니다."

무슨 말인가? 나는 내 귀를 의심했다. 손 교수는 커피를 한 모금 마시고는 이야기를 계속했다.

"그날 문학의 밤에서 전 완전히 임 여사님의 포로가 되었습니다. 그 뒤 저는 며칠 동안 임 여사님네 학교 근처를 얼씬거리다가 하교하는 임 여사님을 발견하고 뒤따라갔는데, 바로 원재순 선배네 옆집이었습니다. 저는 용기를 얻고 2년 선배로 대학생이 된 원 선배에게 도와달라고 부탁했습니다. 선배와는 같은 문예반원으로 제가 사랑을 받았지요. 그런데…… 그 후 대학에 들어가서도 임 여사를 만났고, 그때에는 이미 임 여사께서 원 선배에게 사로잡혀 있어 제가 끼어들 틈이 없었습니다. 그러나 저는 마음으로는 임 여사와 원 선배 사이에 들어가 있었습니다."

그는 마치 이 밤에 내게 의도적으로 하고 싶은 말을 정리해두었던 것처럼 자연스럽게 말했다.

나는 손 교수 말이 일부러 꾸며낸 것이라고 생각했다. 그는 말을 하는 동안 한 번도 커피잔을 들지 않았다.

"제가 왜 혼자 사는 줄 아십니까? 원 선배가 왜 제게 그렇게 관대하신 줄 아십니까? 원 선배가 왜 그렇게 임 여사님을 빈틈 없이 사랑하시는 줄 아십니까? 그것은 임 여사님을 사랑해서라기보다는 임 여사님 곁에 눈을 부릅뜨고 제가 서 있기 때문입니다. 왜 원 선배님이 먼저 세상을 떠나신 줄 아십니까? 임 여사님에게 제 진실을 확인시켜드릴 기회를 주기 위해서입니다."

그는 마치 술 취한 사람처럼 말에 막힘이 없었다. 나는 갑자기 불쾌해졌다. 혼자 산다고 무시하는 건가? 이런 생각이 들었다.

"전 이만 실례하겠습니다."

나는 더 그의 말을 들을 수 없어 일어섰다. 그는 따라 나오지 않았다.

7

"한국 중년 부인들이 이상하는 꿈 같은 인생을 살고 계신 임인영 여사님과, 중세적 사랑을 실현하여 행복한 제2의 인생을 살아가시는 손영규 교수 두 분을 모시고 이 프로를 진행하는 저도 무척 행복합니다."

최근 중년 여성 사회자로 인기를 얻고 있는 이영재 여사가 두 사람을 그윽하게 쳐다보면서 말문을 열었다.

방청석을 가득 메운 중년 주부들이 손뼉을 치면서 환호했다.

"여러분, 생각해보십시오. 임인영 여사는 다 아시는 바와 같이, 사랑에 눈이 뜰 소녀 시절에 맺은 첫사랑에 성공하여, 사실 엇갈린 첫사랑이긴 하지만, 결혼해서는, 남편 사랑을 독차지하여 살면서 착한 자녀를 둔 행복한 가정주부로서 제1의 인생을 살았고, 그 남편께서 사랑하는 여자에게 또 다른 인생길을 열어주기 위해 먼저 세상을 떠나자, 이번에는 부인을 소년 시절부터 짝사랑하면서, 그 사랑을 간직하고 살아온 한 남성을 만나 새로운 인생을 시작하게 되었습니다. 그뿐만 아니라, 그동안 유학까지 갔다 돌아와 이제 새 일터에서 열심히 일하고 있으니, 이 세상 여자치고 임 여사와 같은 삶을 꿈꾸지 않을 자가 어디 있겠습니까? 그래서 요즈음 장안에는 좀 끔찍한 이야기이긴 합니다만, 내 남편이 교통사고를 당하지 않나, 나에게도 또 다른 손영규가 나타나지 않나, 하고 기다리는 주부들이 많다고 합니다."

방청석 여자들이 더 요란하게 손뼉을 쳤다. 그들은 사회자의 말만 들어도 행복한 표정이다.

"오해일랑 마십시오. 임 여사는 이렇게 한국의 중년 여성들에게 행복한 꿈을 선사하시는 분이며, 또 손 교수님은 또 다른 면에서 우리 여성들에게 아름다운 소망을 갖도록 했다는 점에서 여성의 우상이기도 합니다."

사회자가 얼른 서론을 마무리하였다. 임 여사 얼굴에 긴장이 풀렸다. 여전히 털보 수염에 담배도 들어 있지 않은 파이프를 들고 있는 손 교수는 발굴 작업장에서 방금 돌아온 차림이다. 반면에 임 여사는 옷차림에 신경을 썼다. 쪽 찐 머리에 까만 투피스며 목을 감싸준 진주 목걸이가 화사하게 어울렸다.

"이 프로에 출연한 사람은 자신을 몽땅 시청자들에게 내보이지 않고는 돌아갈 수 없습니다. 그러니까, 3년 전쯤 되지요. 임 여사와 돌아가신 원 교수님은 이 세상에서 완전한 결합을 이룬 제일 금슬 좋은 부부로 소문이 났습니다. 물론 원 교수님이 사회 저명인사이여서 두 분 관계가 세상에 널리 알려졌겠지만, 이 부부는 한 분이 먼저 세상을 떠나면 같이 따라갈 것처럼 아주 금슬이 좋다고 소문이 났습니다. 그러다가 원 교수님이 불의의 사고로 고인이 되었고, 임 여사님께서는 부군의 1주기를 지내고 다섯 달 만에 재혼하였을 때, 세상 사람들은 다시 한 번 놀랐지요? 그것도, 상대가 남편의 대학 후배이고 고교 때부터 서로 잘 알고 있었다는 사실에, 이것은 추측이지만, 두 분이 예전부터 은밀하게 무슨 관계를, 그것이 뭐 부도덕하기까지는 않더라도, 유지하여오지 않았나 하는 소문도 있었는데, 어쨌든 두 분의 결혼은 숱한 화제를 뿌렸습니다. 더구나 손 교수님께는 임 여사님이 첫사랑이었다니까, 그래서, 고인에게는 전혀 미안하지 않다고, 자기는 선배에게 빼앗겨버린 사랑을 도로 찾았다고 말씀하셨던 어느 잡지 기사가 생각납니다만, 임 여사님께서는 그 당시 인터뷰 기사를 볼 것 같으면, 돌아가신 분도 이 결혼을 기뻐하실 것이라고 자신 있게 말씀하셨습니다. 임 여사님, 지금도 그런 생각에는 변함이 없으십니까?"

사회자는 입가에 얄궂은 미소를 흘리면서 캐묻듯 했다.

"예, 제가 손 교수님을 만나 재혼을 쉽게 결심할 수 있었던 것은, 아마 그때 그 잡지 기사에 난 대로, 우선 돌아가신 분이 기뻐해주실 것이라는 확신과, 아이들과 시댁 어른들까지 축하해주셨기 때문입니다."

임 여사는 주저하지 않고 당당하게 말했다. 대답이 궁색해서 더듬거리기를 기대했는데, 사회자는 약간 아쉬웠다.

"오빠!"

TV를 보던 경아가 버럭 고함을 지르면서 일어났다. 경재는 동생의 상기된 표정을 살피고는 다시 화면으로 시선을 주었다.

"아가씨, 어머님을 이해하세요. 이젠 제 어머님이 아니고 손 교수님 부인이세요."

신혼인 경재 아내가 동갑내기 시누이를 위로했다.

"너 왜 그러니? 엄마의 재혼을 누구보다도 바랐던 너 아니었니?"

경재가 한마디 했다.

"그래도 전 어머니가 아버지에 대한 사랑과 혼자 살아야 하는 외로움 때문에 혹 잘못되지나 않을까 해서 그랬지요. 설사 재혼을 했더라도 아버지의 추억을 아름답게 간직하고 살아가실 줄 알았어요. 단지 손 교수는 외로운 어머님의 친구로 남아 있기를 바랐고요."

"그것은 네 욕심이다. 손 교수에겐 어머니가 첫사랑이라 하

222

지 않니?"

"첫사랑? 아니 첫사랑이 어디 있어요. 왜 어머니를 사랑했다면 아빠와 결투를 해서라도 차지하지 못하고 빼앗겼던 주제에 뭐 무슨 기득권이나 되는 것처럼 그 유치한 첫사랑을 들먹여요. 어머니가 뭐 물건인가요. 공연히 엄마의 혼을 뺏기 위해 술수를 부린 거예요. 아빠에 대한 엄마의 사랑을 시험해본 거예요. 그런데 엄마는 그것도 모르고……"

경아는 울먹이면서 손 교수의 교활함을 비난한다.

"사람의 일은 사람의 생각으로 다 이해하거나 판단할 수 없다."

경재는 누이를 달래었다. 그러나 엄마를 이해할 수 없다. 왜 방송에 나와서 호들갑을 떨 듯이 아버지를 들먹여야 하는지. 방송국의 시청률 작전에 놀아나는 어머니 처사는 불쾌하였다. 손 교수는 그럴 것이다. 그는 유치한 스타 기질을 갖고 있다. 3년 전에 어머니와 결혼할 때에도 그가 일부러 소문을 퍼뜨렸다. 재혼을 하면 했지 어머니와의 관계를 첫사랑이란 무기로 정당화시킨 건 뭐란 말인가. 자신은 그 첫사랑을 간직하면서 30년을 살아왔다는 식으로 유치하게 매명 전술을 폈는데, 그게 성공했다. 그것은 여성 잡지나 방송용 레퍼토리였다. 그대로 적중하여 여기저기서 인터뷰를 즐겼다.

TV 화면에서는 임 여사의 이야기가 계속되었다.

"······제가 남편이 돌아가시고, 혼자 1년을 보내고, 재혼을 쉽게 결정하고, 그것도 예전부터 알고 지내던 더구나 돌아간 남편 친구와 재혼했다는 사실에 대해 세상에서는 별별 이야기가 많았던 것을 알고 있습니다. 그러나 제가 이렇게, 좋게 말해서, 두 번이나 행복한 인생을 산다는 것 자체가, 제 의지에 의해 선택한 결과가 아니고, 뭐랄까요······ 어떤 운명, 저는 개신교 신자인데요, 신앙적으로 생각해도 뭔가 다른 의미가 있을 것 같아요. 단순히 손 교수를 만나서 제 소녀기의 사랑을 확인했다는 것 자체가 흔한 일은 아니거든요. 생각해보세요. 손 교수님이 지금까지 혼자 사시다가, 나이 50이 가까운 저를 만나서 새장가를 간다는 것이 예사로운 일은 아니지 않습니까? 첫사랑의 대상이라서 그 사랑을 성취하기 위해서라지만, 말이 쉽지, 가능한 일이겠습니까. 지금이 18세기도 아닌데. 그래서 전 지금도 제 삶이 혹시 꿈이 아닌가, 그것은 뭐 행복해서가 아니라, 제 삶을 제 자신도 이해할 수 없어서 그렇게 생각해요. 사실 저는 원 교수님이 돌아가신 후 1년까지만 해도 그분으로부터 헤어나지 못했어요. 전혀 혼자 살아갈 수 없을 것 같았어요. 그런데 차츰 제 자신으로 돌아오기 시작했어요. 그러다가 어느 날 정말 우연히 남편 묘소에 성묘를 갖다 오다가 동생 사무실에 들렀는데······"

임 여사는 그날 일을 이야기하기 시작하더니,

"그래서, 우리의 만남은 신이 짝지어준 것처럼 신비로운 것입니다."

라고 말을 끝맺었다.

"그러면, 다음으로는 손 교수님께 여쭙겠습니다. 행복하십니까?"

사회자는 장난기 섞인 어투로 물었다. 사회자는 거짓 행복한 척하는 것이 아니냐는 것이었다.

"물론 행복하지요."

"그런데 말입니다. 여자 나이 50이라면 속된 표현으로 한물 갔지 않습니까. 첫 장가를 드신 손 교수님 입장에서는, 첫사랑이라 하더라도, 그것은 관념으로 간직하고 있을 때는 아름답겠지만, 부부 관계는 육체적으로도 한 몸이 되어야 하기 때문에, 문제가 있을 것 같은데요."

사회자는 손 교수에게, 뻔한 거짓말을 할 수 있느냐는 투로 짓궂게 물었다. 카메라가 방청객들을 붙잡았다. 부인들은 까르르 웃으면서 사회자의 의도에 동의하듯 고개를 끄덕였다.

"예, 무슨 말씀인지 알겠습니다. 그런데 말입니다. 아마 여러분으로서는 이해할 수 없겠지요. 제가 임 여사에게 첫사랑을 고백하고, 다시 청혼까지 했을 때는, 임 여사를 대하는 제 눈과 마음이 여러분 생각과는 달랐기 때문입니다. 비록 육체적인 나이는 50이 넘었다 해도, 제게는 임 여사가 고2 때나 대학생

때 그 모습으로 남아 있습니다. 그 점에 있어서는 잠자리를 같이할 때에도 마찬가지입니다. 섹스는 육체적인 것만으로 이루어지지 않지요. 정신의 진정한 교류에서만 완전한 섹스가 가능하다고 생각했는데, 그것을 실제 확인했어요. 아마 사회자님은 모르실 겁니다."

사회자 얼굴이 화끈 달아올랐다. 이 남자를 말로 상대하기는 어렵겠다고 판단되었다. 방청석이 조용했다. 고개를 끄덕일 뿐 웃음도 터져 나오지 않았다.

"아니, 뻔뻔해. 쇼야, 쇼. 오빠, 더 보시겠어요?"

경아가 화를 내면서 제 방으로 들어가버렸다.

"다음으로 묻겠습니다. 손 교수님께서 대답해주시겠습니까? 두 분이 결혼을 하면서 특별히 서로 약속한 것이 있다고 들었는데⋯⋯"

사회자는 미리 알고 있으면서 한번 물어보았다. 이미 이들의 약속은 3년 전 결혼 당시 인터뷰 기사에 나와 있다.

"서로의 인격을 존중한다는 것이 전제지요. 보통 사람들은 부부 관계를 이심동체, 즉 두 사람이 한 몸이 된다는 식으로 설명하지요. 그런데 우리 생각은 좀 달라요. 두 사람이 연합하여 부부를 이룬다는 것이지요. 둘이 어떻게 한 몸이 될 수 있겠습니까. 결혼은 사랑을 매개로 한 일종의 계약입니다. 계약은 서로 간에 관계를 아름답게 맺어야 합니다. 한 몸이 되기 위해서는 어느 한쪽이 희생되어야 하는데, 그것은 정상적인 관계가 아니지요. 그래서 우리는 사랑으로 연합하여 공동으로 생활하는 가정을 만들기로 약속했지요."

손 교수는 당당하게 말했다.

"그렇게 되려면, 구체적인 약속 조항들이 있어야 하지 않겠습니까?"

"있지요. 첫째는 서로의 인격을 존중한다. 이것은 부부 관계를 정상적으로 만들어가는 데 가장 중요한 요소입니다. 둘째는 물질이나 노력을 같이 내놓아서 같이 누린다. 우리는 나이 50이 넘었기 때문에 각자의 생활이 따로 있어요. 그래서 서로가 생활을 침해받지 않고, 침해하지 않아야 되지요. 그리고 생활비도 꼭 같이 내놓아서 같이 씁니다. 가사일도 되도록 분담해서 공평하게 하는 것을 원칙으로 했습니다. 물론 중요한 가사는 외부 노동력을 쓰니까, 별문제가 없습니다."

"성생활을 어떻게 하십니까? 그 문제도 서로 합의가 되어야……"

사회자는 초대 손님을 궁지에 몰아넣을 좋은 구실이라도 얻은 듯이 부부의 얼굴을 빤히 쳐다보면서 대답을 구했다. 방청석에 앉은 얼굴들은 입가에 미소를 흘리면서 긴장하였다.

"물론 합의가 되어야 하지요. 우리는 각각 다른 침대를 씁니다. 미리 정해진 날에 같은 침대를 쓰지요. 그러는데, 만약 어느 쪽에 문제가 생기면, 양해를 구해서 연기하고, 그런 경우에 피차 즐겁게 이해해주지요. 우리 가정의 성격은 한마디로, 개인의 완전한 독립을 바탕으로 한 아름다운 연합체라고 할까요."

손 교수는 세미나장에서 질의자의 질문에 대답하는 식으로 거침없이 말했다.

"정말 이상적인 부부군요. 이러한 생활에 대해 임 여사님께서는 불만이랄까, 뭐 좀 어색한 점이 없으십니까? 왜 이런 질문을 하느냐면, 자꾸 고인의 이야기를 꺼내 죄송합니다만, 첫번째 결혼 생활은 지금 손 교수님이 말씀하신 그런 가정과는 전혀 다르지 않았습니까. 즉, 아마 두 분이 철저한 자기 양보, 심하게 말하면 자기희생을 통해서 완전한 부부가 되었다고 생각되는데요, 그런 면에서 그러한 가정생활에 아주 잘 길들여진 임 여사님 입장에서는 새로운 가정에 적응하려면 어려운 점이 많을 것 같은데요?"

"그러니까, 앞에서 말씀드린 것처럼 우리의 삶은 상식으로는 이해할 수 없다는 거지요. 전혀 다른 두 인생을 살고 있으니까요. 저도 어떤 때는 이해되지 않아요. 생각 못 했던 일이었어요. 그런데 지금 행복합니다. 그런 면에서 제 삶은 신이 어떤 의도에 의해서 예비해주신 것같이 생각할 때가 많아요."

임 여사는 이 행복을 신에게 돌린다고 대답해버렸다.

"그 말씀 참 의미 있네요. 전혀 다른 두 사람이 모여 새로운 가정을 이루어가는 부부상을 제시해주는 것이라고 생각할 수 있겠지요? 그러한 일이 어쩌면 신의 계획일 수도 있다는 말씀이신가요?"

사회자가 고개를 갸웃거리면서 해석을 달았다.

"그렇게 생각합니다. 저는 이 생활이 순 제 자의적인 선택의 결과라고는 생각할 수 없습니다."

"그러한 신비감과 아름다운 연합을 위해 서로 노력하는 가운데 긴장하게 되니까 더욱 행복하게 되겠지요."

손 교수가 덧붙였다.

"그런데, 나이 50에 더구나 새 가정을 이룬 그 번잡한 생활에서 외국 유학의 길을 선뜻 결정할 수 있었던 것이 부럽습니다."

사회자도 부러운 표정을 숨기지 않았다.

"손 교수님 배려로 가능했지요. 그 점에 대해서 항상 감사하고 있습니다."

임 여사는 솔직하고 싶었다.

"지금 하시는 일에 만족하십니까?"

"재미있고, 보람을 느끼고 있습니다."

"부럽습니다. 행복하십시오."

사회자가 마무리를 지었다.

"감사합니다."

손 교수와 임 여사가 함께 일어나서 방청객들 앞으로 나와 허리를 굽혔다. 요란한 박수가 한동안 계속되었다.

경재는 화면 위로 어머니와 손 교수가 사회자와 악수를 나누는 장면이 빠르게 지나가는 것을 멍청히 바라보았다. 방에서 나오던 경아가, "오빠" 하고 날카롭게 소리를 질렀다.

"경아야, 너무 어머니에 대해서 다르게 생각하지 말아. 쇼라는 것이 원래 그렇지 않니. 시청자 흥미를 끌기 위해 별별 조작을 다 한다. 엄마 본심은 달라."

경재는 이제 결혼을 앞둔 동생이 엄마에 대한 감정을 어서 정리했으면 했다. 경아는 흐느끼기 시작했다.

"그래도 엄마는 우리를 낳아주고 키워준 유일한 분이시다. 지금은 우리 곁은 떠났지만. 우리가 원했던 거 아니니. 아버지만을 그리워하면서 안방에서 누워 계시는 것보다는 얼마나 좋아."

경재는 진정으로 말했다. 사람 일은 다 그렇게 변하고 흘러가는 것이다. 어머니에 대해서 섭섭한 감정을 갖지 않는 것은 아니지만, 어머니가 행복하다면, 그것은 다 뒤로 미룰 수 있다. 우리는 우리대로 살아가면서 행복할 수 있고, 즐거운 일을 만들 수도 있다. 그런데 만약 어머니가 재혼을 하지 않았다면? 더 생각하고 싶지도 않았다.

"오빠, 약혼식에도 결혼식에도 엄마를 초대하지 않을 거야."

경아는 선언하듯 말하고는 방으로 들어가버렸다.

8

"퇴근 안 하시겠어요?"

인걸이가 방으로 들어오다가 비디오에 정신이 팔려 있는 임 여사를 보고 주춤한다. 아프리카 초원 지대 동물들의 생활이 담긴 작품을 보고 있다.

"쓰려는 작품에 참고가 될 것 같아서 보는데, 재미있군. 자연은 철저한 관계망으로 짜여 있는데, 역시 자연은 하나님의 위대한 작품이야."

거대한 몸집인 얼룩말이 얕은 시내를 건너가다가 미끄러져 죽는다. 그 고기를 그 주위에 살고 있는 여러 동물들이 모여들어 각각 제가 필요한 부분만 먹는다. 그래서 많은 동물들이 이 얼룩말에서 각기 자기 먹이를 함께 보충하게 된다. 그리고 맨 마지막에 남은 것은 구더기 몫이다. 그런데 배불리 먹은 구더기는 다시 시냇물로 떨어져서 다른 고기들의 먹이가 된다.

"사람들이라면, 뼈와 가죽까지 필요한 것은 모두 소유할 텐데. 결국 자연이나 인간 질서를 파탄시키는 것은 인간이야."

임 여사는 의자를 돌리고서 등 뒤에 서 있는 인걸에게 웃어

보였다. 임 여사는 일을 시작하면 완전히 몰입한다. 그래서 두 해 동안에 그 어려운 유학 과정을 마칠 수 있었다. 인걸의 회사 기획실장으로 있으면서도 젊은이들에 뒤지지 않게 열심이다. 일에 몰입하는 것을 보면, 손 교수와 사이에 문제가 있지 않나 생각할 정도인데, 벽에 걸려 있는 달력 날짜 칸에 파란색 동그라미가 그려져 있는 것이 눈에 띄었다. 10월 6일이면 바로 오늘이다.

"누님, 오늘 무슨 약속 있는 거 아니세요?"

"약속?"

둘이 시선이 마주치자, 인걸이는 턱으로 달력을 가리켰다.

"그거? 오늘이 우리가 한 침대에서 자는 날인데, 손 교수가 일이 바쁘대. 뭐 발굴 작업 보고서를 제출 기한이 넘겼다나? 연구실에서 밤샘해야 한다니, 나도 이 방에서 밤샘이나 할까."

임 여사는 자조적으로 피식 웃었다.

손 교수는 아침 출근하면서 전혀 미안한 기색도 없이, 밤에 연구실에서 작업을 해야 한다고 했다. 이따금 있는 일이어서 별다르게 생각하지 않았다. 금년부터 정기적으로 한 달에 한 번 갖는 사랑의 행위도 번번이 지나쳐버릴 때가 있다. 그것도 거의 손 교수 형편 때문이었다. 그렇다고 다음 기회를 따로 마련하는 것도 아니다. 어쩌다 한밤중에 생각이 나면 이쪽 침대로 넘어오지만, 그런 일이 있을 때마다 행복하지도 않고, 순간이나마 즐겁지도 않았다.

인걸은 벌써부터 두 사람을 알고 있었다. 이미 유학을 떠날 때부터 일이다. 세상을 떠들썩하게 만든 결혼인데 1년도 채 못 되어 문제가 생기기 시작했다. 손 교수 입장도 자기 딴에는 남녀 사랑에 대한 나름의 철학을 갖고 있다고 자부했으나, 생각과 생활은 거리가 너무 있었다. 임 여사는 다행히 공부를 잘 마쳤고, 돌아와서도 열심히 일했다. 손 교수 부부는 몇 달 전 방송국 쇼프로로 출연해 사실과 거리가 먼 허풍을 떨었다. 그것은 서로의 관계를 회복하려는 노력이기도 했다. 우선 세상 사람들에게 특별한 관계로 맺어진 부부의 성공 사례로 내보임으로써 스스로가 그러한 규제에 스스로 묶여 있기를 기대했다.

그러나 따로따로 살면서 하나로 연합한다는 것은 무리였다. 피차 서로 인격과 일과 마음을 존중해주고, 또는 상대방을 훼손하지 않으면서 아름다운 연합을 이룬다는 것이 얼마나 불가능한지를 깨닫기 시작했다. 임 여사는 스스로 자신의 많은 부분을 포기하고 둘의 관계를 새롭게 세워나가자고 제안했다. 그러나 손 교수가 반대했다. 그럴 경우에 자신도 많은 부분을 포기해야 했기 때문이다.

침대에서 사랑의 행위도 그렇다. 처음 몇 달은 인터뷰에서 말한 대로 피차간에 만족했다. 빼앗겨버렸던 첫사랑을 도로 찾았다는 데서 오는 그 감정이 섹스 행위에도 많이 작용했다. 문제는 임 여사 쪽이었다. 남자의 탐욕스러운 섹스에서 차츰 행복한 즐거움을 느끼기는커녕 쾌락의 순간 다음에 오는 허무감이 너무 깊었다. 지난날에는, 사랑하는 사람에게 아낌없이 줌으로 하나 될 수 있었고, 그 일에서 얻는 쾌감과 부끄러움을 같이 체험함으로 말로 다할 수 없는 행복감을 맛보았다. 그러나 손 교수와는 전혀 달랐다. 임 여사는 남자가 상대방을 정복하는 쾌락을 즐기고 있음을 곧 알았다. 그러기에 섹스가 여유로운 행복으로 이어지지 못하였다. 자신이 가장 소중하게 생각하는 것을 값없이 줌으로써 얻을 수 있는 행복감이 없었다. 그저 서로가 상대를 가짐으로 목마른 욕구를 채우려는 욕망만이 있었다. 그 점에서는 임 여사도 마찬가지였다. 남편의 죽음으로 영영 사그라질 뻔한 정념에 다시 불붙은 것은 사실이다. 그러나 그러한 자신의 본심을 알아차리면서 자신을 경멸하기 시작했다. 경멸하면 할수록 그것을 더욱 갈구하게 되는 묘한 욕망에 한동안 허덕였다.

그런데 그러한 섹스는 오래 지속되지 않았다. 이미 낡아버린 여자의 육체에 대한 손 교수의 아쉬움이 은밀하게 나타나기 시작했고, 임 여사는 그것을 곧 알아차렸다. 그녀는 심한 자괴감에 빠졌다. 낡아버린 육체에 대한 자괴감이 아니라, 육체의 낡음을 생각해야 되는 자기 정황이 아팠다. 죽은 사람 생각이 이따금 났다. 그가 살아 있다면 내가 지금 이런 생각을 하게 되었을까.

인걸이도 누님의 처지를 불을 본 듯이 환하게 알고 있었다. 새로운 관계를 만들어간다는 것이 얼마나 어려운 일인가를 모르는 바가 아니었다.

"매형이 안 들어오신다면 저하고 같이 가십시다. 제가 댁에 가서 벗해드릴까요."

그때 전화 신호음이 요란스럽게 울렸다. 닥터 성이었다.

"아 참, 나 깜박했구면?"

6시에 약속했던 것을 잊어버렸다. 아침에 손 교수 통고를 받고는 출근하자마자 닥터 성과 약속을 했다. 임 여사는 그녀를 생각하니 마음이 가벼워졌다.

둘은 약속 장소에서 만났다.

"일 너무 하지 마세요. 왜, 손 교수님이 잘 해주시지 않으신가 봐요."

일에 미친 여자는 가정에 불만이 많다는 것을 닥터 성은 알고 있다.

"우린 아직도 신혼이다."

임 여사는 자존심을 세우려 일부러 행복한 얼굴을 한다.

"축하해요."

닥터 성은 임 여사의 음색에서 거짓말임을 알았다.

"언니가 사랑의 리드를 잡으세요. 늙은 새신랑을 꼼짝하지 못하게, 거 허드레한 명분부터 다 팽개쳐버리세요. 그 '연합의 사랑학'이란 것, 얼마나 허황된 것입니까. 손 교수님 어디에 그런 글 썼더군요. 이론 갖고 침대 위에서 섹스하겠어요? 그러니까 언니가 리드하세요. 강요해요. 사랑의 약속을 지키지 않으면 책임을 물으세요. 아름다운 사랑의 추억을 안고 살아가는 사람을 유혹해다가 처참하게 만든다고 따지세요."

닥터 성은 농담 삼아 직선적으로 말했다. 그래도 임 여사는 훗훗 웃기만 했다.

"내가 어떻게 섹스를 리드해? 그 남자, 그 방면에서는 도사인데. 혼자 자유롭게 살면서, 그 짓을 하는 데도 도가 텄을 텐데. 내가 이제 뭐 사랑을 갈구하면서 살게 되었니, 단지 난 내게 주어지는 상황에 대해 좀 진지해지고 싶어."

"진지해지다니요?"

"다 내가 뿌린 씨앗이니까, 솔직하고, 거부하지 않고, 그러면서 좀 생각해봐야지"

투명한 생선 살결들이 가지런히 놓여 있는 쟁반을 보니 임 여사는 식욕이 일면서 혼란스러운 생각들이 정리되었다. 입안에 들어온 살점의 쫄깃한 맛을 즐겼다. 사람은 다 이렇게 살아가는구나. 사유보다는 감각이 늘 앞선다니까. 그러니까 이 세상을 살아가지. 이것도 신이 내려준 복이야. 감각이 사유보다 앞선다는 거, 그러니까, 즐거움을 추구하면서 살아가지. 그런데 그 즐거움도 잃어버리고 있으니 난 어떻게 하지.

"언니, 경아나 경재 안 만나 보셨어요?"

임 여사는 닥터 성이 말머리를 돌리는 바람에 다시 경재 경아 엄마로 돌아왔다. 그들을 만나본 지도 오래되었다. 경재 부인이 이따금 전화로 안부를 물어오지만, 경재나 경아는 전화도 없다. 그렇다고 이편에서 먼저 전화를 하는 것도 자연스럽지 못하다. 손 교수에게도 숨기는 일인 것 같아서 미안했다. 그렇다고 전화한 사실까지 일일이 말하기도 쑥스러웠다. 그래서 전화는 자주 못 했다.

"경아가 내달에 결혼해요."

"결혼?"

순간 임 여사는 가슴이 꽉 조여들어 숨이 막혔다.

"지지난달에 약혼했어요. 아마 언니에게 부담을 끼칠 것 같아서 알리지 않았겠지요."

"부담이라니?"

"새로운 삶을 시작하는 언니에게 과거를 다시 생각하게 하는 것은 부담이 되지요?"

"과거가 아니야. 경재와 경아가 내 자식이라는 것은 현재인데, 왜들 그러지?"

임 여사는 부아가 치밀었다. 모두들 의도적으로 자기를 따돌리는 것 같았다.

"이미 언니는 새로운 사람과 관계를 만들고 거기로 들어갔어요. 경재나 경아에 대한 어머니로서 사랑이야 변하지 않겠지만, 지금은 손 교수님 부인이세요. 언니가 예전처럼 애들에게 관심을 가지면 손 교수님도 겉으로는 내색하지 않겠지만 안 좋아하세요. 그것은 손 교수님 생각이 좁아서가 아니라, 하나의 질서예요."

닥터 성은 임 여사 마음을 달래려고 애썼다.

"아마, 어른들이 나중에 알리라고 했을 겁니다. 정말 언니를 생각해서니 섭섭하게 생각 마세요. 아마 결혼 전에 한번 찾아올 겁니다. 신랑이 착하고 능력 있는 청년이라니까, 언니는 그들 걱정은 안 해도 될 겁니다."

임 여사는 듣기만 했다. 그 말 모두 옳다. 나는 원재순의 아내로부터 빠져나와 손영규의 부인으로 다시 편입되었다. 재혼한 여자는 과거를 잊어야 한다. 남편과 자식 간의 사랑도, 그 관계를 더욱 강화하기 위한 장치 중에 하나일 것이다. 예전에 생각했던 그 문제가 다시 떠올랐다. 남편이 죽었을 때, 자신에게서 멀어져가는 남편의 모습을 환하게 들여다보듯 안타까워했던 일이 생각났다.

"애 아빠는 별일 없지?"

"그저 그래요. 참, 종종 언니 말을 해요. 형님이 생각날 때마다 언니 이야기해요. 생각 같아서는 종종 뵙고 싶겠지만, 생각대로 할 수 없나 봐요. 섭섭하게 생각 마세요."

임 여사는 닥터 성 말이 변명임을 곧 알아차렸다. 이미 남의
아내가 된 형수를 만나 무슨 말을 할 것인가. 어쩌면 제 아내 언
니 친구라는 관계만이 남아 있을 것이다. 그런 것을 다 인정하
면서도 받아들일 수 없었다.

"언니, 우리 사회는 아직도 그런 점에서는 너무 갑갑해요. 제
도니 관습이 너무 단단해 있어서……"

나는 그것을 뛰어넘으려고 무모한 도전을 했던가. 식사도 즐
겁지 않았다.

9

손 교수는 배웅 나온 임 여사를 가볍게 포옹했다. 「적도 지역
탐험대」 취재팀 대원들이 그 광경을 보면서 소곤거렸다. 정말
보기 좋은 풍경인데. 과연 소문대로군. 저렇게 사랑이 넘치는
데, 어떻게 두 달 가까이 떨어져 지내지?

"나만 가게 되어 미안해. 그동안 일 많이 해요."

손 교수는 임 여사 귓불에 대고 말했다.

"서울 걱정 마시고 열심히 취재해서 좋은 작품 만들고, 그런
데, 혹 이것이 이별의 포옹이 될지도 몰라요. 그렇더라도 놀라

지는 마세요."

임 여사는 취재팀 사람들을 의식해서 아주 행복한 표정을 지으면서 장난처럼 이별 선언을 했다. 손 교수 표정이 머쓱해졌다.

"단단히 화났어."

"아니, 전 항상 좋은 사람을 떠나보낼 때에는 이별을 생각하거든요."

그 말의 음색이 축축했다.

"끔찍한 소리하지 말아요."

손 교수는 전남편 일이 되살아나서 그런다고 생각했다.

"염려 말아요. 절대로 위험한 취재는 아니니까, 안심해요."

둘이 포옹을 풀자 주위에 있던 취재 대원들이 박수를 쳤다. 임 여사는 그 대원들에게 다가가 한 사람씩 악수를 청했다.

"우리 손 교수님 잘 부탁해요. 집 생각 너무 하지 말게 신경들 좀 써주세요. 호호호."

멋진 연기를 했다.

몇 번이나 생각하다가 나온 배웅인데 손 교수 연기가 지나쳤다. 포옹까지 하면서 허세를 부풀려놓았다. 임 여사는 씁쓸한 기분을 삼키면서 인걸의 차에 올랐다.

"오늘은 홍콩에서 1박 한다지요?"

"그래?"

"손 교수 생각일랑 덮어두세요."

"내가 언제 그 사람 생각하면서 감정을 허비했니?"

임 여사 목소리가 약간 튀었다.

"외로워할 필요 없어요."

"내가 언제 외롭다고 했니? 날 필요로 하는 일들이 많은데."

"누님, 애들 집에 가서 며칠 쉬세요. 살림도 좀 봐주고, 누님 같이 완벽한 살림꾼 어머니에게서 배워야 어린 신부들이 제대로 살림살이 할 거 아닙니까."

인걸이는 올림픽도로를 타기 위해서 좌회전 차선으로 급히 뛰어들었다. 이야기를 하느라 미리 차선을 잡지 못했다. 뒤에서 요란스럽게 경적이 울렸다. 좌회전 신호가 나타나자 차가 급히 출발했다.

"야, 조심하고 몰아라."

임 여사는 인걸의 운전이 불안했다. 지금까지 그녀는 제 차는 차고에 놔두고 거의 동생이 운전하는 차를 이용했다. 그게 편했다. 그런데 오늘은 조수석에 앉아서인지 불안하다. 차가 고속도로에 진입하자 제 속력을 내었다. 인걸이는 차선을 몇 번이나 바꾸면서 추월했다.

"야, 조심해서 몰아라."

인걸이는 웃기만 하면서 여전히 차를 거칠게 몰았다. 다음부터는 내가 차를 몰고 다녀야지. 임 여사는 동생이 불안하기만 했다.

그 불안이 자식들 문제로 옮겨졌다. 아이들이 가정을 제대로 꾸려나갈까. 작은 감정도 이기지 못하는 자식들이다. 살아가는 데 있어서 기교를 모른다. 그들에게 내가 무엇을 해줄 수 있을까. 아이들을 만나고 싶었다. 시어머니 노릇도 해보고 싶고, 친정어머니로서 자상한 관심도 보이고 싶다. 그러다가 고개를 흔들었다. 아이들은 내 둥지에서 이미 떠나버렸다. 이제는 내 감정을 조정하면서 살아갈 수 있다.

미친 척 일을 해야지. 손 교수도 죽은 남편도, 피붙이 자식들도 잊어버리고, 내 일을 해야지. 그게 내 삶이지. 그렇게 독하게 마음을 먹었다가도, 사람들 생각이 떠오르면 온몸에서 힘이 쭉 빠지면서 허탈했다. 지금도 막상 아이들 생각을 하니 가슴이 콱 막혔다.

경아 결혼식에도 참석하지 못했다. 경아와 집안 어른들이 원하지 않아서 그대로 따르기로 했다. 겉으로 내놓아서 말은 않았지만, 어른들이, 재혼한 어머니를 식장에 앉힌다는 것을 꺼리는 눈치였다. 그래서 결혼식이 끝난 3주 후에야 경아를 만났다. 원 변호사가 중간에서 서둘렀다.

결혼 후 두 주일이 지나서도 경아는 소식이 없었다. 어느 날 원 변호사가 지나는 길에 들렀다. 지하 커피숍에서 잠시 이야기를 나누는 중에 모레 저녁이나 같이하자고 제안했다. 임 여사는 반가워서 약속했다.

원 변호사 저녁 초대 자리에서 경재 경아 부부도 나왔다. 놀란 것은 임 여사 쪽이 아니라, 아이들 쪽이었다. 그들은 삼촌 내외를 쳐다보면서 약속이 틀리지 않으냐는 투로 불만스러운 표정을 감추지 않았다. 그러나 임 여사는 감정을 죽이고서 아이들을 대했다. 자식들 앞에 부끄러울 일이 없으니 당당해야 한다. 그것은 관용과 사랑으로 나타나야 한다. 설사 어른으로서의 위신이 좀 깎인다 하더라도, 무슨 상관이 되랴. 우선 며느리와 사위에게 어머니로서 모습을 잃지 않으려고 애썼다. 그러고서 겨우 식사를 마치고 먼저 나와버렸다.

"형수님, 이해하세요. 이런 방법이 아니면 서로 만날 기회가 어려웠어요."

원 변호사는 뒤따라 나오면서 마치 큰 잘못을 저지른 것처럼 옹색하게 말했다.

"고마웠어요. 삼촌의 배려는 잊지 않겠어요."

임 여사는 주차장으로 걸어가면서 눈물을 삼켰다. 불과 몇 년 사이에 자기가 낳은 자식들도 낯선 사람이 되었다. 아이들을 낳고 키우던 지난 일들이 빠르게 지나갔다. 부모 자식의 관계, 아니, 사람과 사람의 관계란 정말 이런 것인가.

"술이나 한잔하고 들어갈까요?"

인걸이는 동작대교 방향으로 빠지는 출구가 보이자 막연하게 방향을 물었다.

"사무실로 데려다줘라. 밀려둔 일이나 마저 해버리게."

인걸이는 누님의 심정을 짐작하고는 더 묻지 않았다.

"인걸아, 나 집에서 나와버릴까. 기회는 좋은데. 집으로 들어가서 쓰던 물건들이나 챙겨 나오면 되니까. 손 교수와 정리는 나중에 하고."

"그러지 마시고, 좀 시간을 가지세요."

"손 교수 때문만은 아니고, 혼자서 내 인생을 되돌아봐야겠다."

임 여사는 자신이 거대한 우주 궤도에서 이탈된 작은 별처럼 생각되었다. 몰려오는 파도 같은 외로움을 눈으로 보듯 했다.

임 여사는 창 너머 옆 건물 창들을 내다보았다. 불이 하나둘 꺼지기 시작했다. 이제 더 시간이 지나면 빌딩은 모두 텅 비겠지. 혼자 이 16층 빌딩에 남아 있게 되는 자신의 뒷모습이 떠올랐다. 외롭겠다. 그러나 따지고 보면 모두 혼자지. 임 여사는 자리로 돌아와 펼쳐진 책장으로 눈을 주었다. 이름은 모르나 본적이 있었던 들꽃들 사진이 마음을 끌었다. 그 설명들도 신선했다. 『살아 있는 꽃 이야기 1』이라는 책은 흔한 들꽃들을 사진으로 모아놓고서 그에 따른 이야기를 엮어내었다. 들꽃이 아니라도, 아름답다고 소문이 자자한 화려하고 향기로운 자태를 자

244

랑하는 꽃들도 따지고 보면 모두 혼자뿐이다.

임 여사는 목이 말랐다. 냉장고에서 깡통 맥주를 꺼내 세 개나 비웠다. 갈증이 가시더니 얼굴에 열기가 잔잔하게 피어오르고 가슴이 뛰기 시작했다. 갑자기 아이들이 보고 싶었다.

경재네 집으로 전화를 걸었다. 신호는 가는데 얼른 받지 않았다. 한동안 신호 소리를 듣다가 그만두었다. 둘이서 외출이라도 했겠지.

임 여사는 입술을 잘근잘근 씹으면서 경아네 전화번호 숫자를 하나하나 눌렀다. 신호가 가더니 누가 받았다. 중년 여자가 전화를 받았다.

"경아라는 새댁 좀 바꿔주세요."

"누구시죠?"

"잘 아는 사람입니다."

다시 누구냐고 했다. 이름을 밝힐 수 없었다.

"여보세요. 시댁에 갔는데 늦어서야 돌아올 겁니다."

임 여사는 친정어머니라는 사실을 밝히지 못하였다. 언젠가 그런 질문을 애들에게 한 적이 있다. 너희들, 이 엄마를 사랑하니? 엄마가 너희들에게 신세 질 형편이 된다고 해도? 성질이 고약하거나 혹 치매 환자라 해도…… 무슨 말씀이세요. 저희는 어머니를 사랑하고 있는데요. 그때 경아의 목소리가 더 크게 환청이 되어 들려왔다.

임 여사는 갑갑해서 TV 전원을 켰다. 10시 지난 시간인데 「문화 스페셜」이 방송되고 있었다. 적도 지역 탐방에 나선 취재 팀 이야기와 취재팀 공항 출국 상황이 스케치되어 그림으로 나타났다. 아니, 저건, 손 교수가 부인을 포옹하는데, 그것을 보면서 부러워하는 취재 대원들 표정들이 지나갔다. 손 교수의 인터뷰도 뒤따랐다.

임 여사는 일하던 것을 차근차근 정리하고서 방을 나왔다. 엘리베이터 안에도 혼자뿐이다. 1층 로비에 내리자, 60을 바라보는 수위가 그녀를 보더니 알은체 인사했다. 주차장으로 내려가려다가 뒤돌아서 로비 구석에 있는 공중전화로 다가갔다.

"인걸이야? 누님인데, 오늘 밤에 내 집으로 와서 짐 좀 정리해줘라. 우선 내일 사무실 네 방으로라도 급한 것만 옮기도록 해야겠다."

"누님, 오늘 밤에 저 좀 바쁜데요."

"바뻐?"

할 말이 없었다.

"그래, 나대로 하지 뭐."

지하 주차장은 텅 비어 있었다. 그의 승용차만 외롭게 주차장 한가운데 세워져 있었다. 그는 천천히 시동을 걸고서 자리를 바로 앉았다. 마음이 가볍고 편안했다. 텅 빈 주차장을 휘둘러보았다. 외로움이 몰려들었다. 임 여사는 그것을 떨쳐버리려

246

고 지그시 액셀러레이터를 밟았다. 엔진이 비명을 지르더니 출구 쪽으로 천천히 움직였다.

밤거리는 온통 자동차 물결이다. 전조등의 강렬한 불빛들이 모두 제 길을 찾아 달리고 있었다. 오랜만에 하는 밤길 운전인데도 마음이 놓였다. 휘파람이라도 불고 싶었다. 임 여사는 속력을 내면서 앞차에 붙어 달렸다. 그렇게 두어 시간을 달리다가 집으로 돌아왔다.

텅 빈 집에서 밤새껏 이사 갈 준비를 하면서, 손 교수와 관계된 흔적이 될 만한 것을 모두 모았다. 앨범과 벽에 걸려 있는 둘이서 찍은 사진은 모두 내려놓았다. 공동 소유였던 식탁과 침대와 그릇들은 목록을 작성했다. 그러나 일은 해도 해도 끝이 없었다. 관계를 청산함이 이렇게 어려운 것이구나. 그때 전남편 원 교수 일이 떠올랐다. 죽음은 가장 확실하고 깨끗한 관계 청산 방법이다. 그것은 오직 자신만이 선택할 수 있는 길이다. 그러나 죽기는 싫다. 그것은 일종의 자기 도피이다. 새로운 자기 세계로 진입할 수 있을 것만 같았다.

정리를 마친 임 여사는 아파트 베란다로 나와 하늘을 보았다. 여기로 이사 와서 깊은 밤에 밤하늘을 쳐다보기는 처음이다. 달이 없어서 오히려 하늘은 선명하게 다가왔다. 어두운 하늘에 뿌려져 있는 별들 때문일까? 저 별들은 어떻게 저렇게 제자리를 차지하고 있을까?

언어 왜곡설

—어떤 역사학자

1

저녁 식사 후에 강연 원고를 마지막으로 다듬으려 PC의 전원을 켜는데 휴대폰 신호음이 울렸다. 명 교수였다.

"선생님, 잘 다녀왔습니다. 같이 가셨으면 좋았을 텐데, 아쉬웠습니다."

"미안하네. 자네가 내 대신 번거로운 일을 맡아서 수고했겠네. 나이가 들어서인지 이젠 감기가 두려워. 공연히 따라갔다가 동행인들에게 부담을 줄 수도 있고 해서."

핑계는 감기였으나 사실은 기한에 맞춰야 할 원고 때문이었다.

"몸도 편찮으신데 원고는 잘 진척이 되십니까?"

"거의 다 되었네. 자네가 대신 내 일을 맡아줘서."

"이번 여행에 귀한 자료를 얻었습니다. 가까운 시일 안에 한 번 뵙고 자세히 말씀드리겠습니다."

"그래, 만나지."

다음 주말쯤으로 약속을 하고서 통화를 끝내었다.

명 교수의 밝은 목소리에 그에 대한 부담감이 조금은 덜해졌다.

지난달이었다. 한 학술재단에서 시행하는 대마도 역사 탐방에 동행해서 강의해달라는 부탁을 받았다. 마침 그즈음에 제주의 관변 단체에서 주최하는 학술대회에서 기조 강연을 맡고 원고를 준비하고 있었다. 일정을 헤아려보니, 시간의 여유가 있었다. 이미 강연 원고의 틀이 마련된 후였고, 한 주일 정도면 원고를 마무리할 수 있을 것 같아서, 홀가분한 마음으로 여행 삼아 가는 것도 괜찮겠다고 생각했다.

그런데 사람의 일이 그렇게 뜻대로 되지 않았다. 약속하고 사흘이 지나서 심한 독감을 앓기 시작했다. 원고를 쓸 형편이 아니었다. 병원을 들락거렸고, 결국 몸져 누워야 했다. 의사는 한 주일 정도 푹 쉬라면서 처방은 그것밖에 없다고 했다. 강연 원고는 쓸 수 없었고, 여행도 포기해야 했다. 결국 명 교수가 내 대신 그 강의를 맡게 되었던 것이다. 그런데 귀한 자료를 얻었다니 다행이다.

통화를 끝내고 홀가분한 기분으로 거실로 나오는데, TV를 보던 아내가 중얼거렸다.

"이번에는 합격할까?"

총리 후보자 청문회 이야기였다.

"이번 총리 지명자는 서울의 한 교회에서 강연을 했는데, 그 녹취록에 의하면 36년간 일본의 식민 통치를 당한 것은 죗값이라고 했다는 것입니다. 이에 대한 자세한 내용은 취재기자를 통해 알아보겠습니다."

진행자의 말이 끝나자 기자가 교회 앞에서 마이크를 잡고 나타났다.

"이번 총리 지명자는 개신교 장로인데, 그 교회의 한 집회에서 특강한 녹취 테이프가 유출되어 그 일부를 모 방송국에서 편집해서 보도했습니다. 그 보도에 의하면, 일본의 한국 통치는 전적으로 조선왕조의 부패와 무능 때문인데, 하나님이 일본으로 하여금 징벌하도록 했다는 것입니다. 이렇게 일제의 한국 식민 통치를 정당화하고 있으니 이러한 역사의식을 가진 자가 총리가 된다는 게 문제라는 것입니다."

기자의 약간 흥분된 목소리가 이어졌다.

진행자는 취재기자의 보도 다음에 두 사람의 패널에게 후보자의 자질에 대해 발언을 요청했다. 나는 총리 후보자에 대한 보도 내용이 이해되지 않았다. 그의 칼럼을 몇 번 읽었는데, 폐양식 있는 언론인으로서 그러한 문제에 대해 경솔하게 이야기할 사람이 아니라고 생각되었다. 그런데 패널들의 논조는 그의 강연이 식민사관에 근거하고 있다는 오해를 충분히 받을 만하다는 것이다. 나는 후보의 강연 내용이 궁금했다.

2

조선왕조실록을 통해 19세기 초 제주에서 발생했던 몇몇 소요 사건에 대한 기록을 대강 읽어보았다. 그중에 특별하게 관심이 가는 것은 탐라국 복원을 위한 양제해(梁濟海) 역모 사건인데 그 내용은 다음과 같다.

순조 13년(1813년) 12월 3일, 제주 목사 金守基가 馳啓(치계)로 아뢰되 浪人 尹光宗 進告하였사온제 그 내용은 中面의 風憲인 梁濟海는 본래부터 간교하고 陰惡하여 항상 흉계를 품고 있었는데 때에 西賊이 猖獗함을 듣고는 도당을 만들어 不正에 投入하려는 의도를 가진 지 이미 오래었다 하옵니다. 이에 그는 거짓말을 하되 근래에 島民의 부역이 너무 괴롭고 심하여 안정할 수 없으므로 장차 徒黨을 모아 모의하여 濟州營邑의 4관이 모두 島內에 있으매 이들을 모두 誅殺하려 한다. 그들은 주장하되 島船의 出陸을 엄금하고 陸船은 來島하면 財貨는 탈

취하고 또 선박은 覆沒시켜버려서 일체 北路를 차단한다면 당연히 후환은 없을 것이오. 우리는 영원히 安樂이 보장되리라 하여 愚民을 선동하고 恐脅하여 金益剛 高德好 姜必方 등이 터무니없는 감언과 허풍으로 무리들을 모아 그 도당은 증가되고 비밀리 하여 누설되지 않았으며 力士를 모집하고 병기를 鑄造하여 금일 16일 야간을 기하여 州域에 돌입할 謀計였다고 하옵니다. 旌義 大靜 또한 이날을 기하여 擧兵하기로 하였다 함에 지극히 驚憤하옵기에 濟海 및 그 도당들을 체포하여 엄중히 문초하고 개개의 의혹을 캐어낸 다음 일괄하여 죄인들을 감금하였사온데 濟海가 탈출 도주하였사오나 곧 도로 체포하여 원수하였사옵니다. 主上이 그 狀啓를 備局에 내려 稟議處理하라 하시다.

이 기록 중에 다음 내용이 흥미로웠다.

"그들은 주장하되 島船의 出陸을 엄금하고 陸船은 來島하면 財貨는 탈취하고 또 선박은 覆沒시켜버려서 일체 北路를 차단한다면 당연히 후환은 없을 것이오. 우리는 영원히 安樂이 보장되리라 하여 愚民을을 선동하고 恐脅하여 [……] 터무니없는 감언과 허풍으로 무리들을 모아 그 도당은 증가되고 비밀리 하여 누설되지 않았으며 力士를 모집하고 병기를 鑄造하여 금일 16일 야간을 기하여 州域에 돌입할 謀計였다고 하옵니다."

이것은 제주 목사가 조정에 올린 보고를 그대로 기록한 것이다. 이 난리를 '탐라국 재건을 위한 반란', 즉 역적 모의라고 규정했다. 후에 향토사가들도 거의 그러한 취지로 이해하고 있다.

19세기 들어와서 제주에서는 이 난 외에도 1860년에 강제검(姜悌儉) 사건, 1890년에 이완평(李完平) 김지(金志) 사건, 1894년에 송계홍(宋啓弘) 사건과 방성칠(房星七) 난이 일어났는데, 1901년에 이재수(李在守) 난에 이르러 그 참혹함이 절정에 이르렀다. 대부분 모든 난은 관의 부정부패가 원인이 되었다. 특히 백성의 재물을 합법적으로 탈취하기 위해 고액의 세금을 각종 명목으로 부과하여 거둬들였고, 여기에 지방 아전들까지 합세하여 불법이 더해지자 도민들은 생존권을 위해 난을 일으켰다. 이재수 난에서는 이러한 관의 부정부패에 더하여 외세에 대한 저항으로 그 발발 동기가 확대되었다. 그래도 모든 소요의 주동자들은 잡혀 참수를 당하거나 유배되었다.

기조 강연의 틀을 대강 마련했다. 제주 사람들의 근대 의식이 부패한 관료에 대한 저항으로 표출되었고, 이러한 정신이 20세기에 들어와 외세에 대한 민족적 저항으로 발전하였는데, 이 정신은 일제 강점기에는 해녀 저항운동으로, 해방기에서는 미군정이 주도하여 단정 단선정부를 수립하려는 반통일 노선에 대한 반발로 일어난 4·3사건에 집약되었다. 이러한 일련의 사건은 역사 발전의 중요한 동력이 되어, 바다로 막힌 주변 지역 섬이 세계로 뻗어 나갈 중심부의 역할을 감당하는 계기가 될 것이다.

주최 측 학술회의 의도를 고려해서 이렇게 틀을 잡았는데 막상 원고를 쓰려고 하니 뭔가 개운치 않았다. 이러한 발상을 하게 된 자신이 낯설었다. 퇴임 후부터 종종 평생 붙들고 즐겁게 해온 작업에 대해 아쉬움이랄까, 좀더 진지하게 말한다면 성찰이랄까, 뭐 약간 미묘한 생각들이 불쑥불쑥 튀어나올 때가 있었다. 역사 연구, 그것은 이미 존재한 사건의 의미를 찾아내는 것인가, 의도적으로 의미를 만들어내는 것인가? 거창하게 학문적 양식을 유지하려고 공부했고 글도 썼다. 그런데 다시 생각하니, 어느 한 세대의 변화를 이끈 것은 학문이 아니라 돈이나 이념이었다고 생각되면서, 지금까지 붙들고 살아온 일들이 하찮게 생각되기도 했다. 그래서 은퇴 후에 시간을 얻어 그동안에 써온 글들을 정리하다가 그만두었다. 그 글들이 자신을 변명하는 수준에 머물 수도 있다. 시류에 편승하여 얄팍한 대중 의식을 부채질하는 글이 되어, 자칫 책을 팔기 위한 글을 쓰고 있다는 오해를 받을 우려도 없지 않다. 몇몇 출판사에서 그동안 쌓아온 학문적 성과를 담보로 읽히는 역사책을 써달라는 요청을 받기도 했다. 틀림없이 팔릴 것이라고 했다. 그러나 마치 그 일이 자존심을 파는 것처럼 생각되었다. 나는 민주화를 위한 투쟁에 앞장서온 용기 있는 교수도, 그렇다고 독재자들이 꺼려 했던 해직 교수도 아니었기에, 대중이나 학생들로부터 인기를 얻을 만한 명분도 없다. 그러나 제자들에게 학문의 바른 길을 보여주려는 오기 같은 것에 의지해서 공부했고, 글을 써왔다. 그런데 이러한 내 생활 역시 정치판에 들어간 학자들이나 얄팍한 지식으로 대중을 현혹하는 글을 쓰는 학자들과 다름이 없다는 것을 알게 되었다. 내 방식도 역시 결국 자신을 지탱하기 위한 방법에 불과했다는 것이다. 언제부터인가, 기록의 역사가 강한 자의 주장을 합리화한다는 것을 어렴풋이 느끼고 있었다. 언어 행위가 제한받던 시기에 글을 쓴다는 것 자체가 지배 이데올로기 한계에서만 가능했다. 그래서 한때 반역사적인 문학, 특히 구비 전승에 대해 관심을 갖기도 했다. 그러나 그러한 작업을 더 계속하지 못한 것은 학계의 불문율을 어길 수 없었기 때문이다. 어느 지방대학에 강연을 갔다가 그곳 젊은 교수가 쓴 논문에서 역사적 사실이 지배 이데올로기적이었다면 구비 전승 문학은 반지배 이데올로기적이어서, 이 둘이 서로 합치될 때에 역사적 진실에 보다 가까워질 수 있다는 투의 글을 읽은 적이 있다. 역사학이 자료의 학문이라면 그 자료를 생산해내는 주체는 누구인가? 역사적 자료인 기록과 유물 유적, 그것들은 결국 지배 계층의 것들이 아닌가? 하층 계층 사람들이 무슨 언어 자료를 남길 수 있으며 생활의 흔적을 남길 수 있었을까? 그렇다면 공식 기록의 한계는 분명하다. 결국 역사학은 당대의 지배 이념의 틀에서 역사적 진실을 찾는 수준에서 벗어날 수 없다. 역사만이 아니다. 소위 한 시대를 풍미했던 사상도, 그 부류의 사람들의 생각과 삶의 한 반응일 뿐이다. 세상에는 시대정신과는 무관하게 살았던 사람들이 더 많다. 그들은 하루하루 먹고살기에 바빴고, 삶의 방법이나 태도를 문제 삼고 살아갈 여유가 없는, 시대 조류나 사상과는 거리를 두고 살아온 철저한 예외인들이었다. 그렇다면 시대정신이니 시대 조류는 그 사회의 상층부 즉 지배층이 만들어낸 사치스러운 장식품에 불과하지 않을까?

이렇게 생각하면서 그동안의 작업에 대해 회의랄까 아쉬움을 갖게 되었고, 은퇴 후에 본격적으로 그동안의 작업을 정리하려는 계획을 접어두고 가볍게 강연이나 다니고, 정부 기관에서 만든 위원회에 참석하여 어른 노릇이나 하게 된 처지가 되었다. 그런데 그런 일도 해보니 재미가 있었다. 역시 이 사회는 권력과 돈에 의해 움직이고 있다는 것을 알게 되었다. 학자의 양식, 학문의 업적, 이러한 것들이 사회의 흐름과는 무관한, 어쩌면 이 사회가 천박하지 않다는 것을 증거하기 위한 알리바이를 만들어내는 수준이라는 것을 알게 되었다. 그래서 한때 내가 강하게 비난했던 소위 정치교수들에 대해서, 참 그들은 현명하게 처신했다고 생각하게 되었다. 정치권력이 학자를 이용하려는 그 의도를 잘 알고 정치와 공생하는 즐거움도 조금은 이해하게 되었다. 이번 기조 강연도 그러한 즐거움과 보람을 맛보게 하는 좋은 기회였다.

기조 강연에서 주변 지역 제주 사람들의 기를 살려줄 수 있는 근거를 만들어주고 싶었다. 주최 측에서도 은근히 그 점을 내비쳤다. 4·3의 상처가 큰데 그것을 치유해주는 것은 역시 그들의 행위에 정당성을 어느 정도 부여해주는 것이다. 19세기 초부터 일기 시작한 제주 사람들의 근대 의식이 성장하여 반외세 저항인 이재수 항쟁을 이끌었고, 그 정신이 일제 36년 동안 다양한 반제운동으로 나타났으며, 해방 후에 미·소 양대 세력에 의해 분할 점령되면서 남한은 미군정이 주도하여 미국에 종속되는 정부를 수립하게 되는 상황에서, 이대로 가면 영구 분단국가가 될 것이 기정사실이었기 때문에 이를 반대하여 4·3이 일어나게 되었다. 이것은 제주 사람들의 주변적 상황에서 살아오면서 생성된 저항 정신의 발로라고 결론을 내리면 되었다. 제주 4·3의 민족 저항운동이라면 제주 사람들은 그 사건으로 희생당한 보상을 정신적으로 얻게 된다. 죽은 자는 말이 없지만, 살아 있는 자는 명예를 회복할 것이다. 그러면서 제주 사람들이 희생자 추념일을 왜 하필 그 비극의 날, 다시는 생각하고 싶지 않은 4월 3일로 정해야 한다고 강력하게 주장하는지 그 의도도 알게 되었다. 결국 4월 3일은 부끄러운 날이 아니라는 것을 공포하기 위해서였다. 희생자 추념이라고 하지만, 결국 자신들은 희생자가 아니라는 무의식적 갈망이 잠재해 있었다. 그래서 이번 강연의 틀도 그러한 도민의 잠재적 의식을 일깨워줄 수 있도록 잡았다.

그런데 마음은 편치 못했다.

"이런 글을 학자가 써야 하는가?"

문득 몇 년 전에 어느 선배 교수의 말이 되살아났다.

그동안 소위 정치교수들, 특히 은퇴 후에 정권에 끼어들어 선거판에서 얼굴 마담 노릇을 하는 교수들을 경멸했는데, 이제 자신도 그 처지가 되어보니, 그들을 이해하게 된다는 것이다. 연구실에서 누가 읽어주지도 않을 논문을 쓰는 것보다는 한 국가의 미래를 책임질 정치꾼들을 돕는 것이 훨씬 필요하다는 것을 알게 되었고, 부차적으로 오만한 정치인들에게 예우를 받으면서 용돈도 얻고 어쩌다가 운이 좋으면 몇 년 동안 편히 쉴 자리도 얻어서 때때로 자문도 하고 아이디어를 제시하고 보니, 그동안 죽었던 자신의 학문이 비로소 제때를 만난 듯해서 그만하면 괜찮은 선택이었다는 고백이었다.

"선배님, 제게도 그런 기회를 좀 마련해주십시오."

그때는 진정이 아니라 야유조로 응수를 했는데, 요즈음 그 선배 교수 말의 진정성을 알게 되었다.

기조 강연에 대해 더 생각하지 않기로 하였다. 일단 정해놓으면 그대로 밀고 가는 것이다.

3

"여보, 저 표정 봐요. 겁먹은 사람이에요. 원 세상도."

아내는 총리 후보자가 사무실로 출근하다가 기다리던 기자들에게 둘러싸여 질문을 받고 곤혹스러워하는 모습을 보면서 혀를 찼다.

"그만한 일이야 당해야지. 총리가 뭐 그렇게 쉬운 자리인가?"

나는 총리 청문회에는 관심이 없으면서 한마디 했다. 기자들의 불손한 태도에도 당사자는 마음 쓰지 않을 것이라고 그를 응원하는 의미에서 한 말이었다.

그때였다. 여기자가 그 앞으로 녹음기를 들이대면서 물었다.

"자진 사퇴하실 의향은 없으십니까?"

도발적인 질문에 후보자는 잠시 주춤했다. 전혀 예상하지 않던 복병이었다. 총리실 직원인 듯한 사내들이 기자들을 떼어놓으려고 했다.

"내가 왜 자진 사퇴해요? 나는 당당하게 청문회에 임할 것입니다."

후보자는 기자를 똑바로 쳐다보면서 응수했다.

"강연 내용을 보면 후보자께서는 일본의 한국 강점을 매우 긍정적으로 이해하셨던데요?"

"그 방송국에 책임을 물을 계획입니다. 거두절미하고 악의적으로 보도했으니 그렇지요. 제 강연 내용을 읽어보세요."

후보자의 대답은 날카로웠다. 질문이 당치 않다는 것이다.

나는 다행이라고 생각했다. 그가 친일파라거나 자학적 역사의식을 가졌다고 믿기지 않았다. 방송국에서 그 강연 내용을 편집 보도함으로 오해를 받고 있는 것이다. 방송국의 처사를 이해할 수 없었다. 역사를 왜곡하는 범죄 행위를 공익을 내세우는 방송국에서 자행하고 있는 것이다.

"개신교 장로시죠?"

"그래요."

"하나님은 일본 편인가요? 왜 일본을 통해 우리 민족을 징계해요?"

그 말에 후보자는 주춤했다가 다시 목청을 돋우었다.

"방송국은 언어를 왜곡시켜 시민을 우롱하고 있어요. 의도적이지요. 제가 청문회에서 모든 것을 밝히면 국민들도 이해할 겁니다."

"일본이 한국을 강점한 것은 한국 국민의 탓이라는 생각에는 변함이 없으신가요?"

후보자의 표정이 더 곤혹스러워졌다.

"그 문제도 청문회에서 밝히겠어요."

"국민들이 모두 궁금해하는데, 이 자리에서 한 말씀해주세요."

"저는 개신교 신자로서 신앙 고백적 차원에서 그런 말을 한 것입니다. 하나님이 택한 이스라엘도 죄를 짓자 하나님을 모르는 나라를 통해서 징계를 받았습니다. 하나님의 섭리는 누구도 모릅니다."

"특정한 종교의 신앙을 일반 국민들은 받아들이라는 건가요?"

"어떻든 저는 친일파도 아니고, 자학적 역사의식을 갖고 역사를 바라보려고 하지 않습니다. 저는 안중근 의사와 김구 선생님을 존경합니다."

후보자의 표정이 어두워지면서 좀 봐달라는 투로 말했다.

"아버지, 저분 넋이 나갔네요. 친일파니 자학적 역사의식이니 하는 말에 겁을 먹은 모양입니다. 그 말이 우리 사회 지도층에게는 엄청난 부담이 되겠지요. 친일파라는 주홍글씨는 예전에 공산당원이라는 말보다도 더 가혹해요."

딸이 나를 빤히 쳐다보면서 지껄였다. 언어의 위력이 대단하다. 방송국과 신문이 모두 그를 향해 집중포화를 하고 있으니, 그것을 어떻게 당해낼 수 있겠는가?

"저분 그 방송국에 한을 품겠는데요. 아마 지금 심정으로는 안중근 의사가 이등박문을 저격한 것처럼 그 방송국을 때려 부수고 싶겠지요."

"방송국의 보도를 전적으로 믿는 한국 사람의 정서도 참 묘하지요."

아내도 거들었다.

"어머니, 그건 어떤 매체의 말이 문제가 아니라. 믿고 싶은 것만 믿는 사람들의 취향이 문제예요. 친일파나 자학적 역사의식은 국민들이 철저하게 배격하니까, 방송국이 그것을 조작했다 하더라도, 사람들은 그 사실을 믿고 싶으니까, 조작했다는 사실은 문제가 안 됩니다. 진실이 문제가 아니라, 그 보도 내용이 마음에 드느냐가 문제지요. 믿고 싶으면 팥으로 메주를 쑨다고 해도 믿지만, 믿고 싶지 않으면 콩으로 메주를 쑨다고 해도 안 믿어요."

나는 딸의 말에 긴장했다, 조작된 거짓도 내가 좋아하면 진실이 된다. 그것이 우리 사회 풍토라면, 두려웠다.

"그래서 언론은 참과 거짓의 기준을 떠나 사람들이 좋아할 만한 것을 찾아 포장해서 내보내지요."

"야, 너 취직을 언론사로 방향을 바꿔라. 디자인을 접어두고."

아내가 딸의 논리에 화답하면서 내심으로는 놀란다. 나도 딸의 말에 관심이 갔다. 그것은 반역사적이지만 매우 현실적이고 실용적이다. 이념이란 무엇인가? 가치보다는 내가 좋아하는 것을 남도 좋아하도록 잘 포장한 것이다.

"어머니도, 언론이란 것은 세상에 흘러넘치는 언어들을 모아다가 디자인해서 다시 세상으로 내보내는 것이지요."

"그러면 결국 문제는 디자인이구나."

아내는 딸을 대견하다는 듯이 쳐다보면서 고개를 끄덕였다. 어리다고만 생각해온 딸이었는데, 생각은 부모보다 훨씬 앞서 있다. 순간 딸의 언어 디자인론은 역사학자인 나를 야유하는 말처럼 들렸다.

"그런데 교회는 왜 가만있지요. 저분의 강연에 대해서 뭐 한마디 해야 하지 않겠어요?"

딸이 나를 쳐다본다. 나도 명색의 교인이다. 아내의 극성에 주일에 교회를 드나든다.

"아버지!!"

나는 긴장했다.

"아버지가 만약 어느 방송국에 패널로 참석해서 후보자의 역사의식에 대한 논평을 주문받는다면 어떤 말씀을 하시겠어요?"

"야, 이제 은퇴했으니, 방송국 패널로 나갈 처지가 되었다는 거야. 나 같은 고지식한 사람 부르지 않아. 역사학자를 불러다

266

가 바른 말만 하면, 그 프로 엉망이 되지 않겠니?"

"그러면 이 자리에서 말씀해보세요. 후보자의 강연 내용을 읽으셨지요?"

"대충 읽었지."

나는 일부러 인터넷에 올라온 강연 녹취록 원고를 읽었다. 평범한 내용이었다. 교회의 지도급 장로로서는 평신도 앞에서 흔히 할 수 있는 말이다.

"정말, 방송국 보도처럼 친일적인 역사의식을 찾을 수 있었어요?"

나는 고개를 저었다.

"패널로 참석해서도 그렇게 말씀하시겠지요?"

"내가 네게 역사학자로서 청문을 당하는 것 같구나."

친일파가 아님은 분명하고, 방송국에서 떠드는 내용이나 야당에서 주장하는 내용이 억지라는 것도 분명하다.

"청문회에서 봅시다."

기자에게 시달리던 후보자가 안내자의 도움을 받아 사무실로 사라졌다.

이어서 방송국 스튜디오로 화면이 옮겨졌다. 패널들이 지명자의 역사관을 비판하기 시작했다.

"일반 신도들이라면 몰라도, 한 나라의 총리로서는 문제가 있는 것이 아닙니까?"

사회자가 패널들의 의사를 물었다. 이미 방송국에서는 지명자의 자진 사퇴나 대통령의 지명 철회를 전제로 논의를 끌어가고 있다. 패널들은 방송국의 의도대로 적당히 언어를 조절하면서 말했다. 그러나 그것은 시청자의 귀를 속이는 수준이다. 결론은 후보자의 역사관에 문제가 있다는 것이다.

"여보, 그런데 말이라는 것이 참 무섭네요. 처음에는 후보자가 그런 생각으로 말하지 않았다고 믿었는데, 자꾸 방송에서 들으니, 정말 그가 우리 민족에 대한 모멸감과 일본에 대한 부러운 생각을 은밀히 갖고 있어서 일제를 옹호하는 듯한 발언을 하지 않았나 생각되네요."

아내도 언어의 위력이 대단하다는 것을 체험적으로 인정했다.

"당신, 누가 역사학자의 아내라고 안 할까 봐서."

"여보, 집안에서 당신 뒷바라지만 하니, 무시하기예요. 여자들이 사태를 더 정확하게 파악해요. 남자들은 이해관계에 매여 있지만, 여자들은 그 점에서 자유로우니까 그렇지요."

갑자기 아내의 말이 날카로워졌다.

그때 문득 후보자가 얼마나 견딜 수 있을까 걱정이 되었다. 세상이 돌아가는 것을 보니, 낙마시키기로 사회적인 합의가 되어 있는 듯하다. 여당도 잠잠하고 있다. 청문회에서 진짜 청문을 하자는 주장도 나오지 않고 있다.

"교회와 기독교계가 왜 잠잠하지요. 자기 교회 일이라면 방송국에 가서 데모도 하는데, 참 어느 대학 출신 목회자들이 성명을 발표했는데, 그 발표문을 보니 너무 애매하지요? 하나님 말씀처럼 어려워요. 후보자의 강연 내용은 평신도의 신앙고백으로 당연하다. 거기에서 친일이나 자학적 역사의식을 찾는 것은 억지이다. 덧붙여서 방송국의 의도적인 편파 보도에 대해 한마디 언급하면 아주 명쾌할 텐데요."

딸은 후보자를 옹호하였다.

"교회도 눈치를 보고 있어요. 손익계산서를 따지겠지요. 교회 안에도 여도 있고 야도 있고, 대통령을 싫어하는 사람도 있고, 지지하는 사람도 있으니, 잘못 처신하다가는 교회에 분란이 생길 것을 두려워하겠지."

아내가 딸을 설득하려는 듯이 말했다.

"그러면 교회가 아니지요. 진실을 말한 사람이 고통을 당하고 있는데, 교회가 침묵하면 비겁하지요. 그분이 친일파가 아니라는 것, 자학적 역사의식을 갖고 있지 않다는 것은 교회 목사님들이 잘 알고 있지 않겠어요?"

나는 세상을 바라보는 딸의 안목이 날카롭고 정직함에 놀랐다.

"아버지, 이 세상을 확 바꿔놓은 말이 무엇인 줄 아세요?"

딸은 나를 빤히 쳐다보았다. 엉뚱한 질문이었다.

"선악과를 따 먹으면 네 눈이 밝아져서 하나님과 같이 된다고 하와를 유혹한 뱀의 언어였지요. 속을 수밖에 없는 말, 왜 속을 수밖에 없느냐면, 하와의 마음에는 벌써 그 열매를 따 먹어 눈이 밝아지고 싶은 욕망이 숨어 있었으니까요. 그러니까 뱀의 말은 거짓말이 아니면서 거짓말이 되었는데, 왜곡된 언어로는 일품이었지요. 즉, 세상 사람들이 믿고 싶어 하는 거짓말, 그러니까 세상 사람들은 그 언어를 멋진 거짓말이라고 하지요. 그래서 인간은 결국 왜곡된 언어에 의해 타락하게 되었는데, 언어의 왜곡은 결국 왜곡시키는 자와 그것을 원하는 대중들의 합작품이지요. 그러한 현상은 오늘도 계속되고 있고, 그래서 역사는 개선되지 않은 거 아닐까요? 참, 아버지의 학문은 언어를 증거로 하지요?"

딸의 말은 역사학이 언어 왜곡의 주범이 아니냐는 추궁처럼 들렸다. 딸의 언어 왜곡설은 논리가 정연했다.

"아버지 저와 내기해요. 총리 지명자가 청문회까지 버틸 수 있을까요? 역사학자의 안목을 듣고 싶어서요."

아내는 엉뚱한 표정을 지었고, 순간 나는 심장이 죄어들 듯이 답답했다.

약속 장소로 가면서 명 교수가 말한 그 자료가 궁금했다.

"선생님, 이번 강연에 양제해 사건도 참고가 되겠지요?"

명 교수와 약속을 하면서 자료가 꽤 중요한 듯이 말했으나 나는 별 관심이 없었다. 그런데 지금 강연과 관계가 있을 거라는 그 말이 자꾸 마음에 걸렸다.

약속 장소에 도착했는데, 명 교수는 손님 대기실에서 기다리고 있었다.

"여기서 기다렸군."

"방 안에 앉아 있기도 그렇고 여기서 신문을 읽었습니다. 참, 제주 학술대회 기사가 났던데요. 기조 강연을 선생님께서 맡으셨다는 내용도 있습니다."

그는 기사가 실려 있는 신문을 내보였다. 나는 그 기사에 마음을 두지 않았다.

방은 맨 안쪽이었다.

"마치 무슨 큰 비밀 회담을 하는 장소 같군."

분위기가 고풍스러우면서도 요란스럽게 꾸미지 않아서 편했다.

"오랜만에 제가 선생님과 함께하는 식사 자리라서 좀 마음을 썼습니다."

"오랜만인가?"

생각해보니, 단둘이 식사할 기회는 최근에 없었다.

"퇴임하시고 벌써 3년이 지났는데, 그간에 한 번도……"

"단둘이는 아니지만 여러 사람과 같이 종종 식사 자리에서 만날 때가 있었지? 여자면 몰라도 단둘이서 꼭 만날 필요가 있나?"

나는 우스게 삼아 말했다.

"선생님 여자 제자와 단둘이 만나시면 안 됩니다. 성희롱을 당했다 하면 낭팹니다. 변명할 길이 없어요. 여자 제자들 중에는 깐깐하신 선생님을 골탕 먹일 기회를 벼르는 애들이 있어요. 올곧은 분은 약은 사람들에게는 심술의 대상이 되거든요."

명 교수는 진지하게 말했다. 처음에는 그저 해보는 소리라고 들었는데, 들을수록 그 말이 맞을 것 같았다.

"내가 그렇게 자네들을 못 살게 했나?"

명 교수의 말이 진담으로 들렸다.

"너무 옳은 말씀만 하시니까 공격하고 싶은 거죠. 사람들은 자기와 동류가 아닌 대상을 미워하거든요."

그 말이 맞다. 대학원 때에 혹독하게 당한 제자일수록 '당신이 뭐가 그리 대단해서……' 하는 식으로 생각할 것이다. 논문이 부실해서 한 학기 더 고생시킨 제자도 있다. 품행이 방정치 못하다는 소문을 듣고 사적으로 꾸짖음을 받은 제자도 있다.

그들은 이제 나이 든 노인이 허물어지는 모습을 즐기고 싶을 것이다.

"제 말 괘념하지 마십시오. 하도 오랜만에 선생님과 마주 앉고 보니, 이런 말을 감히 하게 됩니다. 저도 이제 그런 나이가 되었습니다."

"몇이더라?"

한때에는 제자들 나이와 고향과 하숙집과 생일까지 다 알고 다녔다.

"쉰넷입니다."

"나도 그 나이에 스승을 우습게 봤지. 연구도 하지 않고 관록을 팔면서 대우를 받으려는 교수를 경멸했거든."

그 말에 명 교수 안색이 변했다.

"선생님, 제가 그런 마음을 갖고 있다는 충고로 들립니다."

"너무 과민하군. 스승을 매도할 만한 패기는 있어야지."

"선생님이야 그런 마음으로 사셨지만, 저희 또래만 해도 벌써 노인 흉내를 즐기고 있어요. 소위 잘나가는 친구들일수록 그렇지요."

"자네는 잘나가지 말게."

이상하게 이야기가 흘러갔다. 그런데 자료 이야기는 하지 않는 그가 궁금했다. 그렇다고 먼저 보자고 할 수도 없었다.

"선생님, 자료는 식사 끝낸 다음에 보시지요. 고물책 때문에 맛있는 음식 맛이 떨어질 수 있습니다."

식사가 들어오자 그는 자료 이야기를 접어두자고 먼저 말을 꺼내었다.

음식은 정갈하고 맛도 유별났다. 음식에 대해서는 무던해서 맛깔스러운 것에 마음을 쓰지 않았는데, 음식을 담은 그릇만 봐도 느낌이 달랐다. 시중을 드는 여자들도 저속하지 않았다.

"자네 여기 자주 들르나?"

나는 속으로 이 친구 처지가 많이 달라졌구나 생각했다. 여기저기 학술재단에 참여하더니만 형편이 펴졌는가 싶었다.

"대마도 학술답사를 주관한 재단 이사장이 여기서 저녁을 사셨습니다. 그 자리에는 선생님이 계셔야 하는데, 제가 대신 대접을 받았으니, 그래서 제가 오늘은 선생님을 이곳으로 모셨습니다."

순수한 그의 마음이 고마웠다.

"자네, 그렇게 사소한 일에 마음을 쓰면 세상살이가 어려워져. 적당히 편하게 살게."

그 말에 명 교수의 안색이 굳어졌다. 내게 그런 말을 듣는 것이 의외인 듯했다.

"저는 편하게 삽니다. 선생님이 언젠가 그렇게 말씀하셨지요. 편한 것이 진실이라고. 여기로 선생님을 모시고 싶어서 모셨을 뿐입니다. 선생님과 대마도 여행을 함께 가고 싶어서 그렇게 계획을 세웠고요. 억지로 하지 않습니다."

그 말에 나도 기분이 좀 풀렸다. 술이 몇 순배 돌았다. 그는 원래 술이 세다. 특징은, 취하면 말을 하지 않았다. 지금 말하는 투로 봐서는 아직 취하지는 않았다. 그런데 자료 이야기는 하지 않아서 오히려 내가 궁금했다. 그렇다고 보자고 할 수도 없었다.

"선생님, 이번 여행에서 저는 이상한 사람을 만났습니다."

취할 만큼 술을 마셨다. 그가 어렵게 입을 열었다.

"대마도에서 첫 기착지인 이즈하라 시 주변에는 한국과 관련된 유적들이 있습니다. 조선 통신사비도 있고, 최익현 선생의 순국비랑, 대마도 역사박물관에도 한국 자료들이 많습니다."

그는 취하지 않는 사람처럼 진지하게 이야기를 시작했다.

"20명 일행들을 상대로 박물관 로비에서 첫 강의를 하고 있었는데, 제 옆얼굴이 이상하게 따갑게 느껴졌어요. 강렬한 빛이 스쳐 지나가는 듯했습니다. 이야기를 잠시 멈추고 주위를 둘러보았습니다. 그땝니다."

명 교수의 안색이 긴장되었다.

"제 강의를 열심히 듣던 낯선 중년 사내가 있었습니다."

그는 현지 주민이었다.

저녁 식사를 끝내고 시내 산책이나 하려고 호텔에서 나서는데, 로비에서 그 사내를 만났다. 명 교수는 초면인데도 자연스럽게 눈인사를 나누었다.

"한국에서 오신 사학자이십니까?"

그는 익숙한 한국말로 명 교수를 사학자라고 호칭했다. 명 교수는 그 물음이 어색하게 들려서 그저 빙그레 웃었다.

"잠깐 시간을 내어주실 수 있습니까?"

사내는 어려워하면서 명 교수의 의사를 물었다.

"무슨 일이시죠?"

명 교수는 대마도에서 익숙하게 한국어를 쓰는 사내에게 호감이 갔다.

둘은 호텔을 나와 한 10분쯤 걸어서 식당가에 이르렀다. 사내는 한 국숫집으로 앞장서 들어갔다.

"여기는 제가 경영하는 국숫집입니다. 3대째 이어옵니다."

명 교수는 사내의 말에 새로운 사건이라도 만나게 될 것처럼 긴장했다. 방 안 주위를 둘러보았다. 일본 어디서나 볼 수 있는 약간 어둑한 조명에 주방 앞에 긴 식탁이 마련되어 있고 그 옆 좁은 공간에는 탁자가 네 개 놓여 있었다. 그런데 벽 한쪽에 제주도 지도가 붙어 있었다. 명 교수는 너무 의외여서 얼른 일어나 지도를 들여다보았다. 그 지도 위쪽 한 마을을 동그라미로 표시해놓고 있었다.

사내가 명 교수 뒤로 와서 지도를 들여다보았다.

"선생님은 역사학자시지요?"

사내는 마치 확인하려는 듯이 물었다. 같은 물음이 두번째였다.

"대마도 역사 탐방을 왔지요."

그는 '역사학자냐'는 물음에 그렇게 대답하고서 탐방 일정까지 말했다.

"아까 박물관에서 설명하는 것을 엿들었는데, 선생은 역사학자가 맞군요?"

명 교수는 겸연쩍었으나 고개를 끄덕였다. 사내는 빙긋이 웃으면서 신뢰감을 표시했다.

"역사학자시라니 믿을 수 있네요. 그러면 말해도 되겠지요. 지금까지 누구에게도 말하지 않았는데, 역사학자시라니까, 마음 놓고 전할 수 있어요."

사내의 말에는 역사학자에 대한 신뢰가 담겨 있었다. 역사학자에게 말하는 것은 사실대로 전해줄 것이라는 기대를 갖기 때문이라고 솔직하게 말했다. 그런데 이야기를 들면서 명 교수는 그의 신뢰와 기대가 부담스러워지기 시작했다.

"그곳이 제 고조부님 고향입니다."

"고조부님?"

"1814년 2월에 제 고조부님이 이곳으로 유배 와서 3년을 사시다가 방면이 되셨는데, 고향으로 돌아가시지 않고 이곳에 정착하셨습니다."

사내는 진지하게 정확한 한국어로 말했다.

"저는 선생님을 만나는 순간 가슴이 떨렸습니다. 인연이라고 생각했지요. 고조부님의 영혼이 선생님을 이곳으로 보내주셨구나. 어떤 신비로운 생각을 하게 되었습니다. 제가 남쪽 바다 저편에 있는 고향 제주를 향하여 기도하는 것을 조상님이 들어주셨구나, 하고 말입니다."

사내의 목소리는 마치 술 취한 듯이 거침이 없었다.

"기도요?"

명 교수는 무엇을 기도했느냐고 물으려다가 그의 눈에서 발산되는 광채에 멈칫했다.

"제 할아버지의 원한을 풀어줄 분을 기다리고 있었습니다. 역적 모의를 하지 않았는데도 역모로 몰아 옥사를 정당화했으니 말입니다."

명 교수는 그의 말이 거짓이 아니라는 확신이 들었다. 말을 들어줄 사람을 찾고 있었는데, 내가 그 사람이라니 긴장되었다.

"제 고조부님이 그 사건의 내막을 한글로 써서 남기셨습니다. 우리 집안 사람들은 그 글을 읽기 위해 대대로 한글을 열심히 배웠지요."

그 말에 명 교수는 가슴이 떨렸다. 조상이 기록한 것을 읽기 위해서 집안 사람들이 한글을 배웠다는 말에 확신이 더해졌다.

"제5대조인 제(濟) 자 해(海) 자 할아버지는 역모를 하지 않았습니다. 탐라국의 재건을 위하여 난을 일으켰다는 것은 조작입니다. 그 당시 열여섯인 제4대조 할아버지는 사태의 내력을 글로 남기기 위해 고향으로 돌아가지 않습니다. 고향에서는 그런 글을 쓸 수도 없었을 것이고, 설사 썼다 해도 보존될 수 없음을 잘 알았기 때문이지요."

명 교수는 그 말에 취기가 싹 달아났다. 고향에 돌아가서는 진실을 쓸 수 없고, 들어줄 사람도 없으니, 대마도에서 모진 고생을 하면서도 그 사실을 글로 남겼다. 얼마나 사실을 전하고 싶었으면, 얼마나 당한 고통이 원망스러웠으면, 얼마나 세상이 잘못되고 있음을 알았으면, 고향을 거부하고 이 타국에서 그 역사적 진실을 썼을까? 명 교수는 역사를 공부해온 자신의 모습이 초라하게 생각되었다.

"제 할아버지께서 고향에 돌아가 그 사태의 전말을 썼다 해도 누가 그 글을 믿어줄까요? 오히려 관가에서는 할아버지를 잡아들여 거짓말로 백성들을 미혹한다고 누명을 씌웠을 겁니다."

사내는 이제 마음이 가라앉았는지 차근차근 말하기 시작했다.

"역모가 아니었다면, 왜 옥사할 정도로 심하게 문초를 했는가요?"

명 교수는 그 점이 궁금했다.

"당시 제주에는 관리들의 횡포가 극에 달하고 있었습니다. 목사와 판관만이 아니라. 아전들과 이에 동조하는 토착 세력들이 상찬계라는 조직을 만들어 목사와 판관 현감까지 손안에 놓고 마음대로 주무르면서 섬을 온통 저들 세상으로 만들었습니다. 목사와 판관은 그들의 눈치를 보면서 임기 내에 큰 탈 없이 지내기를 바랐으니 서로 공생 관계를 유지했지요. 이러한 상황에서 제5대조께서 뜻있는 사람들을 규합하여 대책을 논의했고, 몇 번이나 조정에 상소를 했으나 소식이 없자, 우선 악질적인 부패 관리들을 처단함으로 상찬계의 횡포를 세상에 알리려 했지요. 그런데 결국 밀고자가 있어서 실패하게 되었는데, 제주 관아에서는 주동자를 조사하는 과정에서 자신들의 비리가 세상에 드러나게 될 것이 두려워 결국 옥사를 시켰고, 엉뚱하게 역모라고 꾸며 조정에 보고했지요."

조작된 역모였다는 것이다. 그런데 제주 사람들도 그 조작된 기록을 믿게 되었다. 명 교수는 그 점이 의아했다. 조작된 사실은 언젠가는 진실이 밝혀지게 마련인데, 그 사건으로 대마도로 유배되었다가 풀리자 고향으로 돌아간 사람도 몇이 있었는데, 그렇다면 그 조작이 탄로가 날 만도 한데, 그렇지 않고 오늘까지도 양제해 난은 탐라국 재건을 도모한 역모라고 이해하고 있다니 이상했다. 제주 사람들이 그 조작을 즐겁게 받아들인 이유가 무엇일까? 관가의 기록이기 때문인가. 생각할수록 이해되지 않았다.

사내는 집안 대대로 전해오는 그 조상의 기록에 대해 많은 이야기를 했다. 머슴살이를 하면서 돈을 모았고, 자립하게 되자 낮에는 일을 하고 한밤에 일어나 먹을 갈고 붓을 들어 사건의 진상을 소상하게 썼다. 어떤 밤에는 겨우 반 장도 못 채울 때가 있었다.

"고조부님은 난을 주도했다는 선친, 제게는 5대조되시는 그 어른의 인품이며, 집안 내력과 일상적인 생활, 교유 관계 등을 구체적으로 기록했고, 일을 도모하는 준비 과정과 함께 참여했던 사람들과의 관계를 기록해놓았습니다. 그리고 고향에 대한 그리움 때문인지 제주의 산천과 풍속도 기록해두었습니다."

사내는 그 기록물의 내용을 차근차근 말했다.

"당신이 2백 년 전 이야기를 그렇게 자세히 말할 수 있겠소?"

명 교수의 물음에 사내의 표정이 굳어졌다.

"우리 집안 식구들은 대대로 그 할아버지 이야기를 전해 들으면서 살아왔어요. 4대조 할아버지는 추석과 설날 때마다 식구들 앞에서 쓰신 글을 읽어주시면서, 거기에 덧붙여 고향에서 그 사건을 일으키게 된 사연을 설명하셨어요. 매년 그렇게 하셨고, 돌아가신 후에는 그 큰아드님이 선친의 이야기를 대신하셨고, 이렇게 대대로 계속하셨어요. 그러니 그 이야기는 어제 일처럼 우리가 기억하게 되었지요."

5대조 할아버지가 그 아들에게 전한 것을, 그 아들이 바로 그 사건을 정리한 당사자처럼 전했다. 그래서 그 자손들은 오히려 이야기를 전해 내려올수록 자신이 그 사건의 기록자처럼 말하면서 더 사실적으로 전하게 되었다.

"저는 그 사내의 말을 들으면서 양제해의 막내아들이 부친의 진실, 아니 역사적인 진실을 세상에 전하려는 그 치열함에 가슴이 떨렸습니다. 그리고 한편으로 부끄럽기도 했습니다. 역사를 연구한다는 제가 과연 역사적 진실을 전하는데 그들만큼 치열했는지 말입니다."

명 교수의 말에 나도 그렇게 생각하고 있었다.

사람들은 사실보다는 명분을 소중하게 생각한다. 부패한 관리에 대한 응징은 상식 수준의 행동이지만, 잊어버렸던 탐라국 재건은 혁명적이다. 변방으로 홀대를 받아온 제주 사람들에게 오히려 그 언어가 진실처럼 믿을 수 있었다. 그런데 사실 그것은 조작이었다. 고향에서는 조작된 이 언어를 믿고 싶어서 믿고 있는데, 대마도에서는 그 언어의 허위를 전하기 위해 온 집안이 대대로 애를 썼다. 이러한 엇갈린 두 사실 속에서 역사는 진전되어왔다. 나는 문득 역사 공부가 부질없는 일이었다고 생각되었다.

밤이 깊었다. 사내는 명 교수의 손을 꼭 붙잡고 눈을 맞추면서 이 자료를 당신에게 넘겨줄 테니 꼭 세상에 전해달라고 간곡하게 부탁했다. 그날 밤 그 사내의 그 절절한 목소리와 투명한 눈빛이 지금도 명 교수 눈앞에 그대로 남아 있다.

"그 사내를 생각하면 평생 역사를 연구하여 그것을 팔아먹고 살아가는 제 처지가 한심했습니다. 역사적 진실을 전하려는 그들의 치열성은 따라갈 수가 없고, 겨우 역사적 진실을 소재로 소비자의 구미에 맞는 거리를 만들며 살아온 처지에 역사학자라고 했으니 말입니다."

명 교수는 말이 많아지기 시작했다. 많이 마셨는데 그 이야기 때문에 누구도 취하지 않았다.

"저는 취한 김에 하는 말이 아닙니다. 제가 한심해서 그렇습니다."

순간 그의 취중진담이 비수가 되어 내 가슴에 스쳐 지나갔다.

"내가 한심하다는 건가?"

이렇게 반문을 하려다가 말을 삼켜버렸다. 그래도 아직까지는 내 스스로를 한심한 역사학자라고 남에게 내놓고 말할 지경은 아니다. 그것은 최악의 언어이기 때문이다.

"그런데 그 자료라는 것을 받았나?"

나는 분위기를 반전시키기 위해 그 자료 이야기를 꺼내었다. 지금까지 말을 많이 하면서도 자료를 보이지 않았다. 사실 내게는 한국인 후손의 이야기보다는 자료가 중요하였다.

"너무 뜸을 들여서 죄송합니다. 그 사내가 들려주었던 그대로입니다. 그는 역사학자에게만 전해줄 수 있다고 했으니, 저도 스승님께 전하는 것이 순서가 아니겠습니까?"

그는 말이 헷갈리기 시작했다.

"선생님, 이제 저는 그 사내의 이야기를 선생님께 전했으니, 앞으로는 선생님이 전할 차례입니다. 제가 자료를 드릴 테니까요."

나는 그 말을 이번 강연에서 전해달라는 투로 들었다.

"선생님, 강연 원고는 다 되었습니까?"

명 교수는 내 의향을 은근히 타진하듯이 물었다.

"자네가 말한 자료를 참고하려고 했어. 그 자료와 관계있을 것 같아서 말인데……"

나는 그 자료를 보고 싶어서 약간 거짓말을 덧붙였다. 원고는 완성되었으나 보내지 않았을 뿐이다. 기한이 사흘가량 남았다.

"댁에 돌아가셔서 보십시오. 아마 선생님의 원고와는 상관이 없을 것입니다. 역적 모의 주동자의 막내아들이 썼다는 글이 역사적 자료로서 가치가 있겠습니까. 역적 모의에 대한 변명 수준이겠지요. 역적 모의도 아니었고 정당했다고. 그리고 그 막내가 참수당하지 않고 유배를 보낸 것을 보면, 사건 깊숙이 가담하지 않았다는 것인데, 그렇다면 쓴 사람이 사건의 내막을 정확하게 알았다고 말할 수 없지요."

명 교수는 중요한 자료라고 다소 흥분되어 전화로 말하던 때와는 달리 말했다. 그러나 그 문제를 따질 수도 없었다.

　"이제 생각해보니, 제가 전화로 약간 흥분해서 말씀드렸는데, 다 부질없는 짓이었습니다. 새로운 것을 찾아낸 것에 대한 호기심이 작용했을 겁니다. 생각해보니, 그 자료라는 것이 별것이 아니라고 판단되었습니다."

　명 교수는 말을 끝내고서 어색하게 웃었다. 그럴 수도 있겠지. 어쩌면 여행을 같이하지 못한 내 부담을 덜어주려고 자료를 과장되게 말했는지도 모른다. 그런데 내 마음에는 뭔가 아쉬움 같은 것이 있었다. 사태의 진실을 세상에 전하기 위해 귀향을 포기하고, 고행하듯이 그 진실을 기록했던 그의 마음을 누가 알 수 있을까? 자신에 대한 물음이 계속되었다. 대마도의 해풍을 맞으면서 원한이 서린 고향 제주를 바라보면서, 옥사당한 아버지와 그 동료들의 억울한 죽음을 생각하면서, 세상이 아버지의 일을 모두가 역모로 생각하는 이 억울함을 참아가면서, 먹을 갈고 서툰 붓을 들어 한글로 한 자 한 자 써 내려가는 그 사내의 모습이 눈앞에 꽉 들어찼다. 한글로 쓴 이유를 묻는 명 교수의 말에, 한자를 아는 사람들은 이 진실을 믿지 않을 것이다. 한자를 모르는 사람들이 읽으면 그래도 믿어서 입과 입으로 전해질 것이다 생각하면서 언문으로 썼다는 것이다. 그 말에 명 교수는 더 충격을 받았다. 글을 아는 사람은 진실을 외면하고 이해를 따지며 살아간다. 나는 명 교수의 말을 그대로 받아들이기로 했다. 속마음을 드러내지 않고, 태연스럽게 웃었다.

"모처럼 맛있는 저녁을 먹었고 소중한 이야기도 들었고, 그런데 말일세. 아무래도 그 대마도 자료를 내가 한번 봐야 하겠네. 내게 보여줘서는 안 될 정도로 귀한 자료인지도 모르니."

나는 명 교수에게 자료를 끝내 보여주지 않는 자네의 속마음을 안다는 투로 한마디 했다.

그렇게 저녁 식사를 끝내고 헤어졌다.

5

나는 명 교수의 자료에 마음을 쓰지 않고 학술회에서 기조 강연을 마쳤다. 발표회장에는 도지사를 비롯해서 지역 유지들이 많이 참석했다. 지역구 출신 국회의원도 참석했고, 지방 언론사들도 열심히 취재를 했다. 나는 몇몇 기자들과 인터뷰도 했다. 제주 사람들은 내 기조 강연에 상당히 호응해주었다. 그러한 반응을 보면서, 내 발표가 그들이 벗어버릴 수 없는 중심부 콤플렉스를 어느 정도 보상해주었다고 생각되었다.

"제주는 한국에서 가장 선진적 근대의식을 갖고 왕조 정치에 대한 저항을 도모하고 있었습니다. 그것을 잘 성명해주는 것이 탐라국 회복을 꿈꾸었던 양제해 봉기였습니다. 그 정신은 몇 년 후에 외세와 그 세력을 업은 불의에 대한 저항인 신축 항쟁으로 이어졌고, 이 정신이 일제강점기에 다양한 양상으로 잠재해 있으면서 도민의 자주성을 신장하는 민족 교육을 통해서 무르익다가 결국 해방 정국에 4·3항쟁으로 표출되었던 것입니다. 민족통일정부 수립을 열망하던 제주도민들은 미국이 주도하는 패권주의에 종속되어 남한 단독정부 수립을 방관할 수 없어서 분연히 일어나게 되었던 것입니다. 이 저항은 세계 냉전 체제를 민족주의를 통해 극복하려는 운동이었으며, 이승만 독재정부에 대한 정의로운 저항이었습니다. 이제 참여정부의 개혁 정책에 의해서 4·3의 진상이 밝혀졌고, 그것을 근거로 제주도민의 피 맺힌 한이 어느 정도 풀어졌으며, 이 4·3의 정신을 계승하여 세계 평화와 인권 정신이 이 섬에서 온 세계로 뻗어나갈 것입니다. 이제 섬은 뇌옥이 아니라, 세계 어디로라도 거침없이 뻗어나갈 수 있는 중심지가 될 것입니다."

내가 마무리 멘트를 마쳤을 때에 발표회장은 뜨거운 열기로 가득 찼고, 그 열기는 박수 소리로 이어졌다. 너무 박수가 오래 계속되는 바람에 나는 일어나 허리를 굽혀 인사하고, 내게 감사의 눈길을 보내는 얼굴들을 대하면서 순간 감격하고 말았다. 그런데 이상한 일이었다. 내가 사회자의 안내를 받으면서 자리로 돌아와 앉았을 때에 힘이 쭉 빠지면서 머릿속이 하얗게 되었다. 박수 소리는 여전히 귓가에 쟁쟁한데, 내가 무슨 말을 했는지 하나도 기억에 남지 않았다.

"선생님, 수고하셨습니다. 감동적인 말씀을 전해주셔서 도민들에게 큰 격려가 되었습니다."

도지사가 일어나 인사했다. 이 발표회를 주도했던 재단 이사장도 다가와서 고맙다는 인사를 했다. 결국 내 발표는 이들의 구미를 맞추는 데 성공했구나. 순간 나는 허리를 반쯤 일으켜 주위를 휘둘러보았다. 명 교수가 어디에선가 내 발표를 듣고 있는 듯했다.

나는 잠시 쉬고 싶어서 회의장에서 슬그머니 빠져나왔다. 뒤따라 주최 측 인사가 나왔다. 오늘 하루 발표는 계속된다. 쉬고 싶었던 나는 예약된 호텔 방으로 들어왔다. 마침 11시 뉴스가 시작되고 있었다.

총리 후보자는 자진 사퇴를 발표했다. 외조부가 독립군에서 활동했다는 사실이 원호처에서 확인되었다. 그는 이제 '친일파'라는 주홍글씨를 떼어버릴 수 있게 되었으니 후보 사퇴를 해도 된다고 했다.

나는 왠지 허탈했다. 결국 그는 독한 언어의 화살을 맞아서 견딜 수 없었구나. 그러나 그 언어를 즐기는 사람들도 많다. 나도 그중에 한 사람이 아닌가? 내 언어는 많은 사람들을 즐겁게 만들어주었다. 결국 멋진 거짓말인가? 세상 사람들이 다 믿을 수 있는 거짓말, 문득 딸의 말이 떠올랐다.

광대의 언어

1

산 중턱에 바위처럼 앉아 있는 암자 지붕이 보이자 가슴이 설레기 시작했다. 마당으로 들어서자 갑자기 시간이 정지된 것 같은 적막감에 온몸이 떨렸다. 숲을 스쳐 지나가는 바람 소리를 들으면서 벽면 참선하는 스님의 모습이 떠올랐다. 한겨울인데도 선방 창문들은 모두 열려 있었다.

10년 만에 현운(玄雲) 스님과 마주 앉았다. 그의 강렬한 눈총이 섬광처럼 내 얼굴을 스치면서 그간의 여러 일들이 어지럽게 지나갔다. 다시는 이 현운암으로 발길을 돌리지 않으려고 단단히 마음먹었는데, 마음이 독할수록 인연의 끈은 더 실해졌던 것인가?

"무연(無然)이도 이제 암자에 오르기에 힘이 부칠 나이인가?"

현운은 예전과 달리 내 얼굴을 찬찬히 누비듯이 바라보더니 들릴 듯 말 듯하게 웅얼거렸다. 내게 들으라는 말이 아니라, 스스로 무엇을 확인했다는 독백이었다. 오래전에 잊고 있었던 육친의 아버지의 음성이었다. 내 심장이 소리를 내면서 뛰었다.

"소승이 이 암자를 오르내리기를 수백 번 해서 그런지 산 초입에 들어서자 제 몸이 저절로 날 듯했습니다."

나는 온몸에 밴 땀이 싸늘하게 식어가는 감촉을 느끼면서 일부러 호기를 부려 말했다.

"몸에 이상이 있는 거 아닌가? 이제 환갑이 지났지?"

현운은 중얼거리더니 가부좌했던 몸을 일으켜 내 앞으로 가까이 다가앉았다. 그의 눈길이 예사롭지 않았다.

"무연이가 올 줄 알았는지, 며칠 전에 창을 새로 고쳤네."

그는 일어나 열린 창문을 닫았다. 원래 이 방은 3면 벽에 창문이 없었다. 그런데 스님은 한두 해에 한 번씩 창문을 새로 만들었다. 처음에는 벽의 3분지 2 정도 크기로, 그다음에는 3분지 1 정도로, 맨 마지막에는 사람의 얼굴만큼 창문을 내었다. 그러고 나서 두어 해 후에는 창문을 원상태로 완전히 폐쇄하였다. 창문의 크기에 따라 바라보는 자의 사유를 가늠하려는 것이었을까? 현운은 몇 년 동안 이렇게 창문을 고쳐 달면서 창의 크기에 따라 세상을 바라보는 눈이 달라지는 것을 알게 되었다고 말한 적이 있다. 그때에 나는 그의 말을 제대로 듣지 못했다.

현운은 벽장에서 솜바지 저고리와 외투를 겸하는 솜을 넣어 만든 장삼을 내놓으면서 입으라고 권했다.

"속세에 나가 살다가 산에 들어오면 추위에 견디기 어렵지. 옛 스승을 만나러 왔다가 감기라도 걸렸다는 소문이 나면 나는 어찌 되겠는가?"

어서 옷을 갈아입으라고 손짓했다.

"방에 불을 땔까?"

현운은 옆방에서 옷을 갈아입고 나온 나를 물끄러미 바라보면서 빙긋이 웃었다. 방이 춥다고 불을 때겠다니? 처음 듣는 말이다.

옷을 갈아입으니 한결 추위가 덜했다.

"스님, 제가 수도승이 되겠다고 이 암자를 찾아왔을 때, 저를 거두지 않으셨던 이유를 요즈음에야 알 것 같습니다. 그 마음을 아는 데 30년이 걸렸습니다."

현운의 얼굴에 미세한 경련이 스쳐 지나갔다.

"30년? 무연이 내 마음을 알게 되었다고?"

현운은 의아한 눈길로 나를 찬찬히 바라보았다. 나에게는 모질고 엄하였던 현운이었는데 오늘은 특별하다. 잊어버렸던 아버지 모습이다. 스승이 아버지로 돌아오는 것인가?

2

계를 받고 2년 동안 불경을 공부하다가 수도승이 되겠다고 이 암자를 찾아왔다. 50줄에 들어선 돌부처 같은 현운은 나를 흘끔 쳐다보고는 내려가라고 손사래를 쳤다.

나는 스님의 말을 무시하고 마루 건너에 있는 빈방으로 들어가 바랑을 풀고 눌러앉을 준비를 했다. 오기가 생겼던가? 나를 무시하는 스님의 처사도 불쾌했으나, 수도승의 길이 무엇이기에 나를 거부하는지 호기심도 생겼다.

그날 저녁 삶은 감자 몇 개를 소금에 찍어 저녁을 때우고 나서였다. 현운은 나를 밖으로 불러내었다. 이미 산속은 어둠에 잠겨 있었다. 마당에 잠시 서 있으니, 별빛을 받아 산세와 숲이 그림자처럼 제 모습을 드러내었다. 초가을로 접어든 때라 냉기가 온몸에 착 달라붙었다.

현운이 앞장서 산을 오르기 시작했다. 달도 뜨지 않았는데 그는 거침없이 걸음이 빨랐다. 숨이 찼다. 그래도 입술을 깨물면서 숨소리를 죽여 그의 뒤를 따랐다. 갓 서른인 내가 쉰이 넘어선 현운을 따르기에 힘이 부치다니 부끄러웠다. 그때부터 오기가 발동했다. 얼마쯤 가다가 현운은 옆으로 비껴 들어갔다. 달이 뜨면서 산세가 차츰 드러났다. 우리가 달려왔던 능선의 양쪽은 깊은 낭떠러지였다.

"저기 보이지?"

그는 이슬이 내려 반짝이는 두 개의 큰 너럭바위를 가리켰다.

"저 바위에 앉아서 오늘 밤을 지내도록 해. 졸면 저 낭떠러지로 떨어지게 되었으니 이 밤에 도를 터득하게 될 거야. 나도 자네와 함께 밤을 새우겠어."

그는 먼저 바위에 올라가 가부좌하고 앉았다.

그날 밤 우리는 밤을 꼬박 새웠다. 그런데 이상하게 춥지 않았다. 내 온몸에서는 열기가 피어올랐다. 이마에는 땀이 배었고, 얼굴도 발갛게 달아올랐다.

해가 뜨자 암자로 돌아왔다. 현운은 내가 방 안으로 들어가려 하자, 물이 떨어졌으니 어디 가서 물을 구해 오라고 했다. 나는 군용 플라스틱 통을 두 개 지고 산을 내려갔다. 걸음걸이가 휘청거렸다. 냇물을 찾아 두 통에 물을 길어 짊어지고 올라왔다. 그런데 이번에는 땔감을 해 오라고 했다. 삭정이를 한 짐 하고 돌아오니 이미 낮이었다. 쌀이 떨어졌으니, 절에 가서 쌀을 마련해 오라고 했다. 혼자서는 굶어도 되는데, 자네가 왔으니, 쌀이 있어야 한다는 것이다. 졸음기와 배고픔과 피로가 몰려와서 정신이 몽롱했다. 산을 내려가는 발걸음이 자꾸 비틀거렸다.

쌀을 구해 짊어지고 암자로 돌아와 밥을 지으니 저녁이었다. 반찬이 없었다.

"자네는 먹는 데는 숙맥이군. 쌀을 구해 오라면, 반찬거리도 마련해 와야지. 그렇게 먹는 일에 관심이 없으면 수도승으로는 타고났군."

스님은 소금을 한 줌 접시에 담아 내놓았다. 소금 반찬은 생전 처음이었지만 저녁은 맛있었다.

저녁 후에 잠에 떨어졌다. 세상에 태어나서 그런 단잠은 처음이었다.

밤이슬에 말갛게 씻긴 봉우리들이 아침 햇살을 받고 뚜렷이 나타났다. 나는 처음 보는 산세에 취하여 어젯밤 일을 잊은 채 산에 머무르게 된 것이 잘한 일이라고 생각하고 있었다.

"입산수도한다는 말의 뜻을 아는가?"

현운은 아침 산의 신묘한 자태에 정신을 팔고 있는 내게 물었다. 나는 너무 의외의 질문에 그의 얼굴을 멍청히 쳐다보기만 했다. 어젯밤 그 바위같이 완강하고 산처럼 두렵게 생각되었던 스님의 모습과는 전혀 달라서 어리둥절했다.

"왜 도를 닦기 위해 하필 입산해야 되느냐는 말이다."

나는 그 문제에 대해서 별로 생각해두지 않았다. 도를 닦기 위해서는 산속으로 들어가야 하는 줄만 알았다.

"세속을 떠난다면 갈 곳이 어디인가. 바다와 산밖에 없지. 바다로 들어갈 수 없으니까 산으로 들어오는 것인데, 산이 바로 자연이지. 자연에서 자연처럼 사는 것이 탈속이야. 자연처럼 산다는 것은 자연이 되는 거야. 그런데 그렇게 되는 것이 쉽지 않아. 인간은 자연처럼 살기를 거부하고 욕망을 좇아 살기로 작정했는데, 다시 자연으로 돌아가기는 어렵지. 그렇게 하려면 우선 욕심부터 버려야 하는데 그게 어려워. 더구나 그동안 세상에서 편안하게 살기 위해 자연에서 살아가는 데 필요한 힘을 다 내던져버렸거든. 여기에서 도를 닦는다고 했으니, 산에서 살아가는 방법을 배워야 하는데, 그것은 훈련을 해야 가능해. 그리고 자연을 알아야 하고, 그래야 자연과 더불어 함께 살아갈 수 있지."

현운은 이 산에 딸린 여러 봉우리들과 그 산세를 설명해주었다. 산의 기후와 서식하고 있는 수종과 그 특징, 새와 짐승들, 명승지, 이곳에서 살아가기 위해 필요한 내용들을 자세히 알려주었다.

같이 산에 다닐 때에는 먹을 수 있는 풀과 먹어서는 안 될 풀을 골라주었다. 직접 찾아보도록 했다.

"사노라면 다 알게 되겠지만, 우선 조금씩 배워둘 필요가 있어. 이제 곧 겨울을 지내기 위해 준비를 해야 해. 수도승이라도 벽만 바라보면서 수도하는 것이 아니지. 절에서 마련해주는 음식을 먹으면서 생활한다면 산도 자연도 알 수 없고 그러면 자연과 하나 될 수 없어."

암자 생활에서 시간 여유를 주지 않았다. 쉬지 않고 일하도록 했다. 일이 없으면 산 정상을 오르내리기도 반복했다. 한 달이 지나면서부터 이틀에 하루는 불경을 공부했다. 그날 읽은 것은 다 외웠다. 저녁에 불을 켜지 않고 낮에 읽은 경전을 외웠다.

겨울이 다가오는데 현운은 벽을 허물어 창문 내는 공사를 시작했다. 월정사에서 자재와 사람이 왔다. 그러나 자재만 받고 사람은 돌려보냈다. 현운은 나와 같이 공사를 직접 했다. 벽의 3분지 2 정도 크기로 창을 내고 창문을 달았다. 공사를 마치자 현운은 창문을 활짝 열어젖히고 하루 종일 가부좌하고 바깥 풍경을 내다보았다.

겨울 준비를 시작했다. 땔감을 마련해서 암자 뒤에 쌓아두었다. 절로 내려가서 한겨울 식량을 마련해 왔다. 겨울옷으로 솜을 넣어 만든 승복을 내주었다.

"산짐승도 겨울 준비를 하기 위해 가죽을 튼튼히 하듯, 사람도 그래야 한다. 그렇다고 군불을 때어서 겨울 추위를 이길 생각은 하지 말라."

현운은 겨우살이에 대해서 몇 가지를 지시해주었다. 낮에는 창을 모두 열어서 밖을 환히 내다보면서 산과 더불어 지낸다. 밤에는 창을 닫는다. 겨울 추위를 이길 만한 침구를 마련했지만, 웬만해서는 아궁이에 불은 때지 않는다. 밥을 짓게 되면 그 불길로 온돌이 따습게 됨으로 온기가 충분하다고 했다. 그래도 추우면 몸에서 열이 나도록 일을 했다. 추운 날에 현운은 나를 데리고 매운 바람이 부는 산을 여러 번 오르내렸다.

1년이 지나자 창문 크기를 벽의 3분지 1로 줄이는 공사를 했다.
그는 방 한가운데 가부좌하여 예전보다 작아진 창문을 통해
바깥세상을 내다보았다. 매일매일 바라보는 그 산세와 하늘과
그 하늘을 휘젓고 다니는 구름과 바람과 햇살을 보았다. 창문
의 크기를 줄이는가 물어보고 싶었으나 참았다. 다시 2년이 지
나자 겨우 사람 얼굴만 한 크기로 창문을 바꿨다.

암자로 와서 5년이 되는 해에 현운은 3면 벽의 창문을 원상
태로 없앴다. 그리고 나를 불러 옆에 앉혔다.

"무엇이 보이느냐?"

스님은 눈을 감은 채 마치 무슨 은밀한 약속을 하는 것처럼
물었다.

"아무것도 안 보입니다."

나는 사실대로 말했다.

"아무것도 안 보인단 말이냐?"

"예, 아무것도 안 보입니다."

"너는 눈 뜬 맹인이구나. 내 눈에는 창문이 열렸을 때보다 바
깥이 더 자세하게 보이는데. 대낮처럼 보일 때까지 그렇게 앉
아 기다려라."

나는 저녁이 되도록 그렇게 앉아서 무엇이 보이기를 기다렸

다. 그러나 아무것도 보이지 않았다.

"아직도 안 보이느냐?"

밖이 어둑어둑했을 때 현운이 물었다.

"예, 아무것도 안 보입니다."

"되었다. 이제 너는 도를 깨쳤으니 산을 내려가도 좋다. 어서 하산할 준비를 해라."

그 소리가 엄청나게 크게 들렸다. 나는 혼란스러웠다. 아무것도 보이지 않는데 도를 깨쳤다니 믿기지 않았다.

"세상에 내려가서도 공부를 게을리하지 말라. 수행으로 도에 다가갈 수 있겠지만 공부하면서도 도를 깨칠 수 있느니라."

그는 여전히 가부좌한 채로 내 하직 인사를 받으면서 덕담을 해주었다.

산을 내려오면서, 현운이 찾는 도가 무엇인가 생각하다가, 문득 내가 도를 닦을 만한 재목이 되지 못한다는 사실을 깨달았다.

3

하산해서 10년 만에 다시 현운암을 찾았다. 현운은 3면 벽으로 둘러싸인 그 방에서 가부좌한 채 나를 맞았다.

내가 합장배례를 하고 고개를 쳐들었을 때에도 현운은 눈길 한번 주지 않았다.

"소승 그동안 문안도 자주 올리지 못했습니다."

나는 그동안 출간했던 책 몇 종을 바랑에서 꺼내 스님 앞에 내놓았다.

"그동안 지내온 일을 스승께 알려드리는 것이 도리라 생각하고 이 졸저를 드립니다."

긴장한 탓에 말을 더듬거렸다.

"지금 여기 앉으니 바깥이 보이느냐?"

현운의 목소리가 잠꼬대처럼 들렸다. 나는 스님이 내 인사를 받아주지 않는 것에 대해서만 마음을 썼다. 바깥에 대해서는 생각을 전혀 하지 않았다.

"무연은 그동안 넓은 세상을 돌아다니면서 많은 것을 보았겠구나. 무엇을 보았던고?"

나는 얼른 대답하지 못했다. 너무 많은 것을 보았기 때문이다.

"세상 사람들을 보았습니다."

준비하지 않았던 말이 불쑥 튀어나왔다.

"사람들의 거친 욕망을 보았습니다."

나는 곧이어 보충해서 말했다.

"그러면 무연도 그 욕망을 배웠겠군. 보면 배우게 마련이니까."

나는 갑자기 부끄러워 현운을 바로 쳐다볼 수 없었다. 입술이 바싹 말랐다. 벽면 수행을 하는 이유를 조금은 알 것 같았다. 아무것도 보지 않는 훈련으로 비로소 눈으로 볼 수 없는 것을 볼 수 있겠구나. 그런 깨달음을 말하려고 스님을 쳐다보았다.

"책은 두고 어서 내려가게. 그동안 자네가 하는 일들을 듣고 있었네. 중이 승복을 입고 머리를 깎고 살아가는 것은 사파 세상에서도 중들이 할 일이 따로 있기 때문이야. 중생을 구하는 데도 세상의 방법과는 다르게 하라고 머리를 깎고 승복을 입는 거야."

현운의 목소리가 칼날처럼 날카로웠다. 나는 심한 모멸감에 몸 둘 바를 몰랐다. 벌떡 일어나 뛰쳐나오려고 하다가 순간 이 고집스러운 스님과 대결하고 싶어졌다.

"모처럼 스승님을 뵙고자 산길을 왔으니 미련한 제자에게 한 말씀만 가르쳐주십시오."

가르쳐달라는 청이 아니라, 한번 논쟁을 붙자는 것이었다.

"가르쳐달라고? 나는 세상에 대해 무식하네. 어찌 자네에게 세상 도를 가르칠 수 있겠나?"

현운은 나를 외면한 채 중얼거렸다. 그 말이 탄식처럼 들렸다.

"세상 지식이 아니라, 도를 가르쳐주십시오."

"지금 도라고 말했던가? 도는 가르치는 것이 아니라 스스로 터득하는 것이네. 그동안 세상 공부를 하느라고 여기에서 터득

한 것을 다 잊었구먼."

현운은 책망을 야유로 대신하였다. 그의 말소리 여운이 귀에서 사라지자 숲을 지나쳐가는 바람 소리가 들렸다.

"그러면 스스로 깨닫는 도란 무엇인데 그것을 찾습니까?"

"알고 싶은가?"

"예."

"도는 닦은 자만이 알 수 있네. 물음에 대한 대답은 묻는 자만이 할 수 있어. 왜냐면 도는 정해진 모양으로 나타나는 것이 아니니까."

그의 목소리에 점점 힘이 실렸다. 전혀 다른 음성으로 들렸다.

"자네는 도에 대한 간절함이 없어. 세상에서 박수를 받고 살아왔으니, 새삼스럽게 무슨 도가 필요해? 어서 내려가게. 자네를 기다리는 많은 사람들이 있네. 내 앞에서 옹색하게 앉아 있지 말고. 나와 말놀이를 해도 자네가 이길 수 없어."

그 말이 내 가슴에 비수로 꽂혔다.

"내가 한마디만 더 하지. 무연은 사람들에게 세상의 도를 말하지 않았나? 그것이면 자네 분수에는 충분해. 달리 도를 찾으려 하지 말게."

그 말에 화가 치밀었다.

"한겨울 냉방에서 추위와 싸우면서 지내는 것이 도를 닦는 일과 상관이 있습니까?"

나도 야유를 던졌다.

"추위를 견뎌봐야 자연을 알아. 사람의 살가죽이 왜 엷게 되었는지. 산비둘기와 너구리의 지혜를 알게 되고, 추위와 더위의 자연 이치를 알게 되고, 자연과 사람의 관계를 알게 되지. 관념이 아니고 실체야. 세상에는 도를 몰라도 착하게 사는 사람들이 많지. 참 도는 착하게 살기 위해서 깨치는 수준은 아니야."

나는 그래도 물러서지 않았다. 오기였다. 세 시간을 버티면서 논쟁을 벌이다가 산을 내려가기로 작정했다. 그래도 세 시간 동안 내 말에 대답해준 현운이 고마웠다.

"날이 어두웠는데 어서 가보게. 다시는 이런 걸음 하지 말게. 무연은 불도를 닦는 중이 아니라, 세상 도를 가르치는 중으로 살아가게."

암자 마당에서 화를 진정시키려고 한참이나 서 있었다. 그런데 차츰 현운에 대한 감정이 풀리면서 그를 다시 생각하게 되었다. 세상 도를 가르치는 중으로 살아가라고? 그는 나를 제자로 생각하고 있구나. 세상에서는 누구도 내 말의 잘잘못을 말해주지 않았다. 내 말은 위대한 잠언이었고, 삶의 지혜를 안내하는 보석과 같은 언어였다. 그런데 현운 앞에서는 고등학생의 인생론처럼 들렸을 것이다. 그래서 내가 갈 바를 정확하게 말해주었다. 현운과는 질긴 인연이구나. 그에 대한 섭섭함이 더

할수록 그를 외면하면 할수록 그로부터 떠날 수 없는 그 질긴 끈을 사람으로서는 알 길이 없다. 그의 모욕적인 충고가 그 끈을 더욱 질기게 만들어줄 것이라는 예감이 들었다.

밤길은 불편했다. 예전 같았으면 눈을 감고서라도 뛰면서 내려갔을 길이다.

대학을 자퇴하고 몇 년 할 일 없이 세상사를 고민하다가 절을 찾았다. 석 달 동안 잔심부름을 하면서 절 분위기를 익히고 나서 출가를 결심하였을 때 현운은 고개를 저었다. 그때 그는 월정사에서 교육을 맡고 있었다.

"세상으로 내려가게. 자네는 세상 공부를 할 사람이지 불도를 닦을 사람은 아니야."

나를 무시하는 투의 말에 화가 치밀었다. 내 불만스러운 반응에 그는 미소로 답했다.

"자네 가슴에 쌓여 있는 분노를 풀 곳은 절이 아니야. 그 분노가 세상을 향한 것이라면 세상에서 풀어야지."

나를 달래는 말이 내 마음을 사로잡았다. 그래도 물러서지 않았다. 버티다가 그는 나를 받아주었다. 다행스럽게도 그가 걱정했던 그 분노는 나도 모르는 사이에 열정으로 바뀌어졌다. 내가 계를 받던 그해에 현운은 자청하여 더 깊은 산속으로 들어가 암자를 짓고 수행하기 시작했다. 나도 그를 따라 수행하고 싶은 욕심이 생겼다. 기회를 노리다가 3년이 지나서 암자로 찾아갔다. 그때에도 그는 받아주질 않으려 했다. 그러나 나는 그와 대결하듯이 5년을 버티었다. 그리고 현운과 또 다른 대결을 위해서 세상으로 나왔다가 10년 만에 찾아간 것이다. 세상에서 살아왔던 나를 보임으로 그의 벽면 수행의 덧없음을 은근히 말하려고 했던 것이다. 아마 그는 내 그런 의도를 알아차리고 나를 내몰았을 것이다. 그렇게 생각하자 마음이 넓어지면서 밤길도 수월해졌다.

나는 10년 전 암자를 떠나온 이후부터 현운의 그늘에서 벗어나려고 노력했다. 그래도 현운은 세상에 나가서도 글을 읽어 도를 깨치라고 했으니, 책을 읽겠다고 다짐했다. 청운사에 방을 하나 마련하여 책을 읽기 시작했다. 불경은 10여 년을 읽었으니 이제는 세상의 책을 본격적으로 읽고 싶었다.

책에 묻혀 살던 어느 초여름 저녁이었다. 대웅전 뒤뜰을 거니는데 고등학교 동창을 만났다. 그는 경찰에 쫓기는 처지로 이 절에 숨어 지낸다고 했다. 꽤 공부도 잘했고 집안도 넉넉해서 좋은 대학에 진학했다. 지금쯤 세상을 즐기며 살아갈 처지인데 숨어 지내고 있다니 한심스러웠다.

"총칼로 정권을 잡은 놈들이 어서 속히 이 땅에서 사라져야 하는데⋯⋯"

자판기 커피를 마시면서 그는 자신의 정체를 드러내었다. 재야에서는 알아주는 투사였다. 우리는 그날 밤 오래도록 이야기를 나누었다. 그는 방에 가득 쌓여 있는 책들을 보더니,

"중도 세상 책을 읽나? 세상 글이 지겨워서 중이 되는데, 넌 가짜 중이구나. 혹시?"

그는 내가 중의 신분으로 은밀하게 활동하는 투사로 생각했던 모양이다.

그날 친구를 만난 것이 인연이 되어 민주화운동 멤버가 되었다. 책을 많이 읽고 힘도 쓸 줄 알고, 고집도 남에게 뒤지지 않고, 더구나 '스님'이라는 신분이 그들의 좋은 동지가 될 수 있었다. 그들과 어울리면서 몇 년 동안 나는 술 취한 사람처럼 흥이 나고 즐거웠다.

산사에는 많은 사람들이 모여 있었다. 일반인들을 위하여 휴식 공간으로 만들어놓은 넓은 홀에는 기자들도 있었다. 그들은 내가 산속으로 들어가면서 마지막 말을 남긴다는 거짓 소문을 듣고 몰려온 것이다. 그런데 와 보니 벌써 입산했다는 말에 낙심하고 있었다. 그래도 혹시 기다리는 사람들을 위해서 한 번쯤 얼굴을 내밀고 소중한 말을 들려줄 것이라고 기대하고 기다렸다고 했다. 내가 나타나자 그들은 마치 부처님이 도와주신 것처럼 합장하면서 환호했다.

"스님이 다시 입산하신다는 소문이 떠돌던데, 무슨 신상에 그럴 만한 일이라도 있었습니까?"

한 방송 기자가 마이크를 들이밀면서 물었다.

"제가 여러분을 놔두고 어디로 가겠습니까? 오랜만에 제 스승이신 현운 스님을 뵙고 인사드리고 내려왔습니다. 저보고 도를 닦는 중으로서는 자격이 미달이니 도를 가르치는 중이 되라고 하시던데요."

나는 현운의 야유를 이들에게 되돌려주었다.

"거 듣던 중 반가운 말씀인데요. 수도승이 되지는 못한다니 이제 입산을 하지 않으시겠네요. 열심히 중생을 위해 도를 가르치실 것을 믿고 저희는 안심하겠습니다."

기자의 그 말에 박수가 터져 나왔다.

"여러분, 저를 특별하게 생각하지 마세요. 저는 제 스승 앞에서는 어린아이 취급을 받습니다. 이번에 뵙고서는 호되게 꾸중을 듣고 내려왔어요. 얼마나 저를 못마땅하게 생각하셨으면 하룻밤 머물지도 못하게 하고 이 한밤중에 내려 보내겠습니까?"

나는 되도록 내 모습을 낮추려 하면서 그들과 가까워질 수 있는 말을 생각했다.

"그것은 무연 스님께서 스승님보다는 저희를 더 좋아하시기 때문입니다."

팬클럽 회원의 한마디에 다시 박수가 터져 나왔다. 이들은 내가 무슨 말을 해도 즐겁게 들어준다. 그래서 나는 행복하다. 그리고 보니 내가 하는 말이 정말 도가 되는 것 같다.

"무연은 도를 닦는 중은 못 되겠지만 도를 가르치는 중은 될 수 있어."

제자에게 내려준 호의적인 충고라고 생각하면서도, 목에 걸린 가시처럼 편치 못했는데, 이렇게 나를 반갑게 맞아주니 마음이 풀리고 힘이 솟았다. 그때 문득 그 창문이 생각났다. 큰 창문이 차츰 작아지다가 완전히 폐쇄되었다. 그리고 그 사면 벽 안에서 세상을 보니 더 환히 보인다. 현운의 역설이 떠올랐다. 이것이구나.

"스승님을 뵙고 크게 깨달은 바가 있어 여러분께 전하려고 합니다."

현운이 창문의 크기에 따라 세상을 달리 보다가 결국 창문을 폐쇄하고 사면 벽 안에서 세상을 보면서 수행한다는 말을 전했다.

"그런데 제가 하산하기 직전까지 스승님은 그 사면 벽 안에 저를 앉혀두고는 제게 세상이 보이느냐고 물으셨습니다. 몇 시간이고 그렇게 앉아서 그 우람한 산과 한없이 자유스럽게 펼쳐진 자연을 보려고 노력했지만 제 눈에는 아무것도 들어오지 않았습니다. 그렇다고 중이 거짓말은 할 수 없어서 '안 보입니다'라고 했더니, '내려가라'는 겁니다. 그런데 이제 여러분 앞에

서서 생각하니, 이제 보입니다. 여기 이렇게 좋은 분위기에서 여러분의 그 초롱초롱한 눈빛을 보니, 그 어둑한 승방에서보다 더 환히 세상이 보입니다. 그러고 보니, 저는 수도승이 되기보다는 여러분과 함께 속세에서 노는 중으로 만족해야 할 것 같습니다."

나는 자조적으로 말하면서, 한편으로는 은근히 벽면 수도를 하는 현운을 야유하는 마음도 덧붙였다. 지금은 세상을 바꿀 수 있는 강렬한 언어가 필요한 때이다. 말이 숨어버리고, 진실이 달아나버린 때에 사면 벽을 바라보면서 무슨 도를 찾는단 말인가? 총칼 앞에서 당당히 설법할 수 있어야, 그것이 살아 있는 도가 아닌가? 그런 생각이 들었던 것이다.

다시 박수가 터져 나왔다.

"그런데 막혀 있는 방에서는 열려 있는 방에서 볼 수 없는 세상을 볼 수 있다는 스승님의 말씀도 옳습니다. 그것은 도를 찾아가는 분에게만 보일 수 있는 세계입니다. 여러분, 눈에 보이는 것만이 전부는 아닙니다. 여러분 마음에 진리의 언어, 진실의 언어, 옳음에 대한 갈구의 언어가 차곡차곡 쌓여 있지 않습니까? 그것을 누가 막겠습니까? 막을수록 마치 벽면하고 있으면서 세상을 더 잘 보이는 제 스승의 경지처럼, 막을수록 더 커지고, 더 뜨거워지고, 더 절실해지는 언어가 여러분의 마음에 가득 차 있지 않습니까?"

장내가 조용해졌다. 여기저기서 카메라 불빛이 터졌다. 모든 얼굴에 홍조가 번져갔다.

내가 너무 흥분했던가? 온몸이 뜨거워지면서 무겁게 내려앉았다. 그 험한 눈 쌓인 산길을 오르내렸고, 모여 있는 사람들 분위기에 짓눌려 뜨거운 언어를 토해냈으니, 기운이 빠질 만도 했다.

"오늘은 이만 여러분과 헤어져야 하겠습니다. 제가 좀 무리했나 봅니다. 속승이 되고 보니까, 몸이 너무 허약해져서 여러분께는 미안합니다."

나는 절 경내에 있는 숙소로 들어가면서 현운으로부터 완전히 벗어난 것처럼 홀가분했다. 하산하길 참 잘했다고 생각되었다.

4

〈진리와 행복을 나누는 모임〉을 만든 지 불과 두 해가 못 되어서 엄청난 기금이 모아졌다. 세상에서는 그래도 중을 믿었다. 딸린 자식이 없고, 주위를 감도는 여자가 없고, 처가도 없고, 사돈도 없을 것이니 마음 놓고 돈을 맡길 수 있다고 생각했는지 모른다. 더구나 내 책을 출간한 출판사에서는 앞으로 출간을 독점하기 위해 많은 돈을 내놓겠다고 약속했다.

그날 스승을 만나러 갔다가 쫓겨났던 그 밤이 내 인생에서는 또 다른 전환의 계기가 되었다. 내 하산을 기다리는 사람들과 이야기를 마치고 숙소로 돌아왔는데, 비서 겸 재무담당인 김 보살이 한 여인을 데리고 들어왔다. 60이 넘은 여인은 내게 좋을 일을 하는 데 쓰도록 아무런 조건 없이 많은 돈을 시주하겠다고 제안했다. 현금만이 아니라, 서울 근교에 있는 부동산도 내놓겠다고 했다. 나는 그 제안을 정중하게 거절했다. 내가 재물에 관심을 갖게 된다면 지금까지 사람들에게 욕심을 버리라고 말했던 그 많은 언어들이 거짓이 된다.

그런데 결국 그 돈을 거절하지 못했다. 돈이 모이고 있다는 소문이 퍼지면서 거액을 들고 찾아오는 사람들이 많아졌다. 나는 더 열심히 사람들이 모이는 곳을 찾아가 그들이 듣기 좋아하는 말을 쏟아놓았다. 나를 믿고 따르는 사람들이 많으니 두려울 것이 없었다. 나를 짓눌렀던 현운의 존재도 차츰 엷어져갔다. 책도 많이 팔렸다. 그런데 어느 날 문득, 내 언어의 실상을 생각하게 되었다. 특별한 언어가 아니다. 사람들은 어렵지 않아서 좋고, 들으면 마음이 편해서 좋다고 했다. 내가 쓴 책에는 세상의 참 지혜가 담겨 있다고 했다. 그렇게 사람들이 내 말을 믿는 이유가 무엇인가? 혹시 내가 승려이기 때문인가? 민주화운동에 앞장서고 있는 사람의 말이라서 그런가? 그렇다면 결국 '승려'와 '민주화운동'을 팔고 다니는 것이 아닌가.

내가 만든 그 모임에 엄청난 부가 쌓이고 있다는 말이 공공연히 나돌았다. 어떤 친구 승려는, '자네가 종단을 하나 만들어도 괜찮을 거야. 그때 나를 재무담당을 시켜주게.' 웃으면서 한 말이지만 듣고 보니 뒷맛이 안 좋았다.

매일 돈이 들어왔다. 일주일에 한 번 재무담당으로부터 들어온 돈의 액수와 보낸 사람의 명단을 보고 받았다. 돈의 액수와 기부한 사람을 기억하는 것도 부담이 되었다. 나는 돈을 쓸 줄을 모른다. 그래서 궁리를 하다가 민주화운동을 하느라 집안을 돌보지 못하는 동지들 가족들에게 몇 달 치 생활비를 보내주었다. 돈을 받은 그들은 입을 모아 '이 시대에 만날 수 없는 참 스님이 여기에 있다'고 극찬했다. 그 소문이 퍼지자 돈이 더 들어왔다.

그날 〈살 만한 세상을 만드는 이야기판〉이 하늘교회에서 열렸다. 행사장은 사람들로 가득 찼다. 통로에까지 간이 의자를 마련해놓고 앉았다. 연단에 서 있는 나를 응시하는 그 눈동자들은 맑은 하늘의 별처럼 보였다. 사람들은 내 강연을 들으면서 열심히 메모도 하였고, 잔잔한 미소로 고개를 끄덕이면서 동의를 표시하기도 했다. 최근에 나를 따르는 사람들이 많아졌다. 팬클럽도 생겨서 관리하는 사람을 따로 두었다. 메일도 많이 들어왔다. 팬클럽 회원들이 블로그를 만들었다. '무존모'라고 '무연을 존경하는 모임'도 생겼다. 그런 모임으로 내가 나가는 강연장은 늘 가득 찼다.

사람 사는 세상에는 우선 종교 간의 갈등이 없어야 한다는 취지에서 마련한 이 모임은 예상 외로 사회의 호응을 받고 있다. 내 친구 중에는 신부도 있고 목사도 있는데, 우리는 만나면 즐겁다. 이러한 관계를 어느 시민운동가가 알고서 모임을 만들었는데 그게 〈살 만한 세상을 만드는 사람들 모임〉이다.

강연의 주제는 '돈'이었다. 내용은 "돈은 필요한 것입니다. 돈이 없으면 아무것도 할 수 없습니다. 여러분은 열심히 일해서 돈을 많이 버십시오"였다. 사람들은 너무 솔직한 내 강연이 마음에 들었던 모양이다. 돈이 좋고 필요한 줄 알면서 공연히 돈을 경시하고 기피하고 야유하는 정직하지 못한 말을 많이 들어왔는데, 돈과는 관계가 먼 스님이 '돈이 좋다. 돈을 많이 벌라'고 하니 너무 솔직해서 좋다는 것이다.

강연을 끝내니 이상하게 너무 피곤했다. 청중의 반응이 너무 좋아서 흥분했던 것이다. 나는 옆 빌딩 커피숍에서 쉬고 있는데, 칸막이 너머에서 사람들 말소리가 들려왔다.

무연이 정치를 하려는가? 살 만한 세상 만드는 사람들 모임 공동대표가 되었다네, 그러면 정치하겠다는 거 아냐? 그 단체의 골수들이 시민운동을 가장한 정치꾼인데. 중이라고 정치하지 말라는 법 없지. 결국 우리 사회에는 한 사람도 제대로 된 사람이 없게 되었군. 괜찮다 하면 결국 정치마당으로 나가니, 그 사람, 정치의 밥이 되기 딱 알맞지. 그 많은 돈을 정치꾼들이 가만두겠어? 지금 무연의 인기가 대통령보다 더해. 여자들도 많고, 돈도 많대. 거기다가 명예도 있겠다. 이제 권력만 얻으면 솔로몬이 안 부럽겠지. 무연왕국을 만들지 않을까? 그들은 계속 떠들었다. 듣다가 더 들을 수 없어서 나는 자리를 떴다.

숙소로 들어왔다. 몇 달 전에 이층 빌라를 전세 내어 숙소를 옮겼다. 좀더 자유로워지기 위해서 독립된 공간이 필요했다. 철저하게 보안이 되어서 편했다. 아래층에는 경비원과 일하는 여자가 상주하고, 거실은 사무실로 쓰고 있다. 나는 20여 평이 되는 이층을 사용했다.

그 휴게실에서 들은 말들이 잊히질 않았다. TV 채널을 돌리다 보니, 크리스마스 특집 프로가 눈에 띄었다. 미국 오하이오 주에 있는 가톨릭 트라피스트회의 시토 수도원 전경이 먼저 소개되었다. 한없이 이어지는 벌판을 지나자 울창한 수림이 나타나고, 한겨울 잎이 다 떨어진 낙엽수와 청정한 푸른 하늘이 어우러진 숲속에 고색창연한 수도원 건물이 자욱한 안개 속에 무심하게 앉아 있다. 취재진을 태운 봉고차가 그 건물로 들어가는데, 그들 앞에 〈출입금지MONASTIC ENCLOSURE— PLEASE DO NOT ENTER〉 표지판이 나타났다. 그 화면이 나의 가슴을 쿵 쳤다.

수도사들은 세상과 격리된 채 절제된 언어, 노동과 묵상, 성경 읽기와 기도로 생활하고 있었다. 그들은 극히 제한된 생활에서도 오히려 자유를 누리고 있었다. 다큐의 제목은 "진정한 자유와 진리에 이르는 삶을 위해"였다. 나의 언어는 진리와 행복을 나누기 위해서 얼마나 절제했는가? 남발된 언어? 내 언어가 진정 진실을 전하고 있었던가? 사람들이 좋아하는 언어가 진실의 언어일까? 그러한 의문에 이어 두려움이 벌레가 되어 가슴 위를 기어가는 것이었다.

5

"우리 만난 지가 30년이 넘었구나, 참 질긴 인연이야. 무연이, 이제 환갑이 지나고 세상에서 그렇게 명성을 얻고 존경을 받는 처지에도 나를 스승이라 찾아주었으니 내가 이때까지 명을 보전한 보람이 있네. 날씨가 이렇게 추운데 손님 대접이 소홀해서 어쩌지. 아궁이에 불을 때지. 오랜만에 따스한 방에서 자네와 이야기를 나누어보세."

현운은 전에 없이 말을 많이 했다. 나를 만나서 정말 즐거운가 보다.

"저기 부엌 뒤에 장작이 쌓여 있어. 지난번 주지스님이 오셨을 때에 불을 좀 피웠지. 불쏘시개감도 거기 많이 준비해두었어."

부엌에서 밥을 지으려 아궁이에 불을 때면 온돌로 이어져 방이 따습게 되어 있다. 나는 부엌으로 내려갔다. 장작 몇 개를 아궁이 안에 포개놓고 그 아래 불이 잘 탈 삭정이를 준비해놓았다. 불쏘시개에 불을 붙여 삭정이 아래로 들이밀면 타게 되었다.

불쏘시개감으로 폐지와 책들이 차곡차곡 모여 있다. 나는 그것을 헤집다가 멈칫했다. 내가 현운에게 보낸 책들이 한 권도 빠지지 않고 거기 있었다. 몸이 뻣뻣 굳어지면서 눈앞이 아득했다. 나는 이러면 안 되는데 생각하면서 숨을 크게 내쉬었다. 굳어졌던 가슴이 좀 풀리면서 심하게 두근거렸다. 숨이 막혔다. 나는 입술을 깨물고 그 책들은 몇 장씩 찢어내어 폐지 위에 차곡차곡 놓기 시작했다. 책의 표지가 눈으로 들어오다가 책제목 글자들이 이중 삼중으로 겹쳐졌다. 그 위에 격노한 현운의 얼굴이 나타났다. 나는 글을 쓰지 않아. 부처의 가르침이 훼손될까 두려워서야. 중의 말을 중생들은 부처의 말로 믿거든. 그래서 아예 말을 함부로 하지 않기로 작정했어. 더욱 글은 쓰지 않아. 그것은 오래오래 남거든. 그런데 무연은 그렇게 많은 말을 세상에 내놓아서 어떻게 수습하려고 그래. 그 말들을 모두 부처의 말로 오해하면 자네가 책임을 질 텐가?

나는 정신을 수습하고서 찢어놓은 폐지에 불이 잘 붙도록 구겨서 라이터로 불을 붙였다. 불꽃이 활자를 주저하지 않고 삼켜버렸다. 계속하여 뜯어낸 책장들을 삭정이 아래로 들이밀었다. 삭정이에 불이 옮겨붙었다. 이미 불길이 장작에 붙어서 불쏘시개가 필요 없게 되었다. 그래도 책을 뜯은 폐지를 계속 아궁이로 집어넣었다. 독자들 얼굴이 떠오른다. 출판사 사장이 즐거워하는 얼굴도 나타났다. 출판사에서 마련한 사인회에서 길게 늘어선 독자들을 바라보면서 절에서 익힌 서체로 멋을 내고 서명을 했다. 그 서명만을 따로 떼어 표구를 만든 것을 어느 화방에서 본 적이 있다.

잠시 오늘 일을 되돌아보았다.

병원에서는 소동이 일어나겠지. 환자가 없어졌으니, 아마 신문과 방송에도 소란스럽게 보도했을 거야. "나를 찾지 말라"는 메모도 쓸모가 없을 것이다. 며칠 전에 나는 숙소에서 쓰러져 병원 응급실로 옮겨졌다. 1년 전에 친구 병원에서 아무도 몰래 폐암 말기 판정을 받았다. 3개월을 넘기지 못할 것이라고 했는데, 1년 넘게 버티었다. 다행히 자각 증세가 덜해서 약속한 일을 처리하는 데는 지장이 없었다. 내 병은 변호사와 내 친구 의사만 알고 있다. 사후의 일은 변호사와 의논해서 정리해놓았다. 다만 현운 스님과의 관계가 남아서 마음이 편치 못했다. 꼭 한번 만나서 30년 애증을 풀고 싶었다. 그런데 오늘 아침에 현운을 만나고 싶은 생각이 너무 간절했다. 택시를 대절해서 이 곳까지 오면서도 산을 오르기가 벅찰 줄 알았다. 그런데 나도 놀랄 정도로 산 초입에서부터 다리에 힘이 솟았다. 모두가 수행의 덕분이다. 참, 오늘 찾아오기를 잘했구나.

현운은 내가 찾아올 것을 알았을지도 모른다. 그의 예감은 늘 나를 놀라게 했다. 그는 내가 직접 내 책을 찢어 불쏘시개로 쓰기를 기대했을 것이다. 그것이 스승의 마지막 가르침이 될 수 있다. 나도 내 광대의 언어를 처치할 방도를 생각하고 있었다.

불이 활활 타오르는 아궁이로 내 책을 뜯어낸 폐지들을 계속 집어넣었다. 내 생각과 마음이 담겨 있는 활자들이 불길에서 겨우 1~2초를 견디고는 사라져버렸다. 내 한 생애가 깨끗하게 소진되는 것을 내 눈으로 확인했다. 폐지가 다 되었다. 열 권 넘은 책들이 불길에 타들어간 시간은 불과 30분도 채 못 되었다. 타버린 그 자리에는 한 줌 재도 남지 않았다. 20여 년 동안 즐겁게 남발했던 광대의 언어는 그렇게 사라졌다.

나는 그동안 내 언어를 좋아하는 사람들의 구미에 맞는 언어를 만들어 남발했다. 언어의 광대였다. 광대는 구경꾼들이 좋아하는 것을 잘 알아낸다. 사람들은 소유를 원하면서도 소유를 멀리하고 싶어 한다. 이 엄청난 이중성을 잘 간파해서 그들과 영합했다. 언젠가 현운은 지나가는 말로 나를 훈계했다. 무연은 재물에 대해서 초연한 척하면서 명예와 인기를 소유하기를 좋아해? 그것은 재물보다도 더 독한 것인데. 재물에 대한 욕심은 눈에 보이지만 명예나 인기나 권력에 대한 욕심은 눈에 보이지 않기 때문이지.

다행이구나. 그 언어의 광대를 내가 직접 불태울 수 있었으니. 나는 아궁이 앞 빈자리에 누웠다. 발을 뻗을 수 없어서 모로 누워 새우처럼 등을 구부렸다. 따스한 불길이 내 언 몸을 녹여주었다. 마음이 평안하고 홀가분하다. 현운 스승님, 이 평안을 얻게 해주셔서 감사합니다. 아, 내 생애에 가장 편안한 잠을 잘 수 있을 것 같구나.

왜곡과 위선, 언어는 진실한가?
──현길언 문학은 질문한다

김주연
(문학평론가)

1

많은 소설을──중단편은 물론 장편까지──평생 발표하였음에도 불구하고 그 의미의 중요성에 비해 다소 덜 조명되어온 감이 없지 않은 현길언. 그의 이번 소설집은, 원숙에 이른 이 작가의 확실한 면모를 뚜렷하게 보여주는 수작들로 이루어지고 있다는 것이 나의 소감이다. 현길언 소설은 초기부터 우리 사회와 그 구성원인 인간들의 위선에 찬 거짓을 드러내 보이는 일에 집중되어왔다. 이러한 그의 특질을 언젠가 나는 다음과 같이 지적하였다.

현길언 문학의 주제는 '허구' '거짓 박수' '허위'라는 세 낱말에 압축되어 있다. 물론 더 있다. 좌우익의 대결과 상쟁 속에 엄청난 비극을 초래한 제주도의 4·3사건, 부정부패 혹은 독재 정권에의 항거, 교육 현장의 비리, 교회와 교인들의 위선 등등이 주제로 (때로는 단순 소재로) 등장하기도 하지만, 결국 작가가 말하고자 하는 메시지의 핵심은 이 세 낱말 속에서 녹는다. 현실을 허구로, 인간을 가짜 박수나 치는 허위로 파악하는 그에게는 '허위' 아닌 '진실'로의 갈망이 문학이다.[*]

10여 년 전의 이러한 지적은, 그가 탄탄한 원로의 반열에 올라 있는 오늘에 더욱 견고한 세계를 이루고 있음을 나는 확인한다. 그가 그 속에 살고 있으면서 도저히 못 견뎌 하고 있는 이 세상의 거짓, 날이 갈수록 그것은 이 작가의 분명한 타깃이 된다. 초기 그의 작품에 남아 있던 의지 혹은 과잉의 공분은 더욱 구체적인 삶의 현장 묘사를 통한 설득력으로 승화되어 강렬하고 실감 있는 리얼리티를 던져주는 소설들로서 우리 앞에 나타난다. 「언어 왜곡설」 등 일곱 편의 단편들로 구성된 이 작품집은 지금까지의 주제와 뜻, 그리고 서술의 방법 등을 그대로 견지·강화하면서 인간 실존이 지닌 운명적 허위의 상황에까지 뜨거운 손길을 뻗치고 있다.

소설집 『언어 왜곡설』은 그 내용에 있어서 아버지와 아들의

---

[*] 김주연, 「명분주의의 비극—현길언 론」, 『문학과사회』 2008년 겨울호.

관계를 소재로 하고 있는 작품이 세 편(「애증」「아버지와 아들」「이야기의 힘」), 부부간의 관계를 다룬 작품이 두 편(「미궁(迷宮)」「별들은 어떻게 제자리를 차지하고 있을까?」), 기타 두 편이라고 할 수 있는데(「언어 왜곡설」「광대의 언어」), 기타 두 편도 앞의 작품들에 나오는 소재들과 사실상 무관하지 않은 부분들이 겹쳐 삽입되어 있다. 어떤 의미에서는 앞의 작품들을 모두 껴안고 있는 결론 편이라고 할 수 있다.

현길언의 시선은 우선 부자 관계의 틈으로 들어간다. "틈으로 들어간다"는 표현은 거기에 틈이 있다는 사실이 물론 전제된다. 이 땅 위의 많은 부자 사이에는 틈이 있다. 심리학의 이론을 빌리지 않더라도 양자의 불화는 우리 주변에서 적잖은 사실로 발견된다. 현길언 소설에서도 이미 산견(散見)되어온 풍경인데, 여기서도 그 모습은 재현된다. 소설 「애증」에서 그것은 제목 그대로 사랑과 미움이라는 상반된 감정으로 투영된다. 사랑이야 원초적인 본능인데 왜 미움이 개입되는가. 여기서 아버지의 부부 관계가 겹으로 개입되고 그것이 아들에게 미치는 감정의 복선이 생겨나는데, 이러한 관계의 중복은 이들 소설들 대부분을 간섭하고 있다. 부자 관계의 틈은 현길언에게서 대략 세 가지 요인에 의해서 촉발된다. 그 첫째가 아버지의 여성 관계, 혹은 부득이한 형편에 의한 재혼 사건으로부터 기인한다.

「애증」에서도 그렇고, 「아버지와 아들」에서도 그렇다. 「애증」에서는 6·25전쟁 통에 죽을 뻔했던 아버지를 살려준 이웃집 여자와 동거하게 된 아버지가 집에서 쫓겨나자 부자는 이별하게 되고, 큰 틈이 벌어지고 말았다. 「아버지와 아들」에서는 어머니 사후 아내의 친구와 아버지가 재혼함으로써 두 사람은 멀어지게 되었다. 두 작품에서 아버지와 아들은 모두 10수 년 만에 재회하게 되는데, 아버지가 중병 환자라는 공통점, 그리고 한국과 미국에 떨어져 살아왔다는 점도 공통된다. 요컨대 부자 사이 틈의 원인은 아버지에게 있다는 것이다. 다음 요인으로는 두 사람 사이가 소원해진 데에는 주변 환경이 작용하였다는 점이다. 문제의 원인을 이해하고 덮어주려는 손길보다 갈라서는 것이 마땅하다는 견해가 틈을 넓히고 조장하였다. 마지막 요인은 아들 자신의 소극적인 마음의 자세, 즉 이별이라는 틈을 당연한 것으로 아들이 수용하였다는 사실이다. 부자소설의 이러한 구조는 현길언 문학이 기본적으로 아버지, 혹은 아버지 세대로 대변되는 명분론, 즉 노미널리즘Nominalism에 지배되고 있는 현실을 수락할 수 없다는, 그러니까 이 현실을 수동적으로 따라가고 있는 아들까지도 수락할 수 없다는 작가의 의지를 표현한다. 아버지의 여성 관계는 현길언 소설에서 불가피한 실존의 일부로 나타난다. 그러나 그것은 주변 현실, 특히 가정 내부에서 용인되지 못한다. 때로 명분과 의리 위주의 윗세대에 의해서, 때로는 복잡한 가족 관계에 의해서 부도덕한 일로 치부되어 마침내 부자 관계를 단절시킨다. 여기서 작가의 시선은 어느 쪽을 향하는가. 부자 사이의 틈새를 날카롭게 파고들었던 그 시선은 이제 어디에 머무는가.

> "전 아버지가 인생을 왜곡되게 살았다고 생각하지 않아요. 아버지의 인생을 통해서 신은 무엇을 말하려고 했을 겁니다. 혹시, 좀 전에 어머니께서 말씀했듯이, 한 남자가 두 여자를 사랑할 수도 있다는 문제를 생각하게 했을 것이고……"
>
> 내 말에 작은 어머니의 눈빛이 튀었다.
>
> "딱 그렇다고 말할 수는 없지만, 아버지는 진실된 삶에 대해서 많이 생각하고 고민했던 것 같아. 관습과 만들어놓는 가치에 순응하는 것이 옳고 바른 삶이라는 그 편견에 대해서 많이 괴로워했었지."(p. 45)

「애증」의 핵심이 되는 장면인데, 자신을 살려준 여인과의 두 번째 삶을 반추하면서 괴로워하는 아버지의 모습이 바로 그 두 번째 여인(작은 어머니)의 전언을 통해 진술된다. 여기서 첫번째 결혼의 정당성은 "관습과 만들어놓는 가치에 순응하는 것"으로 회의되고, 심지어 편견으로 여겨진다. 그리하여 아버지는 그 정당성을 신에게 물으면서 고민한다. 작가의 시선은 그의 고민 위에 따뜻하게 머무른다. 그것은 실존을 외면할 수 없는 문학의 운명이다(여기서 특히 두 사람의 만남이 6·25전쟁의 산물이라는 점이 은근히 강조된다).

아버지의 재혼에 동의하지 못하고 한국을 떠나 미국에 살던 아들이 그의 임종에 즈음하여 그를 마지막으로 찾아 나선 「아버지와 아들」에서도 아들은 아내의 친구를 새어머니로 받아들인 아버지를 용납하지 못하고 격절된 생활을 한다. 그러나 그 모습을 수용한 사람은 아무도 없다. 표면상 그를 제외한 다른 형제들은 모두 아버지를 받아들인 듯하지만 그들은 사실상 유산에만 관심이 있을 뿐이다. 표면상 아버지 일에 무관심했던 아들도 관습에 무심하게 따라갔다. 그러나 거기에는 장남으로서 아버지의 복잡한 삶을 바라보는 복잡한 내면이 있고 그것은 다음 진술로 표출된다. 윤리와 제도에 반하는 또 다른 실존의 모습이다.

윤리란 무엇인가? 자식은 자랄수록 부모로부터 점점 떨어져 나가기를 원하고 있는데, 세상은 그것이 두려워 도덕과 제도로서 그 허물어지는 관계를 유지시키려는 것인가? [……]

그때 제수가 불쑥 입을 열었다.

"아버지는 고독하셨어요. 돈으로도 해결할 수 없는 고독을 여자로서도 해결할 수 없다고 하셨어요. [……]" (pp. 97~98)

관습, 도덕, 제도는 현길언이 근본적으로 회의하고 그 본질에 대해 끊임없이 물음표를 던졌던 위선의 징표들이다. '아버지'의 실존적 고독과 한계를 제도와 위선의 관점에서 조명한 두 편의 주제는 비슷한 소재를 배경으로 다른 두 편의 소설, 「미궁(迷宮)」과 「별들은 어떻게 제자리를 차지하고 있을까?」에서 변주된다.

이 두 소설은 부부 사이의 혼외정사가 소재가 되고 있다는 점에서 앞의 두 소설과 소재의 유사성이 있다. 그러나 앞의 소설들은 아버지의 두 집 생활이 아들에게 미치는 관계, 그러니까 관계의 갈등을 야기하고 있다는 점에 초점이 맞추어져 있는 반면, 후자의 경우는 이와 다르다. 「미궁(迷宮)」의 주인공 부부는 대학교수 남편과 변호사 아내, 세칭 엘리트인데 아내인 변호사가 남편의 제자인 연하의 판사와 혼외 관계에 있다는 설정이다. 그러나 그들의 관계는 표면상 완벽한 평온이다.

> 남자는 여자의 말이 진심으로 들렸다. 그런데 치밀하다. 이 방은 완전 밀폐되어 있다. 이런 공간에서 나를 상대하면서 채우고 싶은 것이 많을수록 여자는 절제를 잊지 않는다. 아까처럼 남자의 갈망은 여자의 현숙한 며느리 모습에서 고통 없이 사라져버리곤 한다. (p. 159)

이렇듯 절제된 시간과 공간 안에서 이루어지는 것은 절제를 파괴하는 불륜, 작가는 그것을 '일탈'이라는 말로 부른다. 이 광경을 통해서 작가가 말하고자 하는 것은 무엇인가. 너무나도 명백하게 그것은 '허위'이다. 절제된 모습으로 나타나 있는 일탈이든, 그것을 감추고 평온하게 유지되고 있는 가정이든 그 어느 한쪽은 허위일 것이다. 그러나 따지고 보면, 그 둘은 어느 쪽이든 모두 허위일 수 있다. 그렇다면 진실은 어디에 있는가. 현길언 문학은 늘 이러한 질문에 목말라 있다. 「미궁(迷宮)」에서 작가가 발견한 진실은, "부부란 부끄러움을 공유하는 사이"(p. 171)라는 것이다. 그 비합리의 세계에 도달하기까지 사람들은 참으로 얼마나 '합리적'인 노력을 하는가. 모순과 갈등, 비합리의 세상, 그럼에도 제도와 명분 속에 감추어지고 있는 현실을 참기 힘들어했던 작가는 부끄러움의 공유라는 부부 관계의 비밀을 파악하면서 진실에 접근한다.

진실에의 도전은 「별들은 어떻게 제자리를 차지하고 있을까?」에서도 수행된다. 이 소설에서는 부부 관계가 남편의 죽음, 즉 부재를 통해 탐구된다. 아내는 처음에 그 부재를 받아들이기 힘들었지만, 차츰 변화된다. 그 관계의 절대성을 철저히 믿었던 그녀에게 그 관계는 시간이 지남에 따라서 느슨해지고 마침내 다른 남자와도 만난다. 남편의 후배 고고학 교수와 재혼

을 한 것이다. 뿐더러 뒤늦게 해외 유학도 하고, 취업해서 사회
생활도 한다. 남편의 죽음 이후 자아 상실의 지경에까지 이르
렀던 상황에서 완전히 달라진 것이다. 그러나 새로운 결혼 생
활은 원만치 않고, 그녀는 다시 사랑과 제도 사이의 간극을 느
낀다. 여기서도 결국 실존과 명분, 삶의 실제와 허위의 관습 사
이에 패어 있는 진실을 노크하는 현길언 문학의 발걸음이 안타
깝게 포착된다.

> "언니, 우리 사회는 아직도 그런 점에서는 너무 갑갑해요. 제
> 도니 관습이니 너무 단단해 있어서……"
> 나는 그것을 뛰어넘으려고 무모한 도전을 했던가. 식사도 즐
> 겁지 않았다. (p. 239)

필경 그녀는 재혼했던 남편의 옆을 떠나고 다시 혼자 몸으로
되돌아온다.

"손 교수(남편) 때문만은 아니고, 혼자서 내 인생을 되돌아
봐야겠"(p. 244)기 때문이다. 말하자면 홀로 되돌아보는 자기
자신만의 시간과 공간에 진실이 있을 가능성이 높다는 논리다.
가장 가까운 부부 사이의 탐색에서 제기되는 참과 거짓의 문제
는, 다음 작품들에서 언어의 진실성이라는, 보다 철학적인 명
제로 현길언을 옮겨놓는다.

2

또 다른 중요한 문제가 숨어 있다. 언어의 문제다. 언어는 문학이 더불어 살아가는 문학의 운명이다. 그러나 언어 때문에 문학이 겪는 일들은 고마움보다 괴로움이 훨씬 많은 것 같다. 언어가 없으면 존재할 수 없는 문학이 왜 감사를 모르고 언어에 불평을 토하는 것일까. 언어 자체를 철학의 대상으로 삼은 비트겐슈타인이나 현상학의 많은 철학자들 이후 언어와 야곱의 씨름을 벌여온 문학인들이 얼마나 많은가. 가령 언어의 영향력을 거부한 사르트르조차 시에서의 언어의 위력에 굴복하고 그 힘을 인정하지 않았던가. 널리 인용되어온 구절들을 복습한다면,

> 아니다. [……] 내가 왜 시를 구속하려고 하겠는가. 시도 산문같이 말을 사용한다고 해서? 천만에. 시도 산문과 똑같은 방법으로 말을 사용하는 것은 아니다. 차라리 시는 전혀 말을 '사용'하지 않는다고 하는 편이 타당하다. 시는 오히려 말에 '봉사'한다고 말하고 싶다. 시인들은 언어를 '이용'하기를 거부하는 사람들이다.

라는 명언이 상기된다. 수많은 시인들 가운데 이와 관련하여

대뜸 떠오르는 시인은 파울 첼란이다. 언어의 진실성 때문에 힘들어 했던 그의 시학은 "언어 창살"이라는 제목의 시, 그리고 그 표제에 고스란히 담겨 있다. 언어는 창살과 같아서 말은 그 말이 의미하는 바를 창살 사이로 흘려보내고 걸러진 부분만 남는다는 것이다. 과연 언어는 어느 정도 뜻하는 바를 진실 되게 나타내는가 하는 것이다. 사르트르의 말대로 시에서 그것이 애당초 불가능하다면, 산문, 즉 소설에서는 가능한가.

원숙기에 이른 노년의 현길언도 마침내 이 문제에 다다르고 있다. 말하자면 삶의 진실성을 집요하게 추구해온 그에게 이 문제를 날라다 주고 있는 언어의 진실성은 과연 어떠한지 필경 마지막 물음으로 부딪치지 않을 수 없게 된 것이다. 「이야기의 힘」 「언어 왜곡설」 「광대의 언어」 등 세 편의 작품은 이 문제의 중심을 지나가는 수작들이라고 할 수 있다. 문제 제기는 「언어 왜곡설」에서 날카롭게 먼저 부각된다.

그러니까 뱀의 말은 거짓말이 아니면서 거짓말이 되었는데, 왜곡된 언어로는 일품이었지요. (p. 270)

'창세기'에서 하와를 유혹한 뱀의 언어를 예로 든다. 여기에는 하와의 마음속에 이미 그 열매를 따 먹어 눈이 밝아지고 싶은 욕망이 있었으므로 속을 수밖에 없는 말이 존재하고 있었다는 것이다. 결국 인간은 왜곡된 언어에 의해 타락하게 되었다는 것이 작가의 진단이다. 그는 "언어의 왜곡은 결국 왜곡시키는 자와 그것을 원하는 언어 대중들의 합작품"(p. 270)이라고 일갈한다. 이러한 현상은 오늘도 계속되고 있고, 따라서 역사는 개선되지 않는다고 그는 생각한다. 역사학자인 소설 속 화자 역시 많은 사람들의 구미에 맞는 강연을 하고 다닌다. 가책이 없지 않으나 결국 많은 사람들을 즐겁게 만들어주는 멋진 거짓말의 역사학자. 세상 사람들이 즐겨 믿는 거짓말이지만 거기에 진실이 들어 있는지는 늘 회의될 수밖에 없다. 이렇듯 세속의 언어와 진실의 언어는 다를 수밖에 없다는 현실에 작가의 눈은 황망스럽게 되고 그 마음은 울적해진다.

　스님들 사이의 언어를 다루고 있는 「광대의 언어」에서 문제는 더욱 심화된다. 벽면 참선하는 현운 스님과 그의 제자뻘인 무연 스님. 두 사람은 깊은 산사와 세속으로 상거한 지 30년 만에 다시 만나서 대화를 나눈다. 그 대화는 입산수도의 의미를 알려주고 자연에서 자연처럼 살아가는 탈속을 훈련시키는 아버지 스님과 세속에서 욕망으로 살아가던 아들 스님의 모양새라고 할 수 있겠는데, 양자의 거리는 아득하다. 아버지 격인 현운 스님과의 대화다.

　　"모처럼 스승님을 뵙고자 산길을 왔으니 미련한 제자에게 한 말씀만 가르쳐주십시오."

가르쳐달라는 청이 아니라, 한번 논쟁을 붙자는 것이었다.

"가르쳐달라고? 나는 세상에 대해 무식하네. 어찌 자네에게 세상 도를 가르칠 수 있겠나?"

현운은 나를 외면한 채 중얼거렸다. 그 말이 탄식처럼 들렸다.

"세상 지식이 아니라, 도를 가르쳐주십시오."

[……]

"자네는 도에 대한 간절함이 없어. 세상에서 박수를 받고 살아왔으니, 새삼스럽게 무슨 도가 필요해? 어서 내려가게. 자네를 기다리는 많은 사람들이 있네. 내 앞에서 옹색하게 앉아 있지 말고. 나와 말놀이를 해도 자네가 이길 수 없어."

(pp. 304~05)

양자의 이러한 격차는 무연 스님이 "내 말은 위대한 잠언이었고, 삶의 지혜를 안내하는 보석과 같은 언어였다"고 스스로 판단하면서도 "그런데 현운 앞에서는 고등학생의 인생론처럼" (p. 306) 들렸을 것이라고 자책하는 데에서도 드러난다. 사실 무연은 현운에게는 질책을 받지만, 속세에서는 팬클럽이 있을 정도로 인기 있는 지식인이었다. 그가 인기 있는 이유는 도 닦는 스님이라 하더라도 지식인의 언어에는 현실적 힘이 있어야 한다는 세상의 요구에 그가 잘 부응하고 있었기 때문이었다.

나는 자조적으로 말하면서, 한편으로는 은근히 벽면 수도를 하는 현운을 야유하는 마음도 덧붙였다. 지금 세상을 바꿀 수 있는 강렬한 언어가 필요한 때이다. 말이 숨어버리고, 진실이 달아나버린 때에 사면 벽을 바라보면서 무슨 도를 찾는단 말인가? 총칼 앞에서 당당히 설법할 수 있어야, 그것이 살아 있는 도가 아닌가? 그런 생각이 들었던 것이다.

다시 박수가 터져 나왔다. (p. 312)

마침내 무연은 인기도 있고 돈도 많은 명예로운 저명인사가 되었다. 정치에의 유혹도 있게 되었다. 그러나 그가 다시 현운을 찾았을 때 그 모든 것은 의미 없는 일로 환원되었다. 폐암이 발병하였을 때 그는 현운에게 다시 찾아갔으며, 그로부터 현운 자신은 부처의 가르침이 훼손될까 글을 쓰지 않는다는 말을 듣는다. 그 자신도 결국 자신의 책들을 불살라버리면서, 그 스스로 언어의 광대에 지나지 않았음을 깨닫는다. 사람들의 구미에 맞는 언어를 만들어 남발했던 언어의 광대. 그 언어에 당연히 진실은 없었다. 언어의 진실성에 집요하게 천착한 현길언은 그럼에도 불구하고 언어의 힘을 보여주고자 했으며 그 노력은 소설 「이야기의 힘」에서도 아름답게 표현된다. 여기서 '아름답다'고 한 나의 말은, 이미 식물인간이 된 사람에게 10년 동안이

나 끊임없이 '살아있는 사람'과 다름없는 이야기를 들려줌으로써 그의 생명을 10년이나 연장시켜주었다는 미담에만 기인하지는 않는다. '아름답다'는 우리의 찬사는 의·과학에 의해 이미 소생 불가능한 것으로 판단된 생명을 향하여 생전의 기억을 환기시켜주면서 그의 귀에 살아 있는 언어를 들려주는 노력, 더 정확하게 말한다면, 이야기의 힘이 곧 생명일 수 있다는 희망의 인식에서 비롯된다.

이야기, 곧 서사는 인류 역사와 함께 출발한다. 이야기를 그 기원으로 올라가 살펴본다면, 종교적 제의와 연관됨으로 그 상세한 성격에 대한 논의는 생략하기로 하자. 그러나 이야기의 내용 가운데 많은 부분이 가족의 보호와 관계된다는 사실은 확인할 필요가 있는바, 예컨대 어른들에 의한 아이들의 보호가 그것이다. 어른들은, 혹은 남성들은 아이들, 혹은 여성들이 위험에 처할 수 있다는 가상의 공포를 갖고 있으며 이를 경계하고 주의시키는 과정에서 이야기가 발달해온 것으로 전문가들은 파악한다(예컨대 V. Y. 프로프, 『민담의 역사적 기원』). 그러나 오늘날의 이야기는 과거 강자로 인식되었던 성인 남성에 의해서만 주어지지 않는다. 정보사회로의 진입 이후 남녀 성의 구별은 무의미해졌으며, 아이들에 의한 성년 지탄도 심심찮게 목격된다. 요컨대 보호라는 명분 아래 이루어진 이야기는 보편화 되었다. 「이야기의 힘」에서 현길언이 다루고자 한 내용과 주제는 이와 비슷한 면과 다른 면을 반반씩 지니고 있는 보호 본능이라고 할 수 있는데, 이 소설에서 장남은 모든 사회 활동을 접어놓고 식물인간이 된 아버지에게 그와의 추억을 포함한 많은 이야기를 쏟아놓는다. 그는 그럼으로써 아버지가 살아날 수 있다는, 그렇잖으면 적어도 어느 정도 자신과 교신할 수 있다는 믿음을 키워간다.

그러나 이야기의 기원과 기능에 합당해 보이지 않는 다른 반쪽에 오히려 이 소설의 큰 울림이 있다. 그것은 이야기를 형성하는 언어의 힘에 대한 작가의 믿음이다. 작가는 식물인간이 된 주인공의 아버지를 언어를 통해서 회생시킬 수 있다는, 얼핏 불가능해 보이는 메시지를 이 소설을 통해 던지고 있는 것이다. 소설에는 생명과학과 관계된 숱한 기구와 기계, 용어 들이 나온다. 그런데도 왜 한 생명을 살리지 못하는가? 그렇다면 언어를 다루는 작가가 여기서 그것을 생명의 기구로서 제시하고 스스로 실험한다는 것은 어찌 보면 아주 당연한 일 아니겠는가. 더욱이 이 소설집은 언어의 진실성을 묻는 치열한 작품집이다. 언어는 발화되는 순간 결국 왜곡될 수밖에 없는 운명을 지니고 있다면, 작가에게 그 이상의 안타까움은 없을 것이다. 육체적인 죽음의 소생에까지 도전한 작가의 언어가 리얼한 현실로 받아들여질 날을 기대하는 것은, 그러므로 문학의 새로운 소망이 된다.

최근에 나는 한 아동문학가의 의미심장한 탁견을 어디선가 발견하였다.

"옛 사람들은 이야기들을 만들어냈어요(서사). 알 수 없는 그 많은 것들을 이해하고자 이야기를 만들어냈죠. 현재는 과학으로 답을 얻으려 합니다. 한계와 허점이 많은 과학으로. 이제는 과학으로 안 되면 이야기로 해결할 수 있겠다는 생각을 합니다."

작가의 말

　1984년 문학과지성사에서 내 첫 소설집 『용마의 꿈』을 세상에 내보내주었다. 그로부터 35년이 지난 오늘까지도 그 인연으로 『언어 왜곡설』을 출간하게 되어서 감회가 깊다. 당시 출판사 사정이 어려웠을 때인데도, 나이 마흔에 소설을 쓰겠다고 나선 나에 대한 문지의 배려는 내 생애에 큰 금을 긋게 만들었다. 그래서 여든을 바라보는 이 나이에도 한 사람의 독자를 위해서 소설을 쓴다.

　『언어 왜곡설』에서는 그동안 계속 관심을 가져온 '관계'와 '언어'의 문제를 다시 생각하였다. 이 두 문제는 가족과 역사의 문제로 확대되지만, 생각할수록 현실에서는 지난한 일이기에 당혹스러울 뿐이다.

　힘들여 썼다고 자부하는 작품도 시간의 무게 앞에 흔적도 없이 사라져버린다는 사실을 모르지 않지만, 그래도 쓸 수밖에 없는 것이 어리석은 작가의 생명줄이라는 것을 다시 생각한다.

이 소설집을 만들어준 문학과지성사에 고마운 마음을 전한다.

2019년 초가을

현길언

수록 작품 발표 지면

애증『21세기문학』2010년 가을호(2018년 8월 수정)

아버지와 아들『동리 목월』2010년 겨울호(2018년 3월 수정)

이야기의 힘『21세기문학』2012년 봄호(2018년 3월 수정)

미궁(迷宮)『현대문학』2016년 1월호(발표 시 제목「眞空家族」)
(2018년 2월 수정)

별들은 어떻게 제자리를 차지하고 있을까?『현대문학』1996년
8월호(2018년 8월 수정)

언어 왜곡설『문예바다』2016년 1월호(2018년 5월 수정)

광대의 언어『현대문학』2012년 1월호(2018년 7월 수정)